# ROME

HONG YING

# 羅馬

虹影 著

# 寫在前面的話

何穗

一個從小生活在重慶長江南岸貧民窟的女孩，極度貧窮，永遠飢餓，掙扎在生與死之間；有一個被半個南岸區唾棄為蕩婦的母親，她從小被罵作野種，遭到家人與社會的唾棄：作為家裡的老么也是最多餘的一個，受盡欺凌，甚至曾被母親拋棄送人；十八歲知道自己是私生子的身分，才見到自己真正的父親；她離家出走，十年漂泊流浪，她靠寫作為生，尋找自己，尋找愛，卻沉淪於男性中心主義者的旋渦裡，經歷你難以想像的風暴。

這樣的前半生，如果是你，敢不敢想，你會怎樣面對，怎樣繼續？

而虹影就這樣從命運的風暴中走出來，赤裸裸地站在你面前，把所有恥辱的傷口撕開，告訴你她的過往、她母親的過往、她的兄弟姐妹的過往，那一代人的過往。想想，重慶，一九六二年，吊腳樓，長江邊，那些在沙灘上釣魚的人，乘渡輪的人，一個女孩在霧中等候她的母親。像電影，又是我們這一代久違的歷史，一下子出現在面前，真的想繼續往下看看，他們到底是什麼人，有著怎樣的命運。

和虹影相識，是去年春天，和朋友們喝茶聊天，一位前輩提起虹影，突然來了興致當下就打了電話邀請。我很緊張興奮，因為我對有如此身世經歷卻依然有無限愛的女人有很多的好奇。半小時後虹影就來了。

我們一見如故，宛若老朋友，當日她就給我發了這個《羅馬》故事的文本，我受寵若驚。

故事裡的兩個女孩，從小物質與精神貧瘠，她們有截然不同的性格與人生軌跡，在充滿神祕與奇蹟的羅馬相遇。她們與母親的關係，她們成長的痛，愛情的傷，如江岸點點輕煙在霞光中升騰起來。讀著這本書，我有些恍惚，書裡人物，一個人，有好有壞，是多重性放射著性格，尤其是書裡的兩個女性，發現彷彿是同一個人，如我們每一個人一樣擁有雙面，分裂又融合，分裂在巨大的價值觀，融合在對自身的抗爭與和解之中。

我們的人生軌跡也常常如此，乖巧安分，循規蹈矩，卻做了最叛逆最不被身邊人所理解支持的事情。或總是保持敏感與理性，事事分析利弊，也會被命運打擊並發出「為什麼這種事會發生在我身上」的問題。

像夏目漱石所說，不喜歡的事情，憤怒的事情，跟塵土一樣多，假設一個人允許它們存在，這樣才稱得上偉大。

我們最終都將學會面對和接受自己的自私與陰暗，學會包容原諒自己、尋找自己、愛自己，來治癒內心的創傷；放下悲傷的、失敗的甚至羞恥的過去，擁有力量與勇氣去創造未來。我們慢慢地、努力地學習成為水，以柔克剛，且包容、自由又強大。

看完這本書，我問虹影：「這是你哪年寫的書？」

虹影回：「二〇一四年。」

「這與你之前的書很不一樣，我能感受到這是你第二次婚姻，並且有了女兒之後的作品。」看書的時候我看到一個痛苦無助的小女孩在雨中呼喊，她跌倒了，爬起來，向我轉過臉來，對我訴說那些帶著灰色記憶的過往和痛苦。

我問她：「感覺你已被愛治癒了，那你寫這本書的緣由呢？」

虹影回：「是的，很幸運。我的寫作從記憶出發，帶有家族性和對女性身分受傷害的恥辱，以及對這個社會既暴力又溫柔的抵抗。」

這讓我想到路易絲・布爾喬亞說過的話：「我需要我的記憶。它們是我的檔案。」每個人的童年，指向了每個人一生的路。

記憶在那兒生根發芽。

這本書正部讓我著迷，是因為回憶與現實相連，互相漫延，又自成一體，多線敘述。

這本書副部讓我掩卷沉思，是它真實而有力量。

彷彿虹影一直對我低語傾訴，這種委婉和真誠，特別打動我。虹影是獨一無二的，她強烈表現女性自身的生命體驗，通過作品解剖自己，勇往直前，不畏懼這個世界對女性的偏見與傷害，因為我們女性自身是帶著不與這個世界的強悍妥協的立場，看待這個世界、感受這個世界，並對待這個世界，而恰恰這種立場在現世之中顯得如此彌足珍貴。

虹影從記憶深處給我們打撈出來的這個故事，就在這兒，點一炷香吧，擰亮檯燈，靜靜地呼一口氣，開始讀吧，那遙遠的羅馬城，一輛馬車正在噠噠噠地駛過來。

誰坐在裡面呢？
我知道，但我不告訴你。

# 目錄

附錄：

↑ 古羅馬鬥獸場

↑ 帝國廣場

→ 圖拉真凱旋柱

↑→ 西班牙大台階

↑ 市政廣場，位於羅馬行政中心的卡比多山上，羅馬最美的廣場之一，建築和雕刻的綜合體

→ 四河噴泉

↑ 遠眺位於威尼斯廣場的維克多・埃曼
紐爾二世紀念堂
→ 威尼斯廣場

↑ 虹影和丈夫、女兒在義大利電影大師費里尼故居前

→ 義大利電影大師費里尼的故居

↑ Margutta街頭
→ 《羅馬假日》中記者的居住地

↑→ 位於著名威尼托大道上的哈利酒吧
（Harry's Bar）

↑→位於人民廣場，曾經費里尼等名人、明星常去的咖啡館

↑→ 羅馬街頭

↑→　街頭表演

↑→ 最富生活氣息的鮮花廣場市集

↑→ 位於銀塔廣場的流浪貓收容中心。該中心結紮、照顧流浪貓，以及幫助流浪貓找新主人

↑ 由修道院改建的酒店，
位於台伯河岸區
→ 修道院酒店的花園

↑ 羅馬人鹿易吉・塞拉菲尼，天書《塞拉菲尼抄本》作者

→ 著名作家嚴歌苓和虹影。拍攝地為鹿易吉的叔叔位於義大利馬爾凱省佩達索海邊的別墅

↑ 虹影位於義大利福祈的家

給瑟珀

也給我們在另一個星空的朋友

Verouica Bland Farrazza

Feancesco Petrucci

小說

# 燕燕的羅馬婚禮
## Yanyan's Rome Wedding

我無法回到過去，過去的一切都是障礙，

可是它侵入我的記憶，將一座城，又一座城呼喚在我眼前，

我不得不面對，並與你生活在其中。

看過一幀照片，小小的，發黃的，四個角都破損了。照片上的男人戴了副眼鏡，穿了件西服，看不出年齡，鼻子較大，嘴唇線條柔和，左眼有點瞇著，頭髮亂亂的，卻讓人感到安全，值得信賴。奇怪的是，這幀照片留在了腦子裡，會不時出現，夜裡想起來，便有困惑，甚至疲憊，會生出久違的記憶，就會想起另一個人。

另一個人是誰呢？想不起來。這幀照片背面寫有時間，是一九九七年秋。一九九七年秋，除了香港回歸這件大事，還有一件對她來說不小的事，是九月的一個午夜，她看到了月全食。生平第一次經歷月亮、地球、太陽在一條直線上，月亮進入地球的影子，太陽光照射到地球表面，大氣層又把紅光折射到月亮表面，變成紅月，令她驚歎宇宙的奇妙。除此之外，還有什麼事，一定有什麼事發生，那一切跟現在，存在什麼樣的聯繫？

她不能再想下去了。

有一頭怪獸存在她的內心。

每每經過那片沙灘，都會住腳。那兒是廢棄的舊碼頭，好多年前倒是車水馬龍，運貨物，擺有早市菜攤，人來人往，趕集一般。長江中游修建了水庫大壩，水位提升，江邊修了堤岸，漸漸少了熱鬧，扔下生鏽的船塢和吊車。江水積了好幾個水潭，不管春夏秋冬，總有好多釣魚人，他們或蹲或坐在那兒，專注地盯著水裡。

一陣輕悄悄的腳步聲響起，走過來一個小小的人。她手裡舉著一把藍雨傘，那藍在那閃著光芒的水前，更像青。潭水有不少綠浮萍，空隙間顯出小女孩單薄的身影。江裡漲水時，進入坡裡，水退後，自然在坡地裡形成小湖，有一通道，還是連接江。女孩注意到釣魚人盛水的塑膠袋裡一條魚也沒有，於是膽怯地問：

「叔叔，池裡真的有魚嗎？」

沒人回答。隔了好一陣子，其中一個蹲著的釣魚人，動了動魚竿，認真地盯著水波說：

「當然有魚。」

她希望他們能釣著魚。為不影響他們，隔開五十來米的距離，她找了一塊伸入江水一段的礁石坐下，把傘放在邊上，雙腳浸在江水裡，嘴裡玩耍著口水，像魚一樣吐出泡泡來。春天早來了，霧也跟著來了，一片灰，灰得可以擰出水。漸漸地，江面視野模糊，一群灰鴿飛得很低，盤旋在她的頭頂。

太陽光透出，霧氣在散去。一艘大白輪沿江緩緩駛來，客艙裡的人站到甲板上朝岸上張望。他們指指點點，在激動地交談。

她屏息靜氣，希望能聽到他們在說什麼。

# 第一章　第一天

好多年前，有個白袍人對燕燕說，你可以拒絕一切誘惑，除了羅馬。

這話成讖。羅馬就像一塊神奇的磁石，吸著她一點點靠近。此刻她戴著防汙染的口罩坐在計程車裡，正在往北京機場趕，要去羅馬。車子從小道轉入高速路了。她拉下口罩，透過車子後視鏡，看到自己嘴唇緊抿，眼睛濕濕的，整個人顯得緊張，她的額頭在出汗。

離機場還有相當長一段距離，不過，天上飛機駛過的聲音能聽見了。她坐直身體，雙手緊緊相握。母親說，飛機不吉利，總失事，甚至連屍體也找不到。

母親怕飛機。

她也怕。飛機會重重掉下來，摔得粉碎。這是她小時經常說的話。母親並不是怕坐飛機才不走的。母親的紙條貼在廚房冰箱上，燕燕飛快地掃了一眼。母親覺得她想結婚，多半是為了離開家。母親抱歉不去羅馬參加她的婚禮，因為什麼呢？因為不願意看到她的父親。她把紙條折起來，放進褲袋。母親不去羅馬，燕燕早有預感，昨夜過十二點了，母親的房裡傳出動靜，在電話裡與父親吼了起來，叫著他的名字：「蘇大鵬，你不得好報！」她走前敲不開母親的門，母親決定的事不會變。

沒有辦法，她只好離開。

計程車繼續向前開，機場路兩側高大筆直的樹間，開著黃金般亮麗的野花。車玻璃映著遠處的樓房，其中一個窗很像小時她在重慶住的。那時，她最多八歲，站在屋裡，驚慌失措。

「找死！」計程車司機大罵。她回過神來，看到另一輛車子飛速斜駛過，想從五十米不到的一個出口出去。那車子完全不要命，一眨眼間便衝到那兒。

她拿出手機，想給母親發一條資訊，但心裡對她生氣。母親該坐在她身邊，一起飛羅馬。她給皮耶羅發信息：「一切正常，正往機場趕。」

飛機特有的聲音越來越響。計程車玻璃上開始灑毛毛細雨，天色越發灰暗。路況不好，車速減緩，像馬車一樣走著。她對司機說：「時間不夠，請開快點！」

司機繃著一張臉，沒任何表情，半分鐘不到，卻駛入邊道。

二十分鐘後，燕燕拉著行李箱奔向經濟艙櫃檯，那兒已經一個乘客也沒有了。值機小姐接過她的護照，輸入相關資訊後，冷冷地告訴她，她來得太晚了，她原先預訂的位置沒了。

「那怎麼辦？」燕燕著急地說，抬頭看櫃檯上端的螢幕，還有五分鐘時間，「我沒有超過你們規定的時間。」

值機小姐敲著電腦鍵盤，邊看電腦邊說：「對不起，只能給你頭等艙，前一個乘客也是這個情況。」

「我能飛了？」

值機小姐點點頭，替她托運了一件行李，遞上護照、登機牌，叮囑她趕快走。

她本來緊鎖的臉鬆開了，長吐一口氣。安檢時，才發現帶的行李不僅有雙肩背包、手提包，還有一隻黑色拉桿箱。裡面放了好些書，其中一本是義大利導演費里尼的《夢書》。近三十年的胡思亂想紀錄，大膽到百無禁忌，卻給了她這個中國女孩力量，絕對比母親的子宮強。因為母親的眼淚，融入母親的羊水，反而給她的性格添了幾分陰霾。

彷彿為了抵抗那陰霾，她有時像假小子，大大咧咧，有時像淑女，端莊斯文，用母親的話說，沒有一分像媽媽的女兒。

過了安檢，她放護照時，對了對登機口，在左手方向，便快速朝那邊走去。

十一分鐘後，她跨入機艙裡，拖著小包大包走入。熱氣貼著皮膚湧來，空氣悶熱，有好多嘈雜聲。對於這最後一個上飛機的人，空姐明顯不是太高興，忙著收拾座位上的杯子和毛巾。有乘客問：「今天飛機會不會晚飛？天氣不好，在飄雨。」

「不會的。」空姐客氣地說。

乘客說：「但願如此。」

但願如此。燕燕往前走，找到自己的座位，在頭等艙最後一排靠窗。她轉過身來，看到一位四十多歲的男子，正在放行李。他穿了一身便裝式的深色西服，腳上是一雙透氣舒服的雕花棕色皮鞋，臉上表情冷漠。

她提了提箱子，太沉了，請他幫她放一下箱子。

他一愣，提起箱子，放在他座位上方的行李艙裡。她注意到自己座位上方的行李艙放滿了東西。

她向他道謝。

他沒吭聲，在她旁邊的座位坐下。她把大包小包放進行李艙裡。

這時他的手機響了。他接了，說：「不是時候，改日採訪，怎麼樣？我是去羅馬參加慈善晚會。不客氣，不必了。」他的聲音非常不耐煩，如果對方再說一句，他肯定會炸裂開來，幸好對方知趣地撂了電話。

空姐在仔細檢查乘客的安全帶，叮囑關掉電子用品。她坐下後，看到舷窗外雨下大了，斜打在玻璃上，便小心地繫上安全帶，突然緊張起來。每次母親來北京，從重慶坐火車，她回重慶也坐火車。甚至去深圳，也坐火車。今天必須坐飛機，如果母親在，可握著彼此的手，給對方力量。座位配有拖鞋、靠墊和薄毯。她從椅背夾板取出航空雜誌，翻了翻，看到羅馬鬥獸場、萬聖殿，心頭一熱。文章介紹說在羅馬正北的人民廣場中心、在埃及方尖碑下，向南放射出三條軸線街道，通往南面的城中心。三條軸線所夾是兩座雄偉壯觀、別具一格的雙子教堂，這是之前不曾知道的。羅馬是一棵歷史和藝術巨樹，每靠近一步，都有收穫，她的神經漸漸放鬆。

廣播告訴乘客，飛機馬上要起飛了。果真不受雨天影響，航班準時。怎麼辦？要起飛了！她手心有汗，心跳加快，血壓也在上升，本能地雙手合在胸前：「老天，拜託，不要讓飛機掉下去！不要掉下去！留下好壞不分的我，可以讓別人不開心，可以讓自己開心！」

這是自我給力，也多少帶點自嘲，她的緊張卻沒有減輕。

飛機進入跑道，加快速度，在雨中從跑道上沖上雲霄。等等，行了，禱告有用！她的耳朵未轟嗚，心跳恢復正常。

燕燕伸直背，心情與母親道別時截然不同。未來會是什麼？她完全可以不管，自己竟然坐在頭等艙裡，在高空飛行，她喃喃自語：「真是太幸運了！」

鄰座男士手裡握著一張英文報紙，詫異地看了她一眼，並不是不友好，只是沒有表情，一臉生硬，比直接表示不快，還讓人尷尬。她說：「知道嗎？今天我是最後一刻才趕到機場，最後一刻值機，沒有經濟艙座位，補償我頭等艙。他們告訴我，一共兩個人因為晚點幸運升艙。」她問他，「你是不是那個人？」

男士翻了一下報紙，側過頭，瞟了她一眼。

她的話是認真的，也是調侃的，更有好奇心在裡面。頭等座位不會抓她的心，怪事會。幸運的事與她不沾邊，沾邊了，就是怪事。母親說，背時運的人，命苦，除非天天對著江水說話，可有順時好運。母親看著燕燕，像是逗她玩，又像是真心說出這帶有巫術的話。燕燕在江邊時，對著江水說話，未曾有什麼好事發生，卻養成了一個自己對自己說話的習慣。一個人孤獨，就是好事，什麼事一說，心裡就明朗。

因為她是去羅馬呀，全世界她最愛的城市。看過幾噸膠捲電影，而羅馬是留在心裡的城市，她寫下要去的地方，有的地方告訴皮耶羅，她的未婚夫，婚禮前後一起去看；有的地方，她想獨自欣賞。

飛機飛上高空後，氧氣面罩沒有從機艙裡彈出來，倒是過道中間的信號燈綠了。燕燕鬆掉安全帶，上了衛生間，走回座位。她看四周，空姐並不在，也不好意思麻煩別的乘客，鄰座男士正在調椅背。

她把右手伸向他。

他伸過手。燕燕把手縮回，頭朝座位上方行李艙一偏。他起身打開蓋子，幫她取下沉重的行李箱。

燕燕道聲謝謝，俯身打開行李箱，取出裡面費里尼的《夢書》。關上箱子，又請他幫她放回去。他做了，坐回位子。

燕燕去拿箱子邊上的挎包，手提包滑出，她伸手想抓，結果一碰，砸在他的膝上，掉了下去。她彎身去撿，未拿穩，腳一下子踩在他的腳上，他忍不住叫了一聲。

空姐和周圍的人朝他們這邊看，看到燕燕正俯身在他的身上，以為他倆是情人。他皺了皺眉，神情有些生氣，但盡量控制著。

燕燕的臉紅了，從手提包裡取出一個無印良品的小本子和筆。空姐過來，幫燕燕將包塞回行李艙裡，便離開了。

燕燕站立在過道上，心裡充滿抱歉，可是不知為何，說出來的話卻是：「Sorry，我沒有故意做。」

他看了她一眼，冷冷地回道：「如果你故意做，是什麼？」

燕燕坐下後，打量他，感覺這人的面孔見過，便說：「嘿，我看你有點面熟，你是不是清華大學畢業的？」

他一驚，控制自己的情緒，點點頭。

燕燕純粹一派胡說，居然說中，格外高興地說：「我也是清華大學的。」

「巧了。」對方帶著譏諷的口吻說，不耐煩地拿起擱板上的報紙，翻了起來。

「我真是清華大學的。」

他皺了皺眉頭。

「知道嗎，我可以瞧人的臉，你是農村孩子靠勤奮考進大學的吧？我的家境也不好，不過是在城裡。」

他抖了抖手裡的報紙，沒好氣地說：「查戶口呀?!」

燕燕搖搖頭說：「你是記者吧？做記者，從農村出來的，視角更廣。」她剛才無意中聽到他的電話，要採訪什麼人。他當時說話的口氣那麼驕傲，得刺刺他。

他把報紙翻到娛樂版，居然沒說話。

燕燕一笑，一邊打開手裡的書，一邊說：「自己把自己當一根木頭，真倒楣！」

我這是怎麼啦，剛亂說要讓別人不開心，就開始實行了？那人翻開報紙另一頁，上面報導：「財富集團面臨危機，股票跌停，賤賣資產。」聽到她說這話，瞪了她一眼，皺眉，翻報紙，到最後一頁：

名模方露露近日在羅馬和好萊塢義大利籍明星馬可・瓦利拍廣告片，配有方露露含笑的照片和大標題：

方露露現身羅馬，她的零演技風格無差評獲讚

這記者會給一個沒演技的演員如此高評，真了不起。有一次她在網上看到這個名模客串的一部電影，臉好看，身體硬硬的。

「男人都喜歡方露露，你也不例外吧？她演的電影，太做作。」

繼續吐槽，讓別人不開心。

他的臉色變得難看，回她：「Lady，蘿蔔青菜，各有所愛。如果我寫了這報導，你反感也沒用。我不喜歡和陌生人說話，勸你也一樣。」他索性扔掉報紙，掏出電子書閱讀器來看，擺出了一副拒人於千里之外的姿態。

「人和人不同，從小我就不怕和陌生人說話。」燕燕說。她並不生氣，翻開筆記本，握著筆，想整理亂亂的頭腦。婚禮除了告訴爹媽，她沒有通知別的人。別的人，包括姨，家裡的遠房親戚，都沒什麼往來。朋友，能到參加婚禮這個份的，幾乎沒有。義大利方參加婚禮的人，聽皮耶羅說過，會不少。她的頭大了，嫁人當新娘子的壓力隨即產生。婆婆好相處嗎？與她還無法用語言交流。跟一個男人朝夕在一起，一輩子和他的母親打啞語，也酷，否則她得學義大利語，或者他的家人學中文。他脾氣不錯，可是生活是另一碼事，如果他暴跳如雷，那她如何辦？

不要想了。

她得讓自己開心。想想費里尼老頭子的臉，他總是一副魔王加大藝術家的深沉表情，讓她想笑。他的電影《甜蜜的生活》以及威廉•惠勒導演的《羅馬假日》的取景地，出現最多的就是鬥獸場。那廢墟曾上演著飢餓的遊戲，現在是搏擊者與遊客的共用之地，聽幾百年前的山呼海嘯迎面湧來。沿著台伯河堤走，岸上聖天使堡必須仰視才最夠力度。最好一個人漫步，數河上的橋，再到馬路上繼續走。走累了，一定要坐在西班牙台階上吃霜淇淋，這時會看到街頭藝人迎風快樂地用手風琴拉小曲。最好在傍晚，滿天的火燒雲托起整個羅馬，等待十二使徒出現。一幢幢建築，一座座廣場，隨意瞻望，便是傳說；不留神趺一跤，就是名勝。這樣的羅馬一日建不成，英雄羅穆盧斯和女神阿佛洛狄忒站在大片的廢墟上，對我們傾訴，是整部詩篇和雅歌在隨風翻開。

之前，從江之南岸到城中心，人需要乘輪渡，車需要乘車渡。有一天，一個個如怪物般的橋墩出現在江中。兩年多後，一座橋建成。車子駛過，人經過，一個青年男子停了下來，撫著欄杆喃喃自語，突然爬過欄杆跳下江裡。

運貨船上的水手，並沒發現江裡的自殺者。警車駛過來，他們將那段欄杆拉上黃條。自殺者留下的遺書，壓在一個打火機下面。沒有地址，沒有名字，也沒有交代為何而死，只有三句話：「給我的孩子：應去那沒去過的地方，和陌生物種對看，才知自己是誰！」

打撈工作開始，搜索好久也沒發現屍體。不知他從何而來，也無從通知家屬，只是在警察局的檔案裡記錄了這麼一樁事。

橋墩下有好多蘆葦，狂風說來就來，把蘆葦吹得東倒西歪。從那兒一直往東走，有沙灘、有礁石。沿途岸邊泊著大大小小的船，也有運貨纜車。空氣裡有什麼，嘴裡就有什麼。有一群少年在對著江心大聲地喊：「重慶你這屁眼蟲，我恨你！我要離開這兒！」跟江上久違的號子聲混合，連成一片。她也跟著別人喊，喊得很起勁。

那是幾歲？幾歲便敢注視那遠處的大橋，那鋼筋混凝土包裹不住的凶戾。

幾隻鷗鷺在江面上飛，牠們打了一個圈，和一隻鴿子一起飛上雲端。

這一段江邊好些路被沖入的江水隔斷，必須往坡上走，才能繞過來。坡上有戶人家門前養了一盆黃葛蘭。她經過時，悄悄摘下一朵插在頭髮上，繼續下坡朝江邊走。

遠遠就看到了索道纜車。過江的人，不只是坐渡輪過江，也可裝進一個長方形的盒子裡，被兩根線吊在空中。江對岸是另一個世界，可以在那兒重新找到希望和幸福。人們進入索道吊著的長方盒子，被索道運到對岸，鑽出長方盒子，消失在對岸巨大的建築群中。

望著遠處的纜車，在索道上慢慢移動，她奢望自己能消失在那裡。江上的汽笛響了，一聲又一聲，聽上去像一個母親為夭折的孩子哀叫。

那些少年站在江邊礁石上，他們在打水仗，鑽入水裡，游到停泊的躉船下邊，冒起頭來。有男孩爬上船去，扔椅子和救生圈。孩子們套著救生圈和舉著椅子朝對岸游去。躉船上的水手發現，也跳下江裡，追趕他們。

他們嘴裡叫著：「臭屁眼蟲，會還你！」

水手不聽，他抓著椅子，卻抓不到救生圈。救生圈在這群少年中間扔來扔去。

水手叉腰踩著水看著。少年見他不搶，反倒無趣了。水手往躉船游去，那個救生圈自個兒也跟了上去。一艘大白輪船出現在江面，孩子們歡呼著，在岸邊跟著大輪船朝上游跑。

她注視著他們，陽光太扎眼，便用雙手遮擋眼睛。這時，他們游回南岸來，看見她，紛紛翻筋斗，扒下褲衩，露出白花花的光屁股。他們唱起一首歌謠：

黃葛蘭，黃葛蘭
我要摘下你
哎呀，我妖里妖精的么妹子
我們互不相識，那又有什麼關係
黃葛蘭，黃葛蘭

我要摘下你
哎呀，我妖里妖精的么妹子
相識一場，卻不變自己
哎呀，今天，我必須變自己
為了你，為了你
我美得一塌糊塗的么妹子

她聽見了，加快腳步，生怕他們會跟上來。那個頭髮最長，皮膚曬得黑黑的男孩，在放學路上，故意迎面對撞她，趁機摸她的乳房。第一次他成功了，她雙手緊抱胸，渾身戰慄。那男孩子看著她笑，舉手給她看，上面是圓珠筆寫的九個字：「做我老金的女朋友。」她這才知道他姓金。幾周後，她在學校大門外的石階上走著，他從身後走來，想要襲擊她。她感覺不對勁，回頭的工夫，腳下一軟，便跌倒了。他撲了空，竟也跟著她摔倒在地。他狠狠地罵了一句髒話。

金的哥哥，在廣場上開公審大會時，脖子上掛的牌子是三個黑字：「強姦犯」。這一帶的女孩子都怕他兄弟倆。

未來，未來，你逃不過我的。金的聲音突然在耳旁響起。

她捂著耳朵回望。

金朝她這邊看，跟著別的少年上岸了，大聲嚷著什麼。緊接著他們背朝著岸，對江掏出短褲衩裡的那傢伙，比賽著朝江水撒尿。尿完了，他們還是沒有過來，他們比賽著打手槍，比賽誰持續的時間最長久。

他們沒法核定輸贏，因為其中一個男孩大聲罵日你媽喲，另一個男孩狂怒，揮拳打起來，彼此在沙灘上連滾帶爬，往死裡揍，打得頭破血流，開開心心。黃昏臨近，江上輪船拉響汽笛。

夜裡，江上輪船也拉響汽笛，只是間斷時間較長。金穿了一件裙子，黑色長襪，走到她的床邊，眼睛亮亮地盯著她的胸脯說，我想和你交換一樣東西。

她嚇得坐起來。

你不必害怕。他說著，撩起他的裙子，看到他的胸脯，像兩個綠豆。我要看看你的。

她看了看對方，然後說，我可以給你看，但從今以後，你在任何地方見到我，要禮讓三分。

禮讓三分？他不懂，盯著她問，是要我避開你？

她點點頭，他同意了。她要他舉手發誓，他照辦。

她的雙手把上衣兩邊衣角牽起，手臂慢慢抬高。小小的乳房，是兩個邊緣布滿紅暈的花蕾。他看著不轉眼，突然叫了一聲，暈倒在地。她笑出了聲，睜開眼睛，發現自己在做夢。

# 第二章　還是同一天

在十一個小時的飛行途中，燕燕沒跟旁座的男子再說一句話。長日留痕，吐氣為生，這個人不要和人說話，她也不要和他說話。一個怪人，遇到另一個怪人，兩個怪人，正眼不再瞧彼此。她看書、看電影、寫筆記。他呢，看電子書、看電影、聽音樂，戴著眼罩睡覺。兩人吃飯時，都要了三文魚和沙拉，還有普洱茶。窗外的陽光強烈地照射進來，像為他們打上光，讓他們心裡記著這次旅行。

義大利除了有璀璨奪目的豐厚歷史、文藝復興的奇觀、地中海的絢麗風光、遍地的葡萄酒、乳酪和松露，還有猛男靚女，當然還有最好的足球明星和殺人不沾血的黑手黨，也盛產怪人。最怪的怪人是費里尼老頭子，這個電影界裡一流的大師，在夢中擔心妻子茱麗葉死掉，這個心結，使他的漫畫詭異莫測，大多皆是豐乳肥臀的裸體女人，巨人一樣站立在天地之間，雙腿因欲望膨脹變得汗淋淋的。

她合上他的《夢書》。漆黑的街道，奔跑著一條條影子，他們走出書來，盯著她，她不由得渾身一顫。費里尼夢到什麼，喜歡寫下來，臭大糞與性交、被槍決、內心焦慮……他的精神狀態一開始就接近末日。大豔陽天，他和好友坐在一家咖啡館裡，目光懶洋洋地看遠處的廣場，說的全是生活的殘酷。他看到她，這個面色蒼白的中國灰姑娘，聽她說她的夢。

她的床上有好多顆針，扎在她的身體上，痛得她發出呻吟。有一次她只得走到床板下面，她發現那兒有好多人，跟她一樣，都變得小小的，倒立著，驚慌失措。她建議大家把床板推倒，翻過來。結果床太寬，被翻倒後，頂著天花板。大家沒辦法，將床推出房間，推向窗外。他們推呀推，發現窗外又是另一個房間。她看見了母親，母親在一艘輪船裡。浪大而猛，突然船翻了，母親掉進江裡，手裡緊緊握著一把舊舊的藍雨傘。母親掙扎著撐開傘，整個人冒出水面，往岸上沙灘走去，迎面走來一個年輕姑娘。「我死了嗎？」母親問這姑娘。姑娘微笑著走開。母親又問那姑娘，對方還是不說話。她感覺走在沙灘上的那個姑娘是她，可不，這沙灘連接羅馬的街。費里尼朝她走來，伸出手，在她的眼睛前輕輕擺動。

她像被施了魔法一樣合上眼。

喀嚓一聲，她被震醒，原來是個夢。她探頭看窗外，飛機已降落。已到羅馬，正快速行駛在跑道上！艙內不少中國乘客拍手，慶幸安全抵達。她加入其中，真心誠意。乘飛機存在百分之八十五的危險，又要從中細分：機械失靈、恐怖分子，甚至撞向流星或不可知的來自地心力的神祕物體……這些擔心是存在的，但真不必害怕，她要告訴母親。母親必是早已起床，已穿上她的黑衣裙，正在拖地板。雙手撐著拖把桿，會看牆上那面大圓鏡，她說鏡子會穿越時空。燕燕從小相信這點，不必看鏡子，她也能看見母親，母親站在窗前，眼睛憂鬱地看著她這個方向。奇怪，她不生母親的氣了，反而開始想她。

菲烏米奇諾機場停泊著各國飛機，天蔚藍得透明。她掉轉身子，小心地看椅子周圍，有無東西遺留。旅行時總掉東西，這回得小心。

飛機大約走了兩分鐘後，停下。她起身打開座位上方的行李艙蓋，空姐幫著她取下黑色行李箱。鄰座的男子打開手機，看了一下，神情不是太高興。燕燕把背包放在行李箱上，握著桿把，另一手拿著手包，往外走。

下飛機前，不曾記得他對她說了句什麼，只記得彼此點了下頭，算作道別。相比北京酷熱的夏天，擁有地中海氣候的羅馬，涼爽極了，穿一身T恤衫薄褲正好。菲烏米奇諾機場不及國內一些城市機場的堂皇現代，顯得陳舊，也算乾淨，倒也自自然然。燕燕加快步子走出海關，出口處好多人在等候，手裡舉著寫了名字的牌子。人潮裡沒有皮耶羅。

再看，仔細看，沒有一個接機人是他。她踮起腳尖望遠一些，還是沒有他的身影。

她托運的黑箱子，比登機箱略大點，一手拖著一個箱，左手還握著一個手提包。走到左邊一個半敞開的咖啡店，幾個人排在櫃檯前。有一位瘦高個兒的義大利人站在桌前喝咖啡，背對著，雙肩略有點傾斜，頭微微低垂。這站姿不陌生，她高興地走過去，拍他的肩膀：「嘿，皮耶羅！」

那人回過頭，戴了眼鏡，嘴邊沾了咖啡汁，一臉驚訝——顯然，認錯人了。

她聳了聳肩，用英語道了聲對不起，趕緊走開。皮耶羅怎麼會在咖啡館呢？若來機場，他一定等在接機的地方。

人來人往的機場接機大廳裡沒有皮耶羅，怎麼辦？再找找他。走回接機出口那兒，沒有他。她從手提包裡掏出一個蘋果手機來，啟動電源，打電話，響著嘟嘟嘟的聲音，一看，手機顯示沒信號。重新啟動，還是一樣。她一時沒反應過來，往前走了好幾步，才明白自己走前忘記開通國外通話許可權。真是的！不必慌，他做事很穩，不會忘記她的航班，他一定是有事，她得等他。

時間因人而異，對燕燕來說，這一天特別漫長，每一分鐘都像蟲斑在她皮膚上漫延。她低頭看手臂，皮膚真有紅點，癢癢的，非常不舒服，她必須離開。她把手機放回包裡。

以後好多次燕燕想起這件事，都弄不明白，為何在接機口沒死等皮耶羅？不是失望，也不是缺乏耐心，可能是神使鬼差。母親說，人牽著你走，你不走，鬼神輕輕拉你一下，便義無反顧地跟上了。那天，她出了機場大門，望著羅馬天空上相互纏繞的雲朵，腦子空空的。稍稍停頓了一會兒，她理理情緒，看到右邊有羅馬城中心的巴士，便走過去，排在十多個旅客的後面。

有人推著行李車，從她身後走來，速度很快。她沒看見，推車碰掉了她放在旅行箱上的手提包。

人不順時，周圍的一切都會跟著搗蛋。她撿起手提包，把它擱回行李箱上，竟然又碰掉了背包。地上有一灘髒水，背包、箱子都濺上了汙漬。從手提包裡翻出紙巾來擦，一頭黑髮垂下來，遮擋了視線，伸手去撫開，又把臉弄上了黑汙，整個人狼狽不堪。

馬路上有車子駛過，車輪在飛轉，發出不同的聲響。突然，一輛計程車停在她面前，窗玻璃搖下，車內一個男人沉穩的聲音說：「上車吧！」

她抬頭一看，居然是飛機上鄰座的那個男子，正看著她呢，臉上還是沒有表情。這麼巧！她心裡吃驚，但沒有多想，便提起大小包，拉著箱子，走到計程車後面。

義大利司機下車來，把燕燕的兩個黑色行李箱和背包放在車廂裡。她看到裡面已有一個黑箱子，不過比她的登機箱大一點。

計程車幾分鐘後駛入高速公路，速度加快。車裡兩個人都沉默著。過了一會兒，她發現他的視線與她在司機座前的後視鏡中的交集，不解地說：「我以為你會像躲瘟神一樣躲著我！」話一出口，她有點後悔，本想謝他，卻說成這樣了，他該討厭她才是。

他不帶任何感情地說：「不錯。」

「那何必停車？」

「被人欺負慣了，沒人欺負還不慣呢。」他從褲袋取出一張紙巾遞過來，手指了指她的臉。

燕燕難為情，狠狠地瞪了他一眼，擦臉擦手，自言自語：「他居然沒來接我？」

他疑惑地看了她一眼。

她有點不太好意思地解釋：「皮耶羅，我的未婚夫！在這個國家，我的手機沒信號，真是的。」她以商量的口氣說：「請把你的手機借給我打個電話，可以嗎？我要跟他說一下。萬一他來機場了，找不到我，會著急的。」

他把蘋果手機遞給她。

她接過手機，背過身去，打皮耶羅的號碼，電話占線。又撥皮耶羅辦公室的電話號碼。不必看自己的手機，她記得住號碼。通了，沒有人接。打他家裡的電話，占線。她重撥，還是一樣，占線的占線、通了的無人接。她不由自主地看了他一眼，他的目光平視前方，沒看她。她雙手握手機，寫起信息來：

借路人的手機給你發信息，我到羅馬了，

等不到你，我直接去旅館。到時見，燕燕。

本想把手機還給他，可是不行，得告訴母親，還有父親。她面露難色地對他說：「對不起，我還得撥兩個重要的電話。」她馬上撥號碼，是北京家裡的電話，沒人接，是留言機在工作。燕燕對著話筒喊：「媽媽，我到羅馬了，不要擔心。手機沒法用，我忘了開通國際漫遊。我用了一個路人的手機打電話。再見，媽媽！」她馬上又撥了父親的手機，他接了。「爸爸，我剛下飛機。什麼？你不方便說話。我用一個路人的手機打電話。媽媽不來。什麼，你已在荷蘭了？好吧，我再給你打電話。」

這兩個電話打完，她鬆了一口氣，把手機還給邊上的男子：「唉，老校友，別不高興。我要在羅馬結婚。給我微信號碼，我還你電話費！」

「算了！你這個路人還是早點嫁掉好。」他收起手機。

「別擔心，我會還你錢的！」她的身子坐直說，「我是燕燕，蘇燕燕，你呢？」

「姓王名命。」他輕聲回答。

「王命，」她上下打量他，然後說，「我要是你的話，就改一個名字。」

「為什麼要改名字？」

「會讓人誤認為你是那個房地產商王命。網上說他是個混蛋，有很多對社會的批評，是個假公知。沒准你跟他差不多，只不過你會掩藏？」

「OK，OK，我換名字，你滿意了吧？」他的臉色沉了下來，質問她，「為什麼說他是個假公知？」

「他所批評的不公平，自己也參與了。」

王侖聽了，沒說話。

燕燕想說什麼，卻止住了。奇怪，這不是她，她向來說話不是這樣的方式，怎麼碰上這傢伙，她便快言快語，心裡沒想，聲音就出來？

計程車司機打開收音機，音樂聲彌漫開來，是她喜歡的義大利民謠歌手尼諾・蓋塔諾的歌曲。

他們不說話，各自看窗外。車窗外的景色，隔一段路有傘狀松樹，映著帶紫的藍天，像畫。前面的司機跟著歌手唱，自己樂著。車子一直向北行駛，進入羅馬城中心。下午的太陽，在這座永恆之城已偏斜。天上有一架直升機在嗡嗡叫，吊運著巨大的木雕耶穌像。耶穌張開雙臂，跟費里尼的電影《甜蜜的生活》裡一樣。一切皆陌生，一切又熟悉。她的精神為之一振，旋即又笑了出來：怎麼可能呢？再看，真有飛機吊著東西，只是一架奇大的鋼琴而已。計程車經過鬥獸場、君士坦丁大拱門、大競技場、威尼斯廣場，她的眼睛像攝影機，統統將景致掃入腦子，激動地說，太酷了！它們比書裡、比電影裡更雄偉更迷人！看看這些巴洛克的雕塑！哎，看那古埃及的方尖碑！她第一次發現自己長得太小了，喉嚨經不起喊，快啞了。

王侖不耐煩地說：「你沒有能力安靜？」

「對一個第一次來羅馬的人來說，安靜會得神經病。尤其是，之前——」燕燕興奮地指著自己的腦袋，「羅馬——在我這兒。」

「住哪兒？」他問。

燕燕翻找自己包裡的筆記本。她指著手寫的義大利語地址給王侖看。他沒看，直接遞給司機。司機是個靈巧人，目光掃了一眼，遞回本子給燕燕。車子駛進西班牙台階附近的小街，兩側都是老房子，門前和樓上的陽台上種有花草。

王侖輕聲對司機說了一句話。

司機點點頭。

燕燕覺得他在說義大利語，於是問他：「你是不是讓他先送我？」

王侖沒說話，以此默認。

燕燕認真地說：「謝謝你，王侖，你真紳士！」

「我要保證你安全地走出我的生活。」

「王侖，你絕對是紳士！」

話已說到此，他們各自看前方，完全像陌生人。

車子行駛得並不快。路人在道路兩旁走著，有本地人，有乞丐，遊客最多。他們東張西望，拍照或是錄影，也有招呼小孩子的，大都坐在咖啡店的桌前，悠閒地喝著、吃著東西。司機東拐西拐，在一個個巷子裡穿越，最後駛進一條並不算小的街，在路邊的一個空檔停下。十幾步遠的地方有家小旅館，倒是安靜，連個路人也沒有。

司機把燕燕的行李統統取下來。王侖下車，把車門打開。燕燕拿著手提包下車，舉手要與王侖說再見，發現他早已上車，車子駛遠。

在過江索道纜車站收費處，她交了錢，收好票，等著纜車從江對岸過來。

第一次乘纜車，是他帶她來的。有一天，他領她到一個拜把子的兄弟家。一直在走路，往下坡走，拐七拐八地進了一個二層樓的磚房。那家門敞著，屋中央放了一個不高的木桌子，四個凳子，一桌子菜冒著熱氣。他一高興喝多了酒，和那家的男主人划拳、行酒令。他身上的錢和衣服都輸掉了，最後賭上她，狠狠地盯著她說，可惜了可惜了，你不是一個男孩。酒後吐真言，原來他一直對她作為女孩的存在感到不滿。

像唱歌似的一陣划拳，他輸了。那家人沒有孩子，有個相貌凶悍的老婆。兩口子也喝大了，看著她，又看著酒鬼，嘀嘀咕咕好幾分鐘，女的要她，男的不要。女的罵男的沒有後，男的說你這臭婆娘生不了蛋，給了她一巴掌，順手拂去木桌上的幾個碗，摔得粉碎。女的不吭聲了，自然不敢要她。臨江門馬路邊的樓房，其實比邊上那些尚留著的幾幢吊腳樓好不到哪裡去，簡陋低矮，夏熱冬冷，屋子裡一貧如洗。在這兒，和在以前的家，沒什麼不同。但那個家再不好，她也不想離開。她沒有哭，也沒有說不，只是低著頭，誰也不看。如果被留下來，她一定會從面前的窗子跳下去逃走。那凶巴巴的婆娘把她的臉抬起來，說，她的眼光好亮，像一把刀。

那家人醉得並不出格。她記得那男人的話：這麼大的女孩子，收不了心了。

他敢把她賭掉，她恨他。出了那房子，他從褲袋裡掏出小酒瓶，繼續喝酒，最後醉倒了。她沒有辦法，看到路邊有個自來水龍頭，便用冷水澆在他臉上。他酒醒了，搖搖頭，看清路。因為時間原因，怕趕不上末班船，他決定多花錢就近坐索道纜車過江。

從纜車下來，穿過幾條街，一直是往坡下走。昏黃的路燈照著石梯兩旁的黃色小野花，它們在石縫間綻開。她想摘，這時他回過身來看，狠狠瞪了她一眼。她從來不敢冒犯他，只能知趣地朝前走。

下完石階，他們沿著江邊的路往家裡趕。沙灘被人踩出不同的道來，彎彎扭扭，像波浪。身後傳來號子聲，唱歌似的。拉縴的人，拉著繩，身後跟著木筏。少見縴夫隊伍了，在暗黑的夜晚，一年也碰不上一次。

纜車徐徐駛過江來，她走了進去。巧的是，江邊也有縴夫，他們齊力喊著號子，可是樓房擋著了，看不到人。

纜車停了，她跟著人們下到月台上。纜車站外是大馬路，川流不息的車流。離家出走容易？去哪兒都難。他們都在樓前的空壩坐著打麻將，有時通宵打。他在其中，金額不大，一元二元，贏輸都在二十元左右。如果他發現她蹺課，免不了給她一頓臭罵，甚至要打耳光，罰跪不讓吃飯。

「小妹兒，丟了嗎？」有男人靠近她問。

「小妹兒，跟我走吧？」有一個老爺爺走過來握著她的手，「我帶你去看電影，想吃包子嗎，餓不餓？」他帶著她走到一棵大樹前，用身子擋著她，先摸她的臉蛋，手往脖子下摸。她一口咬著他的手，他叫了起來，後退一步。她趁機跑掉，離他有一段距離，看他。她記得，他是個紅鼻子。

又一班纜車到達，她跟著人流朝前走，走到最熱鬧的解放碑跟前，足足待了好幾個鐘頭，仰望那紀念碑和附近的高樓。天上有團黑雲在聚集，像他的拳頭。她掉頭往回走。

可是，怎麼走，她都找不到纜車站。有嘴便是路，她問一個老媽媽。老媽媽看看她：「可憐的妹兒，我帶你去。」她把她送到索道纜車站，還替她購了一張票。

纜車裡全是人，散發著汗臭味，更多的人擠進來，她緊貼著玻璃窗站著。纜車開動，向南岸滑去。腳下的街，歪歪斜斜成片的房子，像搭的積木，中間插有高樓。

很快進入江面。從空中看下去，江水黃湯一鍋，而天色陰暗，烏雲追隨而來。纜車經過江心時，好想跳下去，變成一尾魚，游進這條江裡。她已看清現實，她無路可走，一想到回去的日子，她絕望了。那天他賭掉她時，她就想，人跟人怎能這麼無情，越窮的人心越硬。

幸好一切未發生。纜車猛地搖晃了一下，她馬上緊抓纜車裡的杠子，是的，她並不想死。哐嘡一聲，纜車靠上月台了。她走了下來，豌豆大的雨飄起，人們紛紛逃走。月台上的乘客馬上擠進纜車裡，纜車又徐徐駛向對岸。她想也不想，便衝進大雨之中。

他站在雨中，打了一把舊舊的黑雨傘。

她突然停下，不知該如何辦。

他穿過馬路，走過來，劈面給她兩耳光，打得她滿眼冒金星。他抓起她的手，她像一頭憤怒的獅子，昂起頭。兩個人對視片刻，這回他沒有喝酒，身上一點酒氣也沒有，可他的手在發抖。她只有他，與之相依為命，別無選擇，於是整個人蔫掉，乖乖跟著他走。沿街都掛著小綠尖椒和成串的紅辣椒，有的是直接鋪在屋前或別人的屋頂，曬成乾辣椒，來不及收，被雨水淋濕，發出凶猛的辣味，刺得她的眼睛發紅，又癢又疼。

# 第三章　迷宮似的城市

今天撞了什麼邪，諸事不順。這次到羅馬，走得悄悄的。因為手機忘在家，回去取，差點誤了飛機。飛機起飛前，收到李蘋的短信，她是女友方露露的助理，說會有車子到機場接他到酒店。他一向睡眠不好，這段時間心情不太好，也不可能好。飛機行駛在海拔一萬一千米高空後，他吃了三顆安定藥片，也沒法入睡。看舷窗外，有鴿子在飛。他搖搖頭，不可能。再看，真有一隻鴿子在那裡飛，而且飛進艙裡來，蹲在椅背上，安靜地看著前方。他伸手碰碰牠，牠慢慢轉過頭來，頭頂有一叢黑毛。有張人臉，眼睛空洞無光，很讓他害怕。他閉上眼睛。閉上眼睛，能聽到鴿子飛起來，在整個機艙裡飛，那聲音像故意給他聽的。飛機著陸後，他打開手機，其中一條短信來自李蘋，說露露要拍片，酒店派不出車來接機，對不起。李蘋他見過好多次，但並沒有留下什麼深刻印象。方露露用的助理不會超過一年，要麼是助理不幹了，要麼是她不滿意，要求換人。她不要男助理，說女人心細。這個李蘋，精明能幹，已過了一年，兩人還沒分手，也不太正常。女人之間的事，只有女人自個兒明白，男人不想弄明白。

沒人沒車接也沒關係，難得一個人清靜。以往去國外，如果是真正的度假，一般都會從機場租輛車，很方便。這次不同，而且羅馬城不適合自駕，沒地方停車，好多地方單行，容易弄錯。他幾乎沒有想，就叫了計程車。經過公共汽車站，看到飛機上鄰座那個姑娘。大概是她那副狼狽樣子，讓他的腦子抽了個筋，居然讓司機停下車來載她。這種事，有點不符合他的個性。

她並不是一個討人喜歡的姑娘，給人添事。幫她到落腳的旅館，夠了。

計程車往前開得飛快。拐出小巷子，過大馬路，進入一條小街。街邊有好多商店，裝飾得好看，但都不如左邊櫥窗裡的各式花朵漂亮。那兒明顯是一個花店，風裡湧來陣陣花香，混合著咖啡香氣。對了，這是羅馬獨有的氣味，這時他才確信自己到了這座城市。

他讓司機在路邊停下，等幾分鐘。他打開車門，下車走到花店。玫瑰紅、黃、粉三色，皆美得強勢，不容忽視。靠牆有幾株雪白的泰國蝴蝶蘭花，在羅馬，這蘭花稀罕珍貴。他的眼睛掃了一遍花店，看到了繡球花，紫色、粉色都有，不像玫瑰那樣媚俗，是有個性的花：需要水多，認人，可活過一周。如果遇到的人不對勁，當天就謝了，像愛情本身。他手指繡球，點了點頭。

店主心細，取了六枝雙色相混，用紙包裹好，還繫了綢帶。

他接了花，謝了店主，付錢後走出了小店，坐回計程車。

司機豎起拇指誇他手裡的花。幾分鐘後，車子進入博蓋斯街，幾乎眨眼工夫，就停在了目的地。周圍都是大名牌店，行人多半是遊客。王侖付了車費，小心地捧著繡球花下車。

司機到車後取下黑色行李箱。王侖打量這個地方，不太像酒店，倒像私人住宅，高大厚重的木門緊閉，有些奇怪。從這兒再往前走一百來米，便是西班牙台階，占據了中心位置。明早晨跑看名景，再沿著台伯河轉一圈——王侖這樣想著。右手邊有門鈴，他伸手去按，鈴聲刺耳響了好久，沒人回應。正要伸手再按門鈴，門居然「吱呀」一聲打開了。

酒店的侍應生，一位矮個兒阿拉伯人，身著白制服，恭敬地接過他手裡的鮮花，提起他身邊的旅行箱，在前面領路。幾米高的空間，大理石石階和廊柱，有不少巴洛克時代的塑像。樓道裡一片靜穆，空氣中只有腳步聲，還有從庭院飄來的淡淡花香。有一位小個子清潔工推著盛有泥土的三輪小車，胸前繫了圍裙，打一旁經過。

侍者打開窄小的老電梯，按了樓層，將門合上。電梯徐徐上升。侍者自己走寬敞的、像宮殿一樣的大理石階。電梯到了，他打開鐵柵欄裡門，再推開外面木門，走出來，又將兩道門分別合上。說實話，面前的走廊無比寬綽，立著不少考究的雕塑。他一回身看到小個子的侍者，已殷勤地替他推開大門，身子恭敬地微微朝後，請他先進。

他走入，大堂裡布置雅致，挑高天花板全是古老的壁畫，到處是舒適的沙發和扶手椅。櫃檯的接待女子站起身來，她小小巧巧，向他點頭。他取出護照，遞上。她將它放在影印機上複印，還給他時，多了兩把房間鑰匙。

「房門鑰匙小，樓下大門鑰匙大。」女子細心交代。

這個酒店的人都矮矮小小的，幸好臉生得正常，否則他會以為自己誤到了另一個星球。

女子將一個信封交給他。她的指甲塗了黑色，他心裡一驚，指甲用這色最讓人提心吊膽。這個地方有些魅祟，老傢俱、老地毯、厚重的老窗簾，一派落寞貴族的老情調，到處是深重的色澤，櫃子上還重重疊疊放著一些銀框老照片。他掃了一眼，一個華麗老家族奇詭的歷史感迎面撲來。他本能地收回目光，還是避開的好，以免惹是生非。

侍者提著行李箱在前頭走，他跟著，拆開信看：

親愛的侖，歡迎你來羅馬！我拍片晚點回。

明天上午婚服店的設計師會來讓我選戲服「婚服」。

到時你出出主意。

你的露露

信紙上有個吻印，豔麗的口紅，散發著熟悉的氣味，他湊近聞了一下，香奈兒五號的香味，露露從來沒有生厭。他翻過信封看，他的名字是拼音，大概是擔心義大利侍者會弄錯。黏膠沒乾，彷佛提醒他，離她寫好這短信，並沒有多久時間，他倆只是擦肩而過罷了。她沒有等他，而他也並不急於看到她，遠不如半年前，不，一年前。時間加深一些東西，也減弱一些東西。旅行可以把現實的負重忘卻，但此時，日常生活中那些不喜歡的內容卻在返回，沒辦法。如果他可以放下，比如和她有一個真正意義的家，有幾個孩子，是否會有所改觀？在飛機上，感覺老有那隻鴿子在邊上飛舞，難以入睡。最後吃了一顆國外的重劑量安眠藥，可能睡了三個小時。模糊之中，看到好多人在指責一隻灰鴿子。睡眠品質不好，頭有點痛，嗓子有點癢。不要怪那個蘇燕燕，自己睡不好覺，跟她沒關係。她說話的口音很像一個人，像誰呢？

酒店裡看不到別的客人，只有穿制服的侍者，端著物件目不斜視地穿過。大堂裡放著講究的熱帶植物和碩大的白蘭花，巨幅油畫有人像、有風景，多半為十八、十九世紀風格，古董傢俱鋥鋥發亮，五顏六色的威尼斯吊燈，投來柔和的光線，這酒店格調不低。

他向前走，餘光掃到酒吧，有客人坐在那兒喝啤酒。他的腳步停頓了一下，馬上感覺口渴，便改變主意，和侍者交代了一下，朝酒吧走去。

酒吧很安靜，那位客人，看到他進來，抬頭看了一下，埋頭看平板電腦。酒吧外有一個露台，空氣中有花香。他走到那兒，幾棵傘狀松樹枝在露台邊，幾個講究的老瓷盆裡，月季、百合開得正豔。他在一株粉紅月季伸入的桌前坐下，侍者跟了過來，端來一杯水。他接菜單後，點了吃的喝的。

抽了半根雪茄的工夫，侍者端來一杯香檳，還有一碟橄欖和一碟堅果。他覺得口乾舌燥，頭有點痛，便熄了菸，喝了一大口香檳，喉嚨頓時好受一些，但願沒得感冒。他的體質一向很棒，因為喜歡晨跑，不是易生病的體質。在義大利，魔法金手指永遠停留在此，萬物順風長，什麼都長得又大又好。這氣泡酒也如此，潤喉，餘味微微香甜。也怪，頭居然不痛了。松樹頂上的太陽迅速西移，火燒雲映著傍晚的羅馬，給足了金色的色澤，形如花朵和各種各樣的動物，相互纏繞依偎，毫無保留地湧現在天空。

都說這是座男性之城，倒也不假。入眼的建築，堅固而壯觀，門廊、窗框和雕像栩栩如生，充滿陽剛之氣。他喝了一口酒，心中突然空空蕩蕩。父親說，黃昏，為一天最美之時。要是父親在，面對羅馬，會說什麼？

這座城，進入他的記憶是因為父親。他那時尚小，父親給他講哈德良神廟，內壁和廊柱上的浮雕，一側屬於希臘時代，另一側屬於亞馬遜女人國，內壁是美杜莎蛇髮女妖，盡是神話和傳說。

如果下雪，你才知道這座神廟的奇妙。父親說。

王侖沒在雪中欣賞過它。哈德良皇帝也沒有。他發起猶太戰爭，耗時三年，屠殺了五十八萬猶太人。這人酷愛旅行，那時窮山惡水，旅途凶險，他想看看波斯和埃及，就一路打過去。這人喜歡跟哲學家、建築師、律師辯論，喜歡用刁鑽問題折磨他們，赤膊上陣扳倒他們。這人為防守喜歡築長城，在南德修，在英格蘭修。他博學多才，花心花腸，當寵愛的少年不幸溺死於尼羅河，他居然傷心欲絕，終生懷念。

法國女作家尤瑟納爾以哈德良皇帝的口吻寫回憶錄，她二十一歲開始寫這本書，此後一再推翻重寫。歲月飄零，世事變遷，待終可把握所寫人物間距離、時代與時代之間存在的界線，以及無限差別的個體，她才得以完成全書。一九五一年，這小說一問世便引起轟動。因為父親，他對這個皇帝的一切有興趣，可是讀這本小說卻是在三十五歲那年，四十歲前讀，四十歲後又重讀，僅僅五年之差，感想卻截然不同。他一下子撞入女作家設置的密林和黑暗之中不能自拔，從她幻象的文字裡窺見羅馬帝國的一角天穹，這是他真正喜歡上外國文學的開始。慶幸的是，那些閃動著悲劇翅膀的飛禽，並非鴿子。

父親給他講一對落難兄弟和一隻母狼的故事。母狼用自己的乳汁餵養了他們，後來他們中一人當了皇帝，以自己的名字「羅馬」為這座城市命名。為了感恩，他還差人精心製作了一頭青銅母狼和一對嬰兒吃奶的雕塑。

父親給他講曾經羅馬人的傳奇，他們征服並掌控了大半個地球，羅馬一度成為世界中心，雲集了希臘政治家伯里克利、悲劇大師埃斯庫羅斯和雕塑大師菲迪亞斯的後代們。他們個個才華卓越，能言善辯，全是演講家。

父親講故事時，教他義大利語。他在大學學的專業是國際貿易，外語天賦卻像父親，除了義大利語，他同時還修了法語和英語。因為有個美國室友，他的英語口音像是從小學的。父親很愛母親，母親也很愛父親，兩個人一個眼神便可交談，可謂心心相印。他歎了一口氣。如果他們都活著，尤其是母親，一定要對他說，想抱孫子。真希望他們活著，真想把他倆帶到羅馬來，看每一處，他來講給父親聽，不知父親會有多高興。

朋友史彬對他抱怨，老母親總在嘮叨，一周不回，就會問他在哪裡，什麼時候回家，想吃什麼，睡晚了，就催他去睡，催三次，他還沒睡，她便會說他長大了，還不如小時聽話，弄得他煩。他恰恰需要這份母愛，並為之遺憾。這遺憾，其實是痛苦。她一點也沒享到他這個兒子的福。母親的聲音，有點沙啞，帶些家鄉安徽黃梅戲的韻味，她高興時，說上好一陣子，生氣時不吭聲。她說懷他前兩個月，天天想吃酸蘿蔔，吃得太多了。他出生後，她聞見酸蘿蔔便會吐，但是他卻喜歡。母親說他對吃的敏感勝過外公，外公也愛酸菜，並喜歡和他們說上一陣子話，講家鄉的神怪故事。

第一次婚姻，她是他的大學同學，有個在地方上說話一呼百應的父親，在生意上幫了他。她在外面有人，她坦誠地說，反正我們沒孩子，最好是開放式婚姻，誰也不管誰。遇到方露露之前，他也有過一些別的女人，她們表面上一味順從，實際上卻想占有他。只有露露與她們不同，有自己的生活。露露與母親的模樣有幾分相像，尤其是說話時，眼睛亮亮的，愛做手勢，以強調自己的想法，這也是他在心裡對露露看重的原因。露露時不時給他驚喜，他決定跟她好好過下去，便回家離婚。前妻在離婚協議書上簽字前，要了他不可能給的一切，可他全答應了。女人與你好時，什麼都好說，女人不與你好時，連掉在地上的一粒灰塵，都不留給你。

他摸摸褲袋，黑絲絨首飾盒子在，他放心了。掏出來，打開看，這枚白金鑽戒，五顆小鑽石串成一排，閃閃發光，很別致。方露露喜歡大鑽石，而他按自己的品位選了。結婚就要失去自我，我可以做到嗎？結過婚的男人，沒結過婚的男人，都敬畏婚姻。每一個男人內心都是拒婚的，猶豫，再以種種理由推卻，再考慮，反反覆覆，就是擔心婚後日子不如婚前。一枚小小的戒指，將一個男人和一個女人捆綁一生，像踏上極速光輪，只能閉上眼，咬緊牙，最後尖叫。光速快到沒人聽到你的聲音，凶猛到你沒反應過來。很後悔，雖然極速光輪只有兩分鐘。與一個女人的生活，婚姻生活，不可能兩分鐘就結束，有百事，不，千萬種煩事相擾，經常使你無法喘氣，整個身體置於緊張之中。

該死的，婚姻如果是和不對的人，就會折壽！

之前，他沒向露露求婚。她嘴上雖沒說，但可能一直等著這一天。對他來說，再結婚，就是讓極速光輪朝前繼續衝，他不是一個投降者，他要向前，她也要向前。

世上飲食男女需要怎麼做，才能真得到幸福？愛一個人，就要與她終生相守，忍受她的一切。但如果並不是那麼愛，而是喜歡，是被吸引呢？什麼是愛？他感受到愛，或是被愛，他的內心對此，並沒有明確的答案。他連連喝酒。好幾隻貓出現在周圍，書上說，羅馬不僅有那了不起的母狼，還有眾多有人性的貓，在街上和廢墟隨處可見。牠們不願被豢養，自甘流浪，保持自由的靈魂，像是對應他的想法。露台裡有隻黑貓小心地朝他靠近，牠的眼睛紫藍透亮，跟他的貓伊萬卡很像。牠走近幾步，一下子躍起，跳到半人高的圍牆上，轉過身來盯著他手裡的鑽石，詭異莫測。但只是幾秒，牠轉向他的臉，像是對他感興趣地研究，一動不動。

他問黑貓：「結婚或是不結婚？」

黑貓聽著，沒有發表意見，一派在認真思考的樣子。

他合上首飾盒子，放回褲袋，這時手機響了，他掏出手機來說：「你好！」

那邊也說：「你好！是不是太早，把你吵醒了？」

「不必客氣。」

「你猜猜我是誰？」

有病。他討厭打電話時，讓人猜名字。對方的聲音並不陌生，他沒擱電話，便直接說：「請說名字。」手機裡只有三種事：一是好事，二是壞事，三是無聊事。一年算下來，幾乎都是無聊事。

對方報了名字，是史彬。他向史彬抱歉，真是奇怪，怎麼就聽不出他的聲音呢？而且幾分鐘前，他居然還想到了史彬。他就這樣對史彬說，史彬聽了很高興，他說那樣問，是故意而為，想讓王侖轉移注意力。史彬比他年輕，不到四十歲，卻是律師界的拔尖人物，兩人是在日本參加一個好朋友的派對認識的，當晚被朋友弄去看女性受虐表演。他倆藉故出來，不約而同到了一個酒吧，準備喝一杯便回酒店休息。再次見到，相視一笑。他倆是從那晚成為朋友的。雖是同城居住，極少見面，但每隔一年半載總會見一次。史彬從廣州打電話給他，說是感覺自己最近在走霉運，就去朝拜一位高僧，請高僧把遮擋在四周的霧障清理清理，尤其是命裡的小人。史彬說高僧給他算了一命，預示他在春天有個災，叫他不要出門。他半信半疑，倒是沒和幾個好友一同去黃山旅遊。結果，去的那一車人都沒了，他驚恐萬狀，趕快去回拜高僧。史彬說：「好靈啊！我也把你的出生年月日給報了，高僧算出，你若有婚嫁之事，可沖掉身上的霉氣！」

他聽了心裡一驚。這之前倒是遇有一藏傳佛教高段位的上師，說喜出望外，回頭是岸。還說風不動，樹不動，是他的心動，等等。話裡有玄機，需一再吃透才明理：會有喜事？得外出？是巧合，還是暗示他的個人生活得有所改變？

史彬在電話那端說，待他回國，一定要去高僧那兒。他答應著，說回國再聯繫，便擱了電話。

如果能算命，結婚或是不結婚，那也不錯。可是任憑別人把他的生活決定了，以前可以，現在不能。他喝了一大口香檳，將碟子裡的堅果和橄欖都吃了，伸了個懶腰。黑貓在圍牆上走了幾步，又轉過臉來，看著他。他站了起來，朝黑貓點點頭，往回廊走。剛才室內喝酒的那個客人已不在，甚至侍者也不在。聽著自己不緊不慢的腳步聲在空曠的宮殿裡響著，他覺得一切是這樣不真實。

這個酒店太安靜了，安靜得不正常。一定會發生什麼事，或已發生了什麼事，一種不祥之感籠罩了他。

那輛計程車在街尾消失後，站在小旅館的鐵門前，燕燕有點不放心。取出筆記本，對了對地址，確認無誤後，才背著包、拉著行李箱，走了進去。

窄小的甬道兩側種了花樹，白中夾粉紅，像家鄉重慶到處都有的夾竹桃。家鄉的夾竹桃不是香的，味道有些刺鼻，這兒的夾竹桃卻帶著微微的香氣，人一經過，撫開花枝，整個甬道都溢滿了。她上了又窄又陡的台階，先提小的行李箱，再提大的，都放在門口，這才推開門。迎面的小櫃檯裡，一個頭髮亂亂的印巴人站在那兒，正對著電話不耐煩地說著什麼，看上去他是這兒的管事的。

燕燕朝他點點頭，那人沒有過來幫她。她一個人將所有的行李都放在櫃檯前，從手提包裡取出護照遞上去。

印巴人還是在講電話，不過手指在櫃面上點了兩下，讓她等。

燕燕只有等。可是這兒沒有任何適合客人休息片刻的椅子。櫃檯裡桌上有電腦、印表機、亂七八糟的紙片和筆，牆上有義大利模特的日曆，有貼紙片，還有鐵鉤掛著鑰匙。從鑰匙量看，大約有二十個房間。這麼個小旅館居然有這麼多房間！不斷有住店客人走上左側的樓梯，也有下樓的，拖兒帶女的，他們吵吵鬧鬧，跟趕集市一樣。

印巴人還是在講電話，他看了看燕燕的護照，對照電腦，手飛快地滑動。他一邊聽著電話，皺著眉頭，一邊移動滑鼠，盯著電腦上看，又對著護照看，最後把護照還給她。側過身，從牆上取下一把鑰匙牌遞給她，手往邊上窄窄的樓梯指了指。

燕燕提著包和行李走上樓梯，地毯汙漬斑斑，樓梯間放了一盆沾滿灰塵的塑膠花，頂上有窄窄的長窗子。看出去，那是一座修道院的庭院，碧綠的草坪，有好多高大的樹，整堵牆上盛開著白玫瑰。

她上到樓梯頂端，牆上充滿汙跡。順著房間號碼，往走廊裡處走。找到房間，打開一看，巴掌大一塊地，擠了一張窄雙人床、一個小桌子和一把小椅子。牆紙紅，床蓋也紅，俗裡俗氣。她把行李擱在門邊，鼻子嗅了嗅，趕緊走到窗前，把窗簾拉開，露出一堵牆。她鬆開手，坐在床上，頓時覺得精疲力竭，順勢躺下來，閉目休息。

走廊裡有腳步聲，她聽著腳步聲消失，鬆了一口氣。真好，真安靜。就在這時，左邊隔壁房間傳來電吹風的聲音，彷彿是配合，右邊隔壁房間傳來一對男女做愛的響動。他們的動作越來越大，女的叫聲尖厲，像是受刑，男的把床被搗整得像六級地震。她對這個旅館心裡窩著一把火。皮耶羅訂的旅館，她之前沒有上網查，他說這旅館在城中心，離他學校也不遠。他沒說住家裡，正中她下懷，舉行婚禮前，還是住在外面自由。為了這自由，要犧牲安靜，她不高興了。

母親的紙條，就在褲袋裡。她掏出來，母親在邊上畫了一把藍雨傘。是呵，舉著藍雨傘，母親緩緩走過來，像在她面前一樣，對她說：

你父親，二十多年來都在騙我，他總是跟別的女人。只要我活著，我就不離婚。我以前有多愛他，現在就有多恨他！

母親恨父親。從很小開始，燕燕就知道這一點，並為此焦慮緊張。上小學時，是父母關係最惡化時。記得有一次她放學回到家，空氣裡有檀香的氣味，是母親在燒香。她推開房門，沒有母親。窗外有人在說話，她探頭看，不是母親。家裡、街上都沒有母親的身影，小小的她一路奔跑到江邊，焦急害怕地喊：「媽媽，你在哪兒？」母親有一次走入江水裡，被人救了。從那之後，她都處於這種擔心失去母親的恐懼中。

江上所有的船拉響汽笛，朝她傳遞著信號：快跑，快跑！她的喉嚨乾渴，難受極了。她跑到躉船前的跳板上，想趕上渡輪。水手吹響輪船離岸的號子，她衝過水手攔著的手，奔入輪船裡。船裡沒有母親。最後她發現母親站在江邊淺灘上，並未在哭泣，而是專心地注視著不遠處：有一個比燕燕大幾歲的女孩，在沙灘上練習跳舞。她奔過去，一把抱住母親。她倆抱在一起，微笑，很快樂的。她倆看那跳舞的女孩。

那跳舞的女孩，看到這幸福的母女倆，停下跳舞，很嫉妒，很生氣地咬著自己的嘴唇，一腳將一塊小石頭踢入江中。

那次母親沒走進江裡，如果沒有那個跳舞的女孩，母親可能會選擇結束生命。母親的極端，燕燕知道，有時她理解，有時她不能理解。

父親對燕燕說不上不好，倒是總給她買新衣和書。打她有記憶起，父親就跟別的父親不一樣，他不常回家，說話、做事，憑著他的性子。他的五官不似明星那般周正，但頭髮好，剪得有型，加上高挑的身材，永遠戴著一副雷朋墨鏡，很像一個明星。如果她跟父親上街，父親那樣子，會引來很多女人回頭，行注目禮。母親很少對人說父親的不是，她只對父親說。父親聽著，不太說話，待到母親說得興奮了，他會像個定時炸彈一樣引爆，對母親進行還擊。有一次燕燕聽到他倆爭吵，母親說父親一見到女人，褲帶就會鬆開，他那玩意發出子彈，少有女人不愛被擊中。父親說自己是清白的，沒一個正式的野女人，都是逢場作戲罷了。他說，他只是忙著掙錢、養家，是她這個當老婆的在胡思亂想。父親說，我只愛你一個人，我的心裡沒有別人。母親把他拉到門口，把他推出去，然後把門關上。母親在房裡等著他敲門、求情，如果他那樣做了，她會開門。可是房外傳來父親離開的腳步聲。

父親這個女人的征服者，在遇到母親前，並沒有女人緣。那時父親在南岸區文化館教舞蹈，面對面，甚至身體接觸那麼多女人，也沒花心。那天正巧過江到市中區的文化館辦事，經過文化館的圖書室，他走了進去，看到一個模樣兒秀氣、穿了一身白花點裙子的年輕姑娘，坐在一排排書架邊上。窗子外是青青的竹子，風吹進來，掀動她垂在肩上的頭髮。她微微泛紅的臉，濕漉漉的嘴唇，那份安靜，那份自信，比輕歌曼舞中的女子還讓人心動。

巧的是，在過江輪渡上，他們正好坐同一艘船。

母親手裡捧著一本小說，太陽光燦爛地照下來，父親的眼睛就完全黏在母親身上了。風太大，波浪撲來時，她慌了，怕把書弄濕，忙用身體遮擋，不料卻一下子滑倒。父親扶住了她。

下輪渡時，父親對母親說，你真好看，我喜歡你，做我的女朋友吧！父親的直接和霸道，讓母親措手不及，心慌意亂。她竭力掩飾，沒有說任何話，甚至也沒正眼看他。

他去的市中區文化館，其實就是母親的單位，她才分到那兒做會計。父親與母親坐了兩站公共汽車，在小什字站下車後，朝坡上走去。她沉默，他居然也沉默，兩人像陌生人一樣。到母親的單位門口，父親說了一聲再見便走了。母親下班時，父親等在市中區文化館大門口，儼然是男朋友似的接她，兩人再一起坐渡輪回到南岸。母親還是沒敢看他，可他的眼睛一刻也沒離開母親。以後幾天，父親都專門到母親的單位大門口等她，陪她坐渡輪回家。一個星期下來，母親堅持不住了，她想，他本來住在南岸，上班也在南岸，犯不著去對岸城中心接她，單憑這一點就足夠證明他是真的對她好。平常母親不喜歡穿高跟鞋，可是那之後，她選擇了一雙棕色高跟鞋。山城重慶，上坡下坡，因為有愛情，母親穿著它也如履平地。那時的她，一定跟所有戀愛中的姑娘一樣，整個人散發著愛情的魔力，一頭黑色的長髮飄揚，像一朵待放的花蕾。

正值春天，長江尚未漲水，江邊到處是露出水面的石灘，他倆沿著石灘走。父親不僅跳舞出身，歌也唱得好，他給她唱歌，兩人跳進江水，水花濺了一身。快樂的一對人兒，連晚霞都投來羨慕的光芒。母親從那天起不可救藥地愛上了父親。沒多久，她帶父親回家見外婆。他很討人喜歡，讓外婆覺得他心眼兒正，女兒終身有靠。父親很愛母親，她半年沒到，就懷孕了。父親在江邊迎著波浪向母親求婚，她覺得從來沒有這麼幸福過，朝他點點頭。她一心一意做他的老婆和孩子的母親，做夢都沒料到，父親有一天會背叛她。

都說看一個男人找什麼樣的女人，便知他屬於什麼樣的人。父親找了母親後，女人都注意到，這麼精緻溫柔的女子都愛著的這個男人，必定與眾不同。父親有了自信，這自信給他增添了魅力，尤其是意識到女人們看他的眼光不同，父親的語言變得滑溜和幽默。母親說，父親在她懷孕時，便在外留宿，像是一面好端端的鏡子，有了裂痕，照人時，怎麼照，都不完整了。

在羅馬這家小旅館裡，燕燕看著手裡的紙條，貼在胸口，淚水在眼睛裡打轉。母親回回講自己的戀愛經，都不同。作為女兒，她喜歡回憶這個版本。她愛母親，雖然與母親面對面時，兩人也有爭吵，甚至有時一整天不說一句話。母親穿著長過膝蓋的黑色連衣裙，在屋子裡走來走去，是個怨婦，看著窗外，臉頰越來越瘦，眼睛卻越來越亮。可母親就是母親，哪怕分開，她也能感覺到母親的呼吸和心跳。她八歲那年，母親服了一瓶安眠藥自殺。燕燕在學校有感覺，提早回家，發現母親躺在床上奄奄一息。她叫來鄰居。母親被救過來。外婆在燕燕兩歲時突然檢查出是肺癌晚期，沒多久便走了。那時燕燕剛學會走路，完全沒有記憶。母親說外婆走時叮囑她，不要讓燕燕看見，怕驚嚇了她。三年過去，燕燕問外婆怎麼沒想著回家來看她倆，母親終於說了實話，告訴她外婆在天上一個製造晚霞的地方，等著有一天與她們相聚。母親說完掉過臉去。燕燕哇的一聲哭起來，邊哭邊說：「我沒有外婆，也沒有外公，也沒有爺爺和奶奶，我是一個命苦的人呀！媽媽，如果你沒有了，我該怎麼辦？我不要活，不要活。」母親看著燕燕半晌，才朝房門走去。燕燕追過去，抱著母親的雙腿不放。母親止步，蹲下身來，抱著燕燕，說，媽媽不會離開，放心，媽媽只是到樓外小店去買鹽而已。

燕燕不想母親與父親關係如此，她心裡矛盾。父母若真離了，她就成了名副其實的單親孩子。她不像母親那樣恨父親，他是空架子在那裡也好。每次聽到他在外面有一個新女人，她的氣憤，不亞於母親：天哪，我怎麼有這樣的一個父親！她想反抗他，想懲罰他，想給母親一個公理，想親口告訴他：你不是一個好父親！可她不敢，她一向畏懼父親。

生活並不總是呈現你想看到的一面，有時也有例外。

像是回應燕燕的想法，隔壁房間男女敲擊著床的戰鬥停了，燕燕喘了一口氣。但是馬上那邊傳來沖馬桶的聲音。沒到兩分鐘，又傳來做愛的聲響，像一對性飢餓的動物。

坐在床邊，燕燕突然感傷起來。燕燕長大後，母親不再自殺，卻過得太苦了，她不交朋友，除了父親，對別的男人視而不見，只好守活寡。單位留不了那麼多人，母親便病退在家，做十字繡，繡了一大堆馬呀花的，偶爾也畫幾張畫。燕燕有一次聽到母親和父親在電話裡爭吵，說到男人，說自己首先需要的是愛，而父親只需要性，新鮮的性，她對男人失望透了，內心什麼欲望都沒有。

母親是一個少女時，曾迷戀外國小說及台灣女作家三毛和瓊瑤，尤其著迷於痖弦和商禽的詩，那種含而不露，字字句句帶有音樂節奏，讓人一看就難忘。二十世紀——整個八〇年代屬於詩歌，一個小縣城都能抓出一把寫詩的人。重慶城有近百個詩社，扯個旗幟，打上口號「寫詩的跟我來！」在解放碑走幾圈，會有一個軍的人跟在後面。寫詩的人遊俠般南來北往，只要你說是寫詩的，免費坐汽車火車不算，在任何陌生之地都可以找到免費食宿。北島、顧城一幫詩人到成都朗誦時，萬人空巷。她本想坐長途汽車去瞻仰，但愛的人不去，她沒辦法，只能寫詩抒懷：

坐車離開，和我一起，讓我帶你遠遠地離開，讓我們深深地呼吸，一起翻山越嶺，走得徹徹底底，背對他們，背對山城，原諒吧，原諒一切，任憑命運的無情與時間的鞭笞，也絕不回頭。

她沒能帶心上人離開故鄉，而是眼睜睜看著心上人一次一次離開故鄉。母親困在她浪漫的愛情裡，從一開始就沒法掙脫。她必須愛一個男人，如果不能愛，那時間自然會把她推向相當窒息的位置，現在，她更是走入死胡同裡。作為她的女兒，她的同情是那樣的微弱，那樣的受傷。

百葉窗並未關閉，城市的喧囂淡淡的，這座宮殿改的酒店仍是非常安靜。王侖掏出鑰匙，打開房門，他看到這是一個漂亮講究的套房。室內檯燈發出柔和的燈光，連同天邊最後那抹蔚藍與霞光，通過窗紗投射進來，為屋頂及牆上古老的壁畫鍍上一層微光，外室有古董沙發、中世紀式樣的鍍金大鏡子，頗有幾分歷史厚重感。水晶花瓶裡插著他在路上買的紫色、粉色混合的繡球花，為房間增添了一抹生機。

他走進裡室：掛著帷帳的架子床是國王大尺寸的，還有氣派的座椅、雅致的檯燈。他脫了西服外套，掛在架子上。椅子上有方露露的衣飾，他拿起一件，放在鼻子前聞了聞，又輕輕放下。然後從衣服口袋裡掏出首飾盒來，取出鑽戒，拿在手上，單膝跪下，做了一個求婚的動作。有點滑稽，像演電影。他自嘲地站起，放好戒指，放回褲袋。要不要一個隆重的訂婚儀式？如果是以前，可以請成打的好朋友參加，現在他的朋友還剩下幾個？金錢關係，情感也能用錢交換，弄得人心冰涼。他不要那種虛假的形式，而且他不會給任何一個女人下跪，他就是一個爺們兒、男子漢，就是信奉大男子主義，這有什麼錯？大場面的求婚會讓方露露驚奇，為她掙足面子。但除此之外，對他倆而言，還有什麼意義？不過，對他而言，羅馬比倫敦和紐約甚至威尼斯更加重要，在羅馬求婚會令他刻骨銘心。這城市與父親有聯繫，他喜歡這兒的歷史和中世紀藝術的輝煌。這兒有世上最好的美景和美酒，兩個人一起醉到第二天天明，比什麼慶典都好。

他伸伸懶腰，往外室走，想取飲料喝時，目光掃到茶几停住：有兩個留有殘酒的酒杯，還有一瓶未喝完的紅葡萄酒。他走近了一些，其中一個酒杯口上的唇印清晰，散發著他熟悉的香奈兒五號花香。幾乎沒有任何準備，有一種東西不經意地抓了一下他的心，他搖了一下頭，她與人喝杯酒，這算什麼？並不過分。

有人敲門，緊跟著，響起一個女人的聲音，說著「晚上好，我是管家」。

王侖走過去，打開門——一個戴白頭巾的義大利女服務員，有著被太陽曬得發黑的皮膚，正露出甜甜的笑容，問：「先生，有什麼需要我做的嗎？」

義大利女人真像重慶女人，說話聲大如喊喇叭。那女人雙手一攤，想進來。

「謝謝你，現在沒事。」王侖回頭看茶几上的兩個酒杯，請她把杯子拿走。

女服務員走進房間，在茶几前蹲下，取走酒杯，放在托盤上，走向門口。

王侖注視著她的背影說：「謝謝你！」

女服務員回過身，害羞地微笑，低頭看了一下托盤上的兩個酒杯說：「能為著名影星馬可・瓦利的朋友服務，這是我的榮幸。」

王侖整個人僵硬地站在房間，手指發涼，直到那女服務員走出房間，帶上房門，哐噹一聲，他才反應過來。真撞鬼了！走進這套房時，他心裡琢磨如何求婚，給她一個驚喜。雖在之前也說過結婚這事，但都覺得不急，起碼他覺得應好好過一段沒有婚姻的日子，尤其是前段婚姻給他帶來的感覺不堪回憶。他勸她搬到他的住處住，她很是爽快，出租了自己的房子，將衣服和好多毛茸茸的動物玩具都裝入路虎吉普車，自個兒開車運來了。那晚他們喝了兩瓶義大利一九八〇年產的紅葡萄酒阿瑪羅尼，慶祝新生活開始。不錯，就是那晚，他們第一次說到結婚。喝多了，他對她說了好多話，叫她老婆，之後她一撒嬌，就叫他老公。不過，就算是那個馬可來喝酒了，也不能說明她就跟他有那種事，他無法容忍別的男人看見她的裸體。就算是有那種事，也不能說她變心了。王侖，你幾歲了？他問自己。不要管那怪怪的感覺，說有什麼事發生。酒吧那隻站在圍牆上的黑貓，牠的眼睛，有智慧，像星星一樣閃爍，也可看成是吉兆啊！

一個男人有潔癖，是太麻煩的事，有的還是精神有潔癖，那就更麻煩。王侖旅行在外，自帶床單，遇到了方露露，她是自帶床單枕頭套的那種人，他便不帶了。他到酒店頭一件事，就是洗澡。在家泡澡，放一缸熱水，脫掉衣服，讓身體融入水裡，什麼都不想，便覺得繃緊的身體放鬆下來。在外一般沖個淋浴。小時在農村，洗冷水澡，那時發誓，以後發跡了，一定要天天洗熱水澡。

這點他做到了。

想到這兒，他笑出聲。熱水澡，這麼點要求！他喜歡水熱一些，從頭到腳淋著，沖著頭髮，讓香波的泡沫滑下肩膀、腰和腿。其實腳趾最髒，他抬起腳來，讓水沖著，金雞獨立，半分鐘後，換另一條腿。天知道，這個習慣是從什麼時候開始？在山裡與哥哥一起在瀑布下嬉戲，他倆比賽著，看誰堅持這個動作長久。哥哥總輸給他，原因在於他總偷偷地練習，練熟了，當然就會贏。

這兒安靜，水聲像久遠的小溪，父親帶著他和哥哥在小溪裡捉小魚，水花四濺，打濕了衣服。他閉上眼睛，仰面對著噴頭，水淋下來，溫暖地流過皮膚。從前溪流裡那些小魚在眼前跳躍，銀光閃閃。

等了好一會兒，他才關了水，從玻璃淋浴房出來，抓了件白浴袍穿上，再去找乾淨衣服。目光掃到行李架上的黑色旅行箱，一愣，走過去，急忙拉開箱子拉鍊，翻蓋一看，根本不是他的東西，而是女人的衣物。他拿起一個黑色胸罩，傻了眼。

糟糕，他的箱子居然與那個蘇燕燕的箱子弄錯了。她才應當改名字，蘇厭厭，鬼厭厭，超級麻煩女！她怎麼也用和他相像的黑箱子？

他生氣地蓋上箱蓋，抓起十多分鐘前脫下的衣服穿上。

這個小旅館只有二層，室內昏暗不說，空氣裡還有股怪味。燕燕下樓來，感覺刺鼻香水味混合著咖哩的味道更濃了。她喜歡咖哩，但這兒的咖哩，吸了廉價香水和汗味，讓人受不了。她走到櫃檯前，對裡面的印巴老闆說，旅館不是一個旅客住，該保持安靜。

對方看著她，手裡仍然握著電話。她讓他管管，他突然激動地對著話筒飛快地說起來，像印度語，也夾有義大利語，邊說邊比畫手勢。

這時，門吱嘎一聲被推開，燕燕聞聲側過身，看見王侖推門進來，面無表情，手裡是一個黑色箱子。她一愣，迎上去說：「太好了，王侖，你來了。你看這兒像個二等歌劇院。」她手指樓上。一個房間裡響著電鑽聲，另一個房間是做愛聲。她指著櫃檯前的印巴人說：「沒法休息，他居然視而不見。你幫我說說他。」

王侖朝櫃檯走了兩步，印巴人早看到了，馬上放下電話。雖不懂這兩個中國人在說什麼，但他明白現在的情形。中國男人明顯是這個中國女人搬來的救兵，不管，便會有麻煩，他只得離開櫃檯，默默地走上樓梯。

燕燕跟上印巴人，王侖跟上燕燕。

他們仨一前一後地走上並不寬綽的樓梯，一個接一個進入窄小的走廊，印巴人對著一個房門說著什麼。電鑽聲音停了，但還有做愛的叫聲。印巴人舉手想敲門，但放棄了，他猶豫著站在門前，床正在吱嘎作響，他們聽著，裡面居然停了。

燕燕朝王侖做了一個鬼臉。

王侖生氣地說：「你怎麼拿了我的箱子？真是禍端兒！」他把手裡的箱子推過去。

燕燕接過箱子，馬上打開房間，迅速地從裡面拖出另一隻黑色箱子來，推在王侖的面前：「是你的計程車司機的錯！」

王侖冷冷地說：「再見。」

「再見！」燕燕條件反射地說，聲音冷到整個身體都要跳起來。想罵髒字，可她就是控制住了自己。

他沒看她，提起箱子，順著走廊往樓梯走。

直到走回自己的房間，燕燕都在呼氣、吐氣，讓自己平靜下來。一定是那個印巴人跟著王侖走，下樓的腳步聲又重又雜，像是音樂的複奏。她站在門內，用腳彎向後，碰上房門。

可以不生氣嗎？我可以的。她站在巴掌大的房間裡，閉上眼睛，任時間流逝，聽著隔壁房間的做愛聲，那聲音停了。但傳來一個走了調的男高音，明顯是那男人性交滿足了，躺在床上放聲高歌，那韻律，是歌劇，在往雲端快樂地上升。

燕燕的眼淚往外湧，她再也控制不了自己的情緒，用旅館的座機電話給皮耶羅打電話。本是能記著他的所有電話，可這時一點兒也想不起來。找手提包，找本子，翻本子，好了，記憶回來了，她撥著號碼，這回能找到他。

「皮耶羅，接電話！」

電話還是響著，沒人接。如果新郎倌沒了，這婚禮自然也沒了，沒了就沒了。頭一回如此想，嚇了她一跳。她用紙巾擦眼角的淚水，把本子放入手提包裡，拿了門鑰匙。

推開小旅館門，燕燕站在石階上，抬起頭來看羅馬的天空。一群鴿子在飛旋，石階上有鴿子屎。家鄉的石階上也有鴿子屎，氣味一樣。夾竹桃鍍了一層晚霞，香氣濃郁。她捂著鼻子。這時，櫃檯的印巴老闆叫住她，說是她的男友打來電話留言，讓她去納伏納廣場的噴泉見面。這個皮耶羅，哼！她看了看地圖，並不是太遠，便決定往那個方向走去。走著走著，她在心裡已原諒他了。太陽沉入地平線後，羅馬的天空才顯出真正的魅力來，正是一天中最好的時辰，紫藍中帶有幾分羞澀的玫紅，綻開出一團團碩大的花朵，很像山城重慶傍晚的天空。只是那兒濕氣較重，因而紫色偏濃。

她都不必問路人，憑感覺朝納伏納廣場走去。出了巷子口，左拐，街上人多起來，他們擺著小攤或地攤，像是手工藝品夜市。

她瞅著空，慢慢穿過去，與路人摩肩擦背。小販中義大利人較少，大都是非洲人和中東人。售耳環、帽子、手繡的衣服和塑像，但幾乎都會說幾句英語。

身後有回聲，走幾步，停幾步。她走著走著，覺得不對勁，猛回頭，卻什麼也沒看到。她繼續走了一段，還是不對勁，想了想，走到一個路口，拐入貼牆站著。

一條髒髒的棕色小狗拐過來，抬頭看見她，停了下來，一雙亮亮的眼睛，看著她，沒叫，也沒搖尾巴。

「小傢伙，認錯人了吧？」

小狗看著她，樣子很難過。她蹲下，小狗就跳到她手臂間，親熱地叫了一聲。

「叫什麼名字？」燕燕把牠抱了起來。

小狗吱呀一陣，尾巴搖了一下。

「小吉普賽吧！不，叫你費里尼，我最喜歡的電影導演。」她發現小狗的脖子上青腫了一塊，

「原來如此，費里尼，你來找我幫你？」

小狗叫了一聲，表示是的，乖順地躺在她的雙臂上。燕燕輕輕替小狗揉了揉受傷的地方，輕輕

地吹，說：「沒人要你了，也沒人要我。我帶你走走。」

她抱著小狗走了一陣，遠遠傳來好聽的音樂。她望過去，街角有一個樂隊，像費里尼電影裡樂隊的格局，正在演奏的音樂，沒錯，是他的電影《卡薩諾瓦》的旋律，引來不少路人圍觀。她有一個本子，看過什麼電影，都會貼電影海報的圖片，寫上幾句話。《卡薩諾瓦》看過N遍，回回看，都驚心動魄，回回看，對那個浪蕩子都有新的認識。他被老費嵌入了一顆尼采的心，有多重分裂的人格。當時的她，沒料到會置身於義大利，在羅馬城裡，親耳聆聽這憂傷美麗的音樂。不可思議。為了聽得更清楚，她停下腳步，沉浸在音樂中。是的，再迴旋一分鐘的變奏，深入到那段黑暗的深處，看那深處有什麼。呵！加入小號，配有教堂的鐘聲，她微微閉上眼睛。

費里尼貼著她的右腳蹲著，也在專心地聽音樂。

樂隊全是義大利人，他們忘情地投入表演。樂曲結束，燕燕走過去，往他們的一個攤開的藍布上放兩枚硬幣。小狗跟上，她蹲了下來，輕輕拍著牠的脖頸說：「親愛的費里尼，我的小小的王，我們在羅馬，我們應該高興，我們可以盡情地走路。」

大廳和臥室的威尼斯彩色水晶古董吊燈點亮了，映在牆上的肖像畫和壁畫上，奢侈得有些過分。相比那個小旅館，古老的魯斯波利波拿巴酒店，是另一個世界，有天上地下之差別。馬上要辦婚禮了，義大利人怎麼想的？安排新娘子住在那兒？她的未婚夫是個什麼屌絲？讓她獨自飛越半個地球來這陌生國度，完全沒有新郎倌的姿態，也沒盡地主之誼。不接機罷了，連個影子也沒有。在那小旅館，他本想問她，你的未婚夫到哪裡去了，完全出於關心自己同胞。不過這種人，還是不要嫁人的好。算了，不要想那蘇厭厭的事，幸好沒問她，否則她的嘴裡定會吐出棍子一樣打人的話來。

王侖進入房間，侍應生乖巧地緊跟上，小心地把行李放好，接過王侖掏出的小費，鞠躬後離開。

裡面有動靜，莫非方露露已回來？腦子裡一轉動這念頭，聽見那邊腳步聲響起，一個美麗高挑的長髮女子從裡間走出來。她三十歲左右，頭髮有點蓬鬆，眼神有點飄，穿了一件和服式的絲綢黑色連衣裙，帶著一股檸檬與甜橙香味兒，那是他熟悉的香奈兒五號。她一把抱住王侖的脖頸，在他的唇上臉上親吻。

他摟著她的腰，問道：「你什麼時候回來的？」

「剛到沒幾分鐘。」

「今天片子拍得還好吧？」

她挽著他的手臂朝裡間走，邊走邊回答：「一點也不順利，導演十條都不讓過。雖然是個廣告片，可人家拍得真講究。」

他的視線掃到桌上水晶玻璃花瓶裡的繡球花，粉色在一起，紫色在一起，看來被她重新插了，比以前隨便混合更妙。房間裡的燈光正好照在紫色上，好有儀式感，不由得讚賞地點點頭。

花瓶邊是一個白色蘋果手機。她鬆開他，在手機上點了一下，螢幕上顯示出一張清純的少女時代的照片，那是她在老家重慶南岸江邊跳舞時拍的。他熟悉這手機上的照片，這回看，覺得她少女時那種果斷和純潔，非常吸引人。方露露看到他在注意這照片，朝他回頭一笑，然後又點了幾下按鍵，一首萊昂納德・科恩的歌曲〈蘇珊娜〉響起。

房間裡馬上有了生機，增添了相逢的氣氛。

方露露快樂地跟著科恩唱：

蘇珊娜帶你去她在江邊的居所，在那裡你會聽到船徐徐駛過……

王侖靜靜地聽著。她微微俯下身，手指拂弄繡球花瓣，突然停止唱歌，盯著花，抬臉來對他說：「親愛的，我好喜歡你送我的花。」她身體順著桌子邊優雅地轉了一個方向，還是看著他，問他，聲音充滿納悶，「噢，你一般不送我花，這次怎麼啦？」

王侖的手摸著褲袋裡的首飾盒，眼光觸及之處有圓桌，那兒有一瓶未開啟的紅葡萄酒和兩個乾淨的酒杯。他微微一笑，手空空地從褲袋裡抽出來說：「計程車路過一個花店，覺得好看，就買了。」

方露露開口想說什麼，但馬上合上，目光移向遠處。

王侖歎了一口氣說：「最近諸事不順，每個人都對著我來。」

「跟隨心願做，不會錯。既來羅馬，就該放鬆。反正天沒有塌下來，對不對？」她拉他坐在床前的椅子上。

「如果天塌了，你還和我在一起嗎？」

「當然。」方露露問，「要喝一杯嗎？」

王侖搖了搖頭。他希望天塌，什麼都不需要了，到時會完全不一樣，不管是愛人或是朋友，這個世界肯定大相逕庭。只有你一個人面對這世界時，你才能明白，你到底是誰。他看到桌上有一盒火柴，抽出一根來看：這可是能點燃乾柴的東西。男人，不流血，叫男人嗎？窗外飛過一道灰色的影子，他沒看清，憑直覺那會是鴿子。他突然微微一笑。

「你笑得好神祕，有心事？」

他邊將火柴放回盒子，邊說，「大的心事沒有，小的心事不斷。這個你知道的。我今天有時差，飛機上睡得不好，我真煩了，只想做自己想做的事。」

「清空頭腦，今天好好睡一覺，把所有的問題留給明天。」她走到窗前，看到有一隻小蟲子，把窗子敞開一些，小蟲子飛了出去。

「這兒看上去真不錯，很舒服。」他看著屋頂精美的壁畫，室內的布置，繁雜華麗到了極致，由衷地說，「只是這兒的服務員，個子都不高，怪怪的。」

方露露不這麼認為，要個子高做什麼？個個是她，和他，便沒意思了。人不一樣才好。她問他，知道不知道這酒店的來歷？

他搖搖頭。

她說，這是真格的高端酒店，它就是一個宮殿，傳說好多歷史上的人物都住過，每個房間都有歷史。她這套房曾經住過法國皇帝拿破崙三世，酒店老闆魯斯波利公爵一家在這兒住了五百年。

「五百年?!」他搖了搖頭。

「不可思議，對吧？」她對他笑了笑，說，「對我這個在長江邊貧民窟長大的女孩子來說，這兒就是天堂！」

「還不忘本。」

「我時時記得自己來自何處，尤其是在羅馬，我常想起小時候。」她看著王侖說，「都說羅馬是一面鏡子，可照見我們的前世今生。」

「露露，你不僅知道一點點羅馬，還能說出如此妙言。」

「馬可，馬可．瓦利，演我的愛人，他告訴我的呀！」方露露走到王侖跟前，坐到他的身邊來，把塗有紅指甲油的雙腳放在他的腿上，「明天中午，我們跟馬可吃個早午餐，怎麼樣？他在義大利，是咱們中國的胡歌、葛優，也是好萊塢紅人，正在籌備導一個有中國演員的喜劇電影。你知道，全世界做電影的，都在往中國靠。明天，你有空嗎？」

他記得這個馬可，那個女服務員說漏嘴，弄得他心境與之前大不相同。如果方露露不提這名字，他不會提。現在她提了，他也不想談這個人。他拍拍她的腿，說：「和我出去走走吧，享受這個晚上，這兒隨便一條小街都很美。」

方露露馬上站了起來，說：「親愛的，我真的想陪你，可是穿了一天的高跟鞋，我，累壞了。」她看了一下手表，對他抱歉，說是之前她通知酒店安排了美容師、按摩師。

他坐到床上，拉著她的手說：「OK，那取消美容、按摩。」他抱著她的腰，臉埋在她的胸口，「來，我們一起輕鬆輕鬆。」

方露露沒什麼反應，身體很硬，也沒有回抱他。他鬆開雙手說：「好吧，你做按摩。嘿，你都沒問我有沒有吃過飯、坐飛機可順利？」

方露露俯下身來，就勢帶著他倒在床上，在他的臉上親了親：「堂堂大男子漢，怎麼在自家女人面前就像個兒子！你是活人，肚子餓了會吃飯，飛機不順利，你絕不會在這兒。你知道我想你——」她的牙齒輕咬他的耳朵，又輕咬他的手指，然後撫摸他的嘴唇，對他嫵媚地一笑，「可是，兩分鐘後按摩師就來了呀。」她在他身上，散開的頭髮幾乎把她的臉遮住。他的手放在她的一隻乳房上，她的眼睛眨了眨，沒有一丁點想跟他做愛的心思。即使幾分鐘也夠一場快節奏的交合。

她和他熱戀時，當時宴會正進行，主持人在講話，她拉他到酒店衛生間，兩個人在兩分鐘裡同時到達高潮。哼，難道她不知道男人飢不擇食，雖然他不屬於性飢渴者，但他是男人，他要麼不幹，要麼幹個痛快。

王侖推開她，站了起來，走向另一個房間的門口，停在門前說：「一會兒見。」

宮殿的屋頂高過二層樓，除了吊燈、古畫和厚重的老窗簾，顯得空空蕩蕩，人差不多是飄浮的。他沒有乘老式電梯，直接走下大理石台階，大步流星到了大門口。條條街上的商店櫥窗裝飾精巧，又各不相同。遊客在街上，目光漫不經心，而急匆匆下班回家的當地人，目光向前，即便進店裡購東西，也是迅速撤離，不多做停留。他站在馬路邊，長長地歎了一口氣。那個酒杯上的口紅印，只有一個酒杯有。假若那個女服務員是個啞巴，這個晚上或許不會如此悶氣。他並不是一個吃醋的人，過往的情史，是女人吃他的醋，方露露也不例外。他忙於工作，心思不在此，周邊女人不少，但不敢碰。並不是說沒有可能，只是這可能性會讓他更緊張——女人找他，多有目的。找一個女人，做情婦，會更累，還不如嫖妓。當然他只是想想而已，並未真的嘗試。如果不是到羅馬，他恐怕不會品嘗到吃醋的滋味。

有一點吃醋，他承認了。街頭恰好有兩個戀人在倚牆親吻。方露露與他好久不是這種狀態了。如果是方露露和另一個男人，完全可能。如果是他和另一個女人當街做愛？他搖了搖頭。但男人的意淫，一產生就收不住，那是馬可和露露，他們在幹，動作粗暴，並故意朝他轉過臉來，她發出歡快的叫聲。他的血管賁張，汗沁出額頭，雙手自然地揮起，一拳擊在牆上，痛得大叫。就一下痛，真解壓。意外收穫，他眼裡放出光來。有人早注意到他，覺得來勁兒，也仿效，引得圍觀的幾個男人也憤怒地將拳頭擊在牆上，跟他一樣也出聲大叫。他看他們，這種看，是同路人的看。思索到他人，皆是生活中的不快樂者、失敗者、失眠者，可能更糟。人與人比不得，一比便短分寸。

他朝前走。

他們也朝前走，走過他。他鬆了一口氣。

根本不是吃醋，而是遭到不忠和背叛。但願事情沒這麼嚴重。這羅馬，他看著手關節紅腫的地方，皺眉想，讓他以這種體驗開始這第一天，夠神奇！之前到羅馬，都在開會，只有一次會議安排在大豔陽天看了幾個著名景點。少有時間把腳印鋪到小街小巷，一般只有在臨走時，才能坐在車裡看看羅馬。晚上的羅馬，跟白晝的不同，是兩種氣氛：白晝的羅馬蔚藍神祕，真實得充滿藝術性，每個人的臉，每幢房子的形，都在向你敞開心扉，熱烈地與你追逐；晚上的羅馬，充滿光焰，充滿誘惑和各種可能性。那些雕塑，那些宮殿中的神走下聖壇，走在你身邊，似乎如影隨形。據說，遇上好神是好命，遇上邪神自然命薄。

王侖看著前行的人流，有無認識的神呢？丘比特有兩支箭，一支使人生愛，另一支讓人不為愛所動。神有時也會開開玩笑，比如給阿波羅射出愛之箭，給河神之女達芙妮射出了另一支，造成了悲劇。而此刻他被命運遣送到哪種狀態，是阿波羅還是達芙妮？他的腦子警覺起來，在這羅馬，真得小心，不然會失足。他內心的孤獨和壓力已向外漫延，出來走走是對的，如果繼續待在酒店裡，窩在心中的火苗會燒了他，包括對她的感情，這對他、對她都不公平。事情是如何而起，如果她並未和那個義大利明星上床呢？

上床了，也要分好幾種情況。一種是真喜歡，真愛；一種是一時興起，甚至是寂寞，一夜情而已。方露露和他好後，幾乎沒有緋聞。也許那個馬可，真讓她動了心。該知道，這是羅馬，羅馬的魅力就是讓人失去本心。王侖的心情複雜，決定再走走，乾脆什麼都不要想，清空腦子。走了好幾條小街，有陣陣微風吹來，非常涼爽。一天前在北京，絕不敢這麼走在街上，北京像個火爐，如此走，周身會大汗淋漓。

以為是朝東邊走，卻不知不覺在往西，就這麼一個事，就暈頭轉向？這街，其實就是小巷子，不時有車子經過。義大利人駕車技術一流，車速不減，知道行人會讓道。王侖拐過一條巷子，又進入一條巷子，跟穿迷宮似的，他有點分不清東南西北了。

羅馬好多小街由黑亮的小方石頭鋪砌，店裡咖啡濃郁，閒人不少，藝人也多。王侖饒有興致地看了一下，耳邊留下手風琴聲，他看了一下遠處殘留著霞光的天空，大致明白了方向，奇怪，心境也放鬆了一些。他走到小街頂端，面前是三岔路口，抬頭看到一個中國姑娘和一條小狗在喝路邊水龍頭裡的水。那臉太熟，那身衣服，T恤和褲子，那黑色雙肩包，不，王侖想馬上轉身走開，可是遲了，燕燕抬起頭來，看見了他，後退一步。小狗對他狂吠，只要燕燕進一步表示，小狗即刻會撲上來，將他撕了。

「真是，連你的狗都要恨我。」王侖故作輕鬆地說。

「嘿，不要誇張！」她抱著小狗，口氣輕淡地說，「我們走。」

他們真的朝不同方向走了。聽著救護車呼嘯著駛過的聲音，一對母女拉著手迎面走來，王侖讓到邊上，聽到了流水聲，循聲看去，是剛才那個水龍頭淌著水，就走過去，彎下身關掉開關。但是關不了。這時，他聽到身後一個聲音說：「沒想到你一顆傲慢的心，還有一個邊兒沒有壞掉。」燕燕站在他面前，一本正經地說。顯然她也發現了水龍頭沒有關掉的事，所以走回來。

王侖正要反駁，燕燕朝他露出燦爛的笑容。這是他倆認識後，第一次她看他時眼睛發出光來，她說：「才發現，羅馬街上的水龍頭關不了。」

小狗奔下地，對王侖搖著尾巴，很親熱。

他有點不好意思，彎下身拍拍小狗的後頸說：「同樣是我，這小東西，怎麼這麼快就變了態度。」

「小狗有時比人更通人性。牠是一條沒人要的流浪狗，名字叫費里尼。」燕燕說。

「費里尼。」王侖用溫和的聲音重複，然後搖了搖頭，掏出一根菸，避風點上火後，吸了一口，抬頭發現燕燕和小狗已走開了，他加緊腳步，跟了上去。

在羅馬城中心的街，直走，繞道，都可到達目的地。燕燕一向是個路盲，但在羅馬，她看完地圖，閉上眼睛，再看地圖，再閉上眼睛，整個地圖就大致印在腦海裡了。然後，她跟著感覺走，居然像個老羅馬人一樣，沒迷路。他們帶著一條小狗，一路溜達到納伏納廣場。四河噴泉前有畫畫的、有坐在池邊讀書的，也有遊客拍照的，但是沒有皮耶羅。她沒有給王侖說，皮耶羅與她在此見面。

「真是巴洛克的巔峰藝術！」燕燕索性欣賞起雕塑來。

王侖聽到了，繞著噴泉走了一圈又回到原地：「我沒看出哪個神代表哪條河流，每個神都是電影裡的定格，充滿力量和美感。」

「貝爾尼尼，觀望一次，就是一次自我蔑視。你在這兒，他在那兒。」燕燕左手放得低，右手抬得很高。停頓了一下，她右手指著天空，補充一句說，「他是永不墜落的彗星。」

他笑了：「你喜歡貝爾尼尼？」

「明知故問。」燕燕不屑地說。她繞著噴泉走，邊看邊說：「多瑙河是雄獅，你看神的雙臂迎向盾牌，還有鴿子，那盾牌上有聖彼得的鑰匙和三重王冠。你看這兒有三朵百合、一隻代表聖靈的鴿子。」

看到王侖聽得特別認真的樣子，燕燕猛地反應過來，他有意說不知神與河流，分明是在看她懂不懂。她瞪了他一眼，他馬上雙手舉起來，表示投降。

天色很快黯淡下來，一旁的餐館湧出的肉香，夾有迷迭香和葡萄酒香味。她心情變好，看看小狗，又看看邊上的王侖。他神情放鬆，興致勃勃地握著手機在拍廣場。有不少鴿子在邊上的餐館旁尋食，遠遠的椅子邊拴著一條正在閉目養神的西班牙獵犬。狗費里尼倒還安靜，向前跑了一段，停止，又往回跑。只向她叫了一聲，表示自己很好，沒有跑掉。她低下身，伸手摸摸費里尼的脖子，說：「你繼續，不然，我會找不到你。」

正在這時，一個瘦高個兒、帥氣的義大利男子從廣場那端朝他們走來，老遠就對著燕燕招手。燕燕起身，王侖舉著手機，將那青年男子框入鏡頭，並按下快門。他倆以不同的方式注視著義大利男子。走近了，他高興地說：「燕燕，真是你！」一把抱著燕燕，親吻她。他顯得年輕，最多只有三十歲。大概想老成一些，臉上留有整齊的絡腮鬍，穿了一件帶紐扣的藍色T恤，眼神略帶羞澀。

「哎呀，未婚夫終於出現了？」王侖握著手機，微微一笑，調侃道，「他是真格的小鮮肉吶！」

燕燕扳開男子放在腰上的雙手，不好意思地看了王侖一眼，給兩個男人介紹：「這是皮耶羅，我的未婚夫，這是我的校友王侖。」

皮耶羅握著王侖的手說：「你好，王侖先生！謝謝你專程來參加我們的婚禮！」
王侖不知所措地看著燕燕，她馬上說：「對呀，婚禮，絕對參加！」
皮耶羅格外抱歉地對燕燕說：「非常對不起，燕燕，我到了機場，停車誤了時間，打你的電話打不通。」
燕燕鬆了一口氣說：「對不起，我沒死等你，因為你一向準時，你沒影，一定是有事。我就打算去乘公共汽車。還是王侖君子，讓我搭了他的計程車。」
皮耶羅高興地看了看王侖，說了聲謝謝，對燕燕說：「我找不到你，急壞了。還好，我收到一條你用路人手機發來的資訊，給旅館打了電話，便直接趕來這兒。現在好了。」
燕燕有點尷尬地笑了，聳了聳肩，因為她之前用「路人」稱他。王侖倒是沒有反應。
皮耶羅轉向王侖，懇切地說：「『路人』先生，我們為何不去喝一杯？」
不等王侖說話，皮耶羅硬拉著他朝前走。幾乎同時，燕燕也一把拉住了他，把他夾在中間。
皮耶羅帶他們經過鮮花市場，那兒有一家老電影院，左拐進入一塊三角空地，有家小酒館。外面桌子坐了人，他們只能到裡面去，並由一名黑衣男侍者帶到一張空桌前坐下來。費里尼小心地蹲在燕燕身邊，瞪著眼睛看著皮耶羅。
侍者遞上菜單，給他們倒上水。皮耶羅看著酒水菜單上的價格掂量著。侍者站在一邊，耐心地等待。皮耶羅給每人叫了一杯家釀紅葡萄酒。
「我餓壞了，來一些吃的吧。」燕燕說。
「我給你叫一份火腿，怎麼樣？」皮耶羅對燕燕說，掉頭對侍者吩咐。

王侖叮囑他：「來一份最好的火腿，還要羅馬乳酪、三文魚麵包和橄欖，來一瓶Barolo或Barbaresco。」他喜歡這兩款產自皮埃蒙特和巴羅洛的葡萄酒，葡萄是精品，餘味醇厚，還留有櫻桃、月桂的香味。

皮耶羅掉過頭去，皺了眉頭，卻照樣對侍者說了。

侍者聽了，非常高興，記在小本上，點點頭，離開。

王侖笑了起來，他說：「都說我們中國人是鐵，可忍一切，可我這塊鐵餓不得，一餓就受不了。」

「我們義大利人也餓不得。義大利人、中國人都愛吃的，勝過別的。」皮耶羅說。

「都愛吃自己本國的菜。」燕燕說，「不過，皮耶羅，我喜歡你做的麵條和牛排。」燕燕看著皮耶羅說，喝了一口水。

他們說話間，還是剛才那位侍者端來了一個盤子，放在桌上。義大利人真實在，一份火腿加上乳酪，裝了一大盤，麵包也是，給的分量特足。侍者見多識廣，善於察言觀色。他恭敬地倒了一點紅葡萄酒給王侖，讓他品嘗。王侖拿著酒杯，輕輕搖了搖，看著，喝了一口，朝侍者點點頭，侍者這才將三個玻璃杯子分別斟上酒。

三個人舉起杯，碰了一下，喝了一口。燕燕感歎地說：「義大利的葡萄酒就是好喝。」王侖手握酒杯，看著皮耶羅和燕燕，好奇地問：「你倆怎麼認識的？」

「皮耶羅也是清華校友。」燕燕說。

皮耶羅點點頭，說：「我到清華留學！直到畢業那天，才認識了燕燕。」

兩個人對王侖講起一年半前的事。皮耶羅畢業的那個晚上，好幾個班一起開party，大家都喝了酒。跳舞時，燕燕穿了一件白裙，躲在一個角落。皮耶羅來晚了，站在窗前，他發現她一個人在喝可口可樂。他鼓足勇氣走過去，問她平常不喝可口可樂，今天為什麼喝？她覺得這個義大利留學生的中文說得很好，對他印象不錯，便友好地對他說，可口可樂只是壞人才喝，今天喝，是想嘗嘗當壞人的滋味。她不追究，人有時得酬勞自己當當壞人。不知為什麼，她的話讓他特別開心，使他放鬆。他請她跳舞。兩個人跳舞時，都緊張得要命，要麼是她踩著他的腳，要麼是他踩著她的腳。他不好意思後退，差點摔了。燕燕拉住他，他感激地看著她說：「對不起，我很少跳舞，只有想酬勞自己不是自己時才跳。」

「我只想做一件沒做過的事。」

「你當真？那想做什麼？」

她搖搖頭。見他壞壞地笑，她說：「不是你想的那樣。」

「我想的哪樣？」

她笑了起來。

一曲終了，換了激烈的音樂。大家甩開手跳，每個人都在跳，兩人才表現好一點。接下來全是激烈的音樂，兩人跳累了，皮耶羅與燕燕各執一瓶啤酒，到室外休息。在嘈雜的音樂聲中他們必須大聲說話，對方才能聽見。她告訴他自己喜歡獨自待在宿舍，或者和母親住在家裡，很少參加集體活動。他說，他也喜歡一個人待著，人一多，他就不安。兩人發現對方性格接近，話多起來。母親沒找父親要錢，而是用辛辛苦苦存的錢，加上變賣父親每有外遇送給她的金項鍊和鑽石珠寶，購了一套離學校要乘十站公共汽車的小公寓給燕燕。有時母親來住一段時間，給燕燕做飯洗衣。燕燕從學校圖書館借外國小說給母親，也淘了好多電影光碟回家。北京的家，母親不讓父親來。燕燕很少深交同學，上完學就回家，母親不在時，她也這樣。這樣的大學生活倒是清閒。除了上課，她的時間，要麼讀小說，要麼看電影。她性格古怪，倒是有幾個男同學打她的主意，她對他們沒興趣。她說話很衝，以得罪人的方式拒絕異性，真靈。她幾乎沒一個閨蜜，班上的女同學只想找有錢有權的男人，認為當小三和二奶，也比嫁一個窮光蛋好。他對她說，他的大學生活也是家和學校兩點一線，女同學有幾個相處得好，但不是女朋友。

他倆大著嗓門聊了一會兒，決定到外面走走。月光下，皮耶羅告訴燕燕自己叫什麼名字，包括自己喜歡的鮑勃‧狄倫的詩歌，正好在手機裡，他給她看。她很喜歡，順便將他譯錯的中文糾正了。他要給她看更多的詩歌，所以，兩個人去了他的房間。室友沒在，皮耶羅開了一瓶紅葡萄酒，看他的譯詩。皮耶羅說自己正在譯古羅馬詩人維吉爾的《牧歌》，隨口唸出一句他的詩來——「偉大的世紀運行又將重新開始，處女星已歸來」。他說自己生在羅馬、長在羅馬。燕燕說她喜歡維吉爾，而且全世界，她最喜歡的城市就是羅馬。那晚，酒沒喝完，聊得開心。放著手機裡的音樂，兩人拉起手跳舞，一曲盡了，又跳第二曲。兩個人靠得近了，抱在一起跳，他們親吻了，也上床了。

燕燕講一些，皮耶羅補充。王侖聽得津津有味。

「我本以為是一夜情，書上說到這種情況，一般都是沒有好結局的。」她看著邊上的皮耶羅說，「這個義大利男人也只是為了嘗鮮，到中國來，沒睡過中國女孩，那叫什麼事？」

「才不是呢！」皮耶羅辯解。

她說，從那以後，他倆經常見面。皮耶羅不是那種玩弄中國女孩的老外，他要回國了，她有點不捨，主動提出陪他看看老北京。北京城大小寺廟和胡同留下了她和他的身影。母親在皮耶羅走前，倒是見了他一面。對這個義大利男青年，沒說什麼。母親說，她與他不像戀人，倒像是好朋友。父親沒時間見他，燕燕問要不要看照片，父親沒有回答。她發了照片過去，父親還是沒回答，她又發了一次照片過去，隔了好久，父親才回了七個字：「怎麼找一個老外？」頗有微詞。皮耶羅回羅馬沒了音訊，兩周後她才收到他的一封電郵，說自己來中國，在北京一年，真該早認識。兩個人開始通信，有時一天好幾封信，有時幾天一封信。她想念他，但一年後，燕燕在電話裡聽到皮耶羅向她求婚時，並沒有說話。皮耶羅要她好好想想。她對母親說了，母親要她好好想清楚，雖然她捨不得她，想她永遠留在身邊。她想了足足一個星期，才覺得應該答應。「所以，我今天晚上才坐在這兒。」她說著。

「來，祝賀你們。」王侖舉杯說。

燕燕和皮耶羅也舉起酒杯。

她喝酒不多，一杯足矣，但今天已是第二杯。

在皮耶羅之前，她從未有過男朋友，他是她的第一次。父母婚姻的失敗，也使燕燕對男性心存戒備，她怕結婚。母親可能覺得皮耶羅不是一個中國男人，才沒有反對。母親說過，中國男人都靠不住，大多是人渣，不是人渣的人，可能還沒有生下來。她的同事們都看不起她，覺得她是那種嫁不出去的怪姑娘。離開這兒，先離開山城，再離開中國，可以看看另外的世界。那個世界不是別的，而是一直存在她心中的費里尼的羅馬。為什麼不可以呢？起碼以後不再聽到母親那種憤恨父親的話了，也不必看到父親忽視母親的眼色。父親有個習慣，每年換季取衣服時回家，把夏天的衣服放進櫃裡，取走秋季衣服。母親每次向他要燕燕的生活費，二人必大吵。後來燕燕工作了，生活費沒了。激烈的爭吵少了，兩人的關係反而更僵。在重慶的房子裡，母親在廚房，父親在走廊，兩個人站著說話，他希望母親同意與他離婚。母親說，你做美夢吧！當初父親開第一個火鍋店的本錢，是她節省加上借親友的錢。她要他辭掉鐵飯碗的工作，成為整個單位裡的第一個個體戶。沒她的鼓勵，他不可能成為今天這麼一個開連鎖保養皮具商店的小商人，有錢，有女人青睞。父親想給母親一筆錢，本金加利息，加感激費。母親拒絕了。父親倒是沒搬出律師和法院來，他倆的婚也一直沒有離成。

燕燕一時沉默，邊上兩個男人也是，傾聽小酒館低低放著的Opera Babes的歌，安靜了好一會兒。皮耶羅和她碰了碰杯說：「高興一些吧。嘿，還是葡萄酒的媒人，我和燕燕認識的那天，喝多了，真的喝多了。」他喝了一口。燕燕和王侖都喝了一口。她給他們倒酒。如果不是喝醉了，她問自己，會不會跟皮耶羅上床？她會的，她喜歡他，雖然嘴裡什麼也沒說，但她笑了。

王侖看著燕燕，也笑了：「人真是奇怪，當時不知對不對，事後才知，有時事後也不知。」

「感覺，在心裡，心裡有感覺，便會大快樂。」皮耶羅說。

三個人碰杯：「為美酒！」

皮耶羅說：「為同一個學校！」

燕燕替他說：「校友。」

「對，對，校友。你看我的中文還是不夠好。」

「已經很好了。」王侖說。

皮耶羅看著手中的酒杯說：「我學了你們的語言，說來也是因為這葡萄酒。」

「哦？」王侖問。

「頭一天我參加一個party，被灌醉了。第二天上午本要去宗教系，結果走到了漢學系。你們有一句成語叫『陽錯陰差』，對嗎？」

「差不多吧。那你後悔嗎？」

「因禍得福，我找到了東方智慧。在你們中國，連最簡單的一個字都充滿思想。」皮耶羅指著牆上一幅聖者與天堂交流的畫說，「對我這個從小信基督的人來說，這真是個挑戰。」

「孔子與《聖經》，其實說的差不多。」王侖說。

皮耶羅點點頭，他與王侖碰杯，兩個人喝了一大口。皮耶羅喝了酒後，臉紅紅的。酒杯空了。燕燕也快樂地喝酒，她的眼睛亮亮的。她喜歡這樣的夜晚，羅馬的迷人，是因為有這樣的夜晚，這樣的聊天。

皮耶羅又喝了一口酒，很興奮：「孔子說，三人行必有我師。我有燕燕這個『師』，現在又有了你這個『師』，我還有好多問題要問你。」他想不起來，用手敲腦袋。

燕燕看著皮耶羅，發現他跟第一次認識時一樣地吸引著她。她的眼睛亮亮地看著未婚夫。

王侖看在眼裡，眼光移開幾秒，打了一個哈欠，伸出一隻手輕輕拍了拍燕燕的肩膀說：「小姑娘呀，會找丈夫，皮耶羅有學問，人也有趣。謝謝你這個晚上沒給我找麻煩。」

燕燕沒想到王侖這樣說，她早把在飛機和計程車，甚至小旅館裡發生的事忘了。她就是這德行，忘性大。她一愣，衝口而出：「王侖，知道嗎，你不是個木頭，我就不會氣你。」

王侖的雙手握著，看著燕燕，生氣地捶在桌上：「原來這一路上，你是有意氣我?!」

「我要結婚了，我緊張。」燕燕說。她說的是實話，求救似的看著王侖。

王侖沉默半晌，然後說：「緊張，心裡必有鬼！」

皮耶羅看著面前的王侖和燕燕，像打圓場似的說：「我也緊張。我說的是真的。」

這下輪到王侖無語了，他的雙手放在桌上，稍等了一會兒，才說：「蘇燕燕，我這酒喝高興了，逗你玩的。」

燕燕如釋重負地笑了：「我，我，還有皮耶羅，我們沒結過婚，真的緊張。」

王侖看著他倆認真地說：「我算是單身吧，我也緊張，因為心裡有鬼吧？」他沒料到自己會這樣說，心裡一驚。

燕燕和皮耶羅聽了，連忙說：「心裡有鬼，對，對，心裡有鬼。」三個人相互看著大笑。她一抬手，桌上的酒瓶哐噹一聲掉在地上，摔得粉碎。她做了一個鬼臉，兩個男人一愣，燕燕說：「瓶子落地，姑娘絕對要買下羅馬城——哎呀，不太押韻。真見鬼，太不押韻了！」她加了一句，「瓶子落地，買羅馬城——羅馬城的地！」

他倆都笑起來，說：「買羅馬城！」

「看來結婚，遠不如打碎酒瓶讓人輕鬆。」王侖止住笑，抱歉地說，「對不起，我困了，我得告辭了。」王侖站起身來說。

皮耶羅也站起來，掏出他的名片遞給王侖：「我們是朋友了，你在羅馬有任何事，需要幫忙，就找我。」他從衣袋裡掏出筆來，在名片上寫了燕燕的名字。

王侖接過名片，燕燕也站起身來，和皮耶羅一起要送他，他擺手不讓。

周邊的客人大都離開了，雖然不時也有新的客人進來，但相比他們來時，整個小酒館清閒多了。外面一桌客人的歡聲笑語不時傳來。皮耶羅看著燕燕，把椅子靠近她，親熱地說：「燕燕，終於在羅馬看到你了，真好。」

燕燕握著他的手，點點頭。她不能說不喜歡他，真的喜歡他。他是多麼好的一個人呀！記得她對母親說，皮耶羅善良，還有同情心，他沒心眼，他會對你好。母親當時說，反正比中國男人老實厚道。都說義大利男人花心，可你找的這一個不是，跟他們不一樣，跟你爸爸也不一樣。

「在想什麼呢？」皮耶羅搖搖燕燕的肩膀問。

燕燕故意不說，只是傻傻地笑。

「雖然我倆都緊張。還有三天，你就是我的老婆了。神父要在婚禮前見我們一次。明天上午去，可以嗎？」

燕燕點點頭，打了一個哈欠，趕快捂上嘴：「對不起，我有時差，好困。現在，我在羅馬了，你不要把我當外人，讓我為婚禮做一些事吧？」

「我讓你這個時候來，就是讓你放鬆幾天，你平常教書太累了。你知道的，我家裡人多，他們都準備好了。」他不太想告訴她，在這之前，他要準備結婚證件，要與家人商量，請什麼人，在什麼地方準備宴席，還要落實遠道客人的住宿，等等，他跑了好多地方。他想過，應該在中國也有一個婚禮，當然不需要包括那麼正規的簽字等繁雜文書在內，主要請她的不能來羅馬的親朋，熱鬧一下，祝福一番。與她說了，她說這事要問母親，便沒了下文。

「聽說義大利婚禮有好幾個『多』。」燕燕笑著問，「親朋多，儀式多，還有什麼多？」

「沒錯，義大利人結婚，什麼樣的親戚朋友都要來。不過，除非皇室要人，一般百姓的婚禮，並不是特別複雜。大家喜歡喝酒，跳舞，唱歌，吃，吃，吃。很多人會發言講愛和真理，講歐洲歷史與東方傳說，會對新娘、新郎開玩笑，你到時會氣壞肚子的。我們在教堂舉行儀式，不要出錯。出錯了，不能再來，這是我唯一有點不放心的。對不起，我的中文表達，說對了嗎？」

「你的中文突飛猛進，你說什麼樣的中文，我都聽得懂。好吧，婚禮前後，所有的事，我聽你的指揮。」

「我沒經驗。」

「你會做好的。」

「你鼓舞我，我就不怕。」

「不怕，不怕。我們不必怕。」

「唉，我還沒來得及問你，你媽媽呢？在旅館嗎？我多訂了一間房的。」

問題來了，知道皮耶羅會問的。他一定以為母親在那個小旅館裡休息呢。中西文化有差異，若是中國未婚夫，早就問了。義大利未婚夫，到了這種討論婚禮細節時才問。

「我媽媽——」燕燕咬了一下牙齒，語氣故意輕鬆地說，「媽媽最近失眠更嚴重了，身體不太好，她抱歉不能來。我爸爸會來！」她在北京時，給皮耶羅發了兩個資訊，一個說正在趕去機場，過了安檢後，她又發了一個，說馬上登機，一切正常。她當時就想告訴他，母親不能來，可是又擔心說不清楚，便沒說。

皮耶羅握著她的手說：「我很抱歉。需要我怎麼做，告訴我。」

「婚禮會讓她覺得心累。」燕燕說了實話。

「哦——」皮耶羅掉轉話題，「你爸爸到了羅馬後，我們練習一遍進教堂。」

燕燕點點頭。父親並不是一個人參加歐洲半月遊，離開了女人，他就不是他。只是這回到歐洲，他會帶一個什麼樣的新情人，讓她有些好奇。她告訴過皮耶羅，父親在荷蘭。皮耶羅沒多言，他並不傻，知道她的家事很麻煩。皮耶羅拿起酒杯，又放下了。女侍者走過來，放了一瓶氣泡冰水。她一身黑衣，圍了一個同樣黑色的圍裙，人倒也客氣。

看到燕燕連連打哈欠，皮耶羅掏出信用卡來。女侍者做了一個OK的手勢，表示已結過了。

皮耶羅不明白，奇怪地看邊上的燕燕。

燕燕攤了攤手，看到他還是不明白，便說：「肯定是王侖。」

皮耶羅有點惱，然後笑了，笑得很開心，抓起燕燕的手往外走，說是要帶她去一個地方。

因為有時差，眼睛直打架，連連打哈欠，燕燕想睡覺。但是為了不掃皮耶羅的興，還是跟著他走。兩人爬了不少樓梯，終於來到樓梯頂端。他們站在一個木門前，皮耶羅說：「最好，你閉上眼睛！」

她聽話地閉上眼。

吱嘎一聲，皮耶羅推開門，他牽著她的手走入，原地轉了一圈，然後鬆開手說：「燕燕，睜眼吧！」

她睜開了眼，發現自己置身於一個屋頂露台，什麼東西也沒有，更沒有人，寬敞到可以打籃球。四周全是景色，有圓形教堂的頂，亮著燈光，也有屋頂的雕塑，還有遠處羅馬的夜色，美不勝收。她驚喜地四下張望，興奮地趴在圍牆上往下看。下面街上有擺攤的小販，有孟加拉人在兜售玫瑰，還有一個咖啡館裡傳出的歌聲，緊跟著，從那兒跨出一個穿得像男孩的歌手拉著手風琴在歡快地唱歌。好幾個人戴著面具，從另一條街上走出來，相遇另一群穿著拖地長袍、頭戴羽毛的男女，彼此點頭致意，走入另一條小街。

真是難以置信！她仰過身來看邊上的大教堂，揉揉眼睛說：「我不敢相信！我在這兒，在費里尼的電影裡，在《羅馬假日》裡！謝謝你！」

「不謝不謝！」皮耶羅趴在圍牆上，高興地說。

「要謝。」

「你，剛才說的那個《羅馬假日》，那是電影，對嗎？」

他對電影不是太感興趣，但不可能不看《羅馬假日》的。以前在北京時，關於中國，他問得多，但可能會有些心不在焉。她順著他的話說：「對，是特別好的電影，關於特別好的城市。」一陣涼爽的風吹來，吹動著她的長髮。她撫了撫頭髮，眼看四方，這燈光，這被羅馬籠罩著的一切，甚至空氣，她喃喃自語：「哦，像是做夢一樣！看看這兒，看看那兒，全是費里尼電影裡的一切！」

她癡迷地閉上眼睛：「哦，奧黛麗・赫本！呵，安妮塔・艾克伯格！飄盪著咖啡和葡萄酒香味的街道！」她睜開眼睛，一把拉住皮耶羅的手，看著他的眼睛，「知道嗎，皮耶羅，你把費里尼的羅馬帶給了我，謝謝你！」

「你說起費里尼，比說起結婚還快樂！」皮耶羅心中感受到，脫口而出。

「我給你說過他，你難道忘了？」

「是有一點忘了。」皮耶羅有點不好意思地說。

燕燕拉著他轉圈，真希望母親在這兒！下次一定要帶母親來羅馬，要在這兒陪她看費里尼的電影。

燕燕突然停下，鬆開皮耶羅，神情慌張，四下張望，叫了起來：「費里尼，我的費里尼呢，牠在哪兒？不行，我得找費里尼。」

皮耶羅茫然地攤開雙手：「你想去他的墳墓嗎？他埋在義大利另一邊，在家鄉瑞米尼那兒。」

「哎呀，我說的是一條流浪小狗，我今天在路上撿到的。」她著急地說，「我怎麼可以忘記牠呀，牠和我們一起進小酒館的。真糟，我今天是怎麼了，都忘了把牠介紹給你。」

他們跑下樓梯，奔出大樓，來到街上。這兒有一個小廣場，燕燕眼尖，一下子看到了剛才吃飯的小酒館，奔了進去。

皮耶羅也跑進小酒館，他問一個正在清理桌子的侍者，邊說雙手邊比畫。裡面沒有費里尼，燕燕眼睛掃得很仔細，感覺小狗就不在。她衝出來，心裡好空，跑到一個鐵柵欄前，推開走入。這是一個五十米左右有壁畫的拱形洞，聖母像前點著蠟燭，供著鮮花。有幾級朝下的台階上蹲著一隻貓，在暗黑中瞪著黝黑的眼睛。那兒有一個出口，通向另一條小街。燕燕跑過去，卻沒注意那幾級台階，她一腳踩空，跌倒在地上，跌得很痛。她躺在那兒，幾秒鐘後，爬起來繼續呼喚：「費里尼！」

這時有一個女人的聲音傳來，有節奏地迴旋，聲音很響。燕燕循聲望去，洞邊倚牆坐著一個披著黑紗的女人，像是吉普賽人。看不清她的臉，她面前點著蠟燭，燭光映照著一塊布上好些各種各樣顏色的小盒子和手繪阿拉伯數字，它們相互纏在一起。

燕燕不解黑衣女人的語言，迷茫地搖頭。

黑衣老女人看了看燕燕，改說英語，說得更快，像一道道閃電，令她招架不住。不過燕燕大致聽明白了，黑衣女人是說，她看見很多遊客跌倒在此，少有燕燕這樣叫著義大利導演名字的人。

燕燕絕望地說：「費里尼是我的狗，你看見牠了嗎？看見牠了嗎？」

「我有一些東西，可以幫你找到你希望得到的東西。」黑衣女人指指面前的那些小盒子，話速緩慢得讓人著急，「如果你真的遇到——麻煩，想知道你生命中——什麼最重要時，才打開它。

來，拿一個吧！」黑衣女人拿起一個青色盒子，捧在手心上。

燕燕一下子愣住了，後背一陣發熱，黑衣女人的話，太神祕了，尤其是對方那張臉在黑紗裡漸漸清晰了。輪廓很西方，眼睛是黑眼珠，卻怎麼看，都有種似曾相識的感覺？在童年，她也有過一次這樣的經歷。當時，她與母親乘過江輪船去城裡看姨，母親的妹妹。她不知怎麼回事，與母親走散了。前街、後街找母親，都找不到，只好坐在石梯上等待。她沒敢哭，怕一哭就被人帶走。一個個子小小的女人走過來。她的頭髮濃密，幾乎遮擋住了整張臉。她一身拖拖拉拉的灰布衫，腳上是黑布鞋，可眼睛是黑黑的，又大又亮。她仔細端詳她，目光盯著她的額頭和耳垂看，然後對著她哼唱起來，她的後背一陣發熱。這時母親跑過來，抱著燕燕，警覺地看著那個女人，整個身體語言在質問，你要幹什麼？女人居然一笑，用沙啞的聲音說，要母親好好待見女兒，說女兒日後必有不同於本命的命。母親拉著燕燕就走，扔下一句話：「命是什麼？命為何物？」

母親說得好。燕燕這時也在想同樣的問題，她很想與這個黑衣女人討論一下。黑衣女人微微閉上眼睛，哼唱起來，很像小時候母親唱的歌謠，母親說是她看到巫婆跳神時唱歌，便跟著學了一些。那歌聲在她的心上抓呀抓，令她呼吸急促，淚水盈滿眼睛。這時，皮耶羅跑過來，看見燕燕，也看到了黑衣女人，他掏出五歐元給了她。對方睜開眼睛，把手心上的盒子放到燕燕的手裡。皮耶羅叫燕燕：「我們走吧！」他沒有等她，就往前走了。

燕燕朝黑衣女人點點頭，把小盒子塞入褲袋，邊走邊呼喚：「費里尼，費里尼！」她往洞口走，走出十幾步，回頭看時，那兒沒有黑衣女人了。她覺得奇怪，搖了搖頭，繼續往前走，快出洞口時，看到皮耶羅在聖母像前畫十字。他神情投入，旁若無人，嘴裡念念有詞。

燕燕站在邊上等著，皮耶羅做完了禱告，抬頭看見她，便說：「奇怪，這兒晚上都鎖門，居然今天沒有，可能是一個徵兆。」

燕燕難過地說：「哦。徵兆是沒有希望找到費里尼了。」

兩個人往洞口外走，皮耶羅把鐵柵欄門關上，說：「羅馬到處都是流浪狗。牠們來到你的生活，走出你的生活，就像自由的風。」

「費里尼，我很高興你是自由的，不像我，一個人在沒有窗的旅館裡，睡小小的床，聽各種吵鬧討厭的聲音。我希望有別的地方可去。」

雖然燕燕的聲音很低，但皮耶羅還是聽見了，他很意外：「你知道我在網上訂的，網上的圖片看起來不錯。」

「我知道，這地方離你的學校和家都不太遠。不必換了，將就到婚禮前一天，我們再找個乾淨和大一些的地方吧。對了，你訂了婚宴的酒店和房間。」

燕燕這麼善解人意，皮耶羅略有所思地看著路燈。稍等了一下，他轉過身來，抱歉地說：「燕燕，我帶你回我家，好嗎？」

「今晚？但是你媽媽——」

「沒問題。」皮耶羅不太輕鬆地說，掏出電話，撥號碼，很緊張的樣子。電話通了，他叫道：「媽媽。」背過身後，義大利語說得很快。電話通了好幾分鐘，終於結束，他高興地轉過身來說：「燕燕，嘿，我媽媽同意了！她很期待見到你。」

「之前你媽媽怎麼不請我住在家裡？」

「她是老套人，結婚前，男女授受不親。」

「你和我在中國時並不這樣。」

皮耶羅臉紅了，雙手搓著，隔了好一會兒，才說：「當然還有一個因素，我擔心我家那麼大一家人，你愛清靜，才訂了旅館。羅馬夏天旅館很難訂到，在網上訂的，圖片看著不錯，沒想到那麼糟、那麼不好……」

燕燕捂著他的嘴，不讓他說下去。皮耶羅表示他的抱歉了。當時皮耶羅在郵件裡問她是否想住羅馬城裡，她馬上就回覆願意，其實她真怕跟那麼多義大利人住在一起。只是這個旅館太不像話，才讓她覺得受不了。

兩個人去小旅館拿行李，順便把燕燕和她母親的房費結算了。印巴老闆不太高興。皮耶羅拿出訂單，說上面有規則，可以取消。印巴老闆沒再說什麼，就同意了。

一直害怕男人，班上的男同學，街上的男人，那些老的、中年的男人。在巷子或是江邊沙灘，常有男人掏出褲襠裡的陽具來，當著女孩子的面玩耍。附近的防空洞，最早是一九四五年時為躲避日軍飛機大轟炸挖的，五〇年代為防國民黨反攻大陸全民備戰，又挖了一批防空洞，六〇年代末七〇年代初為「反帝反修」又挖了一批。後來，在這一帶，防空洞的用處就是男人強姦女孩。她害怕，路過它，都快步走開，生怕裡面躲著一個男人，把她抓了進去。

《4分33秒》，那個約翰·凱奇，讓人在四分三十三秒裡感受寂靜的魅力。少有人知道他，她是他的「粉」。她親耳聽過他的演奏，即刻進入小時在南岸的日子。「激浪」兩字，必須在平視江水時才能感受到。她懂得約翰·凱奇：在搖籃裡傾聽江水流淌，牽動船拉響汽笛，滲入街人鄰里的髒話和打情罵俏當中，一切生命的聲音被她這樣的腦袋當成糧食吸收。傾聽是一門藝術，學會傾聽前，必須學會沉默。

從幾歲開始，她就被勒令洗衣服！那天正巧停水。沒辦法，她下江邊去洗。洗好後裝入竹簍，她就在沙灘上寫字畫圖。椿椿深藏不露的心事，尤其是對男人的恐懼，呈現在沙灘上，然後再用腳將其擦掉。更多時候，她只默默地凝視江對岸。

防空洞下面是一大片空地，長年積水。有一個小水潭，裡面常有黑黑的蝌蚪，在一隻生滿苔蘚的橡膠雨靴裡遊蕩。都說，那是一個被強姦的女孩丟下的鞋子。

江上傳來汽艇的馬達聲，月亮掛在天邊，天色暗下來。江岸上已少有路人了，原有的釣魚人都收竿離去。哼，強姦犯肚子餓，該回家去了。她看江面，輪船大多泊在岸邊，對岸朝天門半島燈火輝煌。黑暗漸漸濃烈起來，兩岸斑斕的燈火，隨著夜色暗淡下去。她背起竹簍朝山坡上走去。

一個黑影在朝這邊靠近，看不清模樣。該來的就會來，躲不掉的。她看到了，並沒有飛快地跑走。心裡充滿恐懼，同時也洋溢著興奮，倒想看看，會是誰，將會對她做什麼。

她發現自己的心跳加快。

黑影近了，是一個熟悉的面孔。他個子高高的，年紀卻小。他說他叫坎坎，住在渡輪上端的那條街，與她同學校，比她高兩年級。

「經常看到你在這兒，不放心。」

「為什麼不放心？」

「你不知？」他指著遠處的防空洞說，「那兒出過事，有像你這樣大的女孩被拖進洞裡。」

「被壞人強姦！你想說什麼？其實這樣死氣沉沉的生活，還不如遇到一個強姦犯好呢。」

她被自己的話震動了，她故意拖延回家的時間，難道不是在期待這種毀滅來臨？

他異樣地看著她，說：「你在說反話，真的，你要小心。那些被強姦的女孩，聽說要麼被勒死，要麼被扔進江裡淹死。」

「是真話。得了，我會小心的，我會跑。」

坎坎突然發現她背著的竹簍：「那是什麼？」

「衣服。」

他笑起來。

「不信，我倆試試，看誰跑得快？」

她說著放下竹簍，與他在沙灘上齊步站立，一起約好喊一二三開跑。他們跑起來，沿著江邊沙灘上奔跑。先開始，他在她前頭，跑了五百米。但他不是對手。她的速度不變，這江岸每一塊礁石、每一處沙灘，哪兒有陷坑，哪兒需要跳過，她都瞭若指掌。在岸邊跑，稍不留意，就會跌倒。躉船上的燈和山坡上的路燈，甚至月光照明，也是模模糊糊的，少年跌倒好幾次，他跑不過她，由此甘拜下風。

在學校裡，他們裝作不認識。只有在夜晚，在江邊，他們才說話。他們堆石山、築沙堡、攀岩。有一次坎坎親了她，她給了他一耳光，說：「不許耍流氓！」

她掉頭離去。

他追上她，很生氣，對她吼，說喜歡她。他讓她再打他，但是不要離開他。

她繼續往前走。他攔著她的路，說他的父母天天在家裡爭吵，在塑膠廠工作的母親精打細算，做水手的父親愛打麻將，輸掉錢，又來找母親要。母親不給他，他就打母親，也打他。他讓她看手臂，上面有好幾條棍印：「我爸爸……」

她捂著他的嘴，不要他往下說。她記得有一次在江邊，看著一個男人追著一個女人，女人披頭散髮要跳江，男人追上了，一掌把女人推倒。女人在水中踉蹌地跑，男人反倒停下喊：「你死呀，死給老子看。」女人本來正向深水區走，突然停下，朝他哈哈大笑，說變成鬼都要來找他，讓他不得好死。他追上去，抓著女人的頭髮，往水裡按。有人報警，員警來了，要帶走男人。女人不讓，說是她的錯，讓員警放過男人。她牽著男人的手走了。

坎坎哭了，她把他抱在懷裡，兩個年輕的身體打著哆嗦，越抱越緊。她真的太需要自己的身體擁抱另一個身體了。

「不要分開。」他說。

那晚她和他偷吃了禁果，其實根本不是交合，他只是隔衣觸摸了她剛剛發育的身體。她的皮膚像著火，喉嚨直冒氣。他拿著她的手指，放入自己的胸口，往下滑，滑到一個硬硬的地方，兩個人都渾身戰慄。他聞聞自己的手指，好甜蜜呀，感染了江水和星空。江水起著波浪，星空旋轉光芒！從來不知一個人的舌頭進入另一個人的嘴裡，和一個人的舌頭含著另一個人的手指是這樣的教人喘不過氣來，這種神奇的感覺，無法用語言形容。波浪高到天上，星空墜落進江裡，浸透她和他濕濕的身體。他們抱在一起，吻在一起，滾動在沙灘上。沙灘上黃色紫色的野花紛紛盛開，隨風搖晃，給他們加油。風聲加入，月亮加入，濤聲加入，一個女人沙啞的歌聲加入，憂傷而纏綿。他們呢？他們停住了，專心地聆聽。

歌聲結束，她看著他，他也看著她，像陌生人一樣慢慢站起來，朝不同方向走去。

她沒有再去江邊了。

沒有原因，反正她不想去。

而一年不到，苗圃後街一個女孩失蹤了。又過了段時間，有一個女孩的屍體在江邊防空洞裡被找到。她不知道這個女孩是不是那個失蹤的女孩。

# 第四章　生活的細節

乘著酒興，他在小街上快步如風地走了好一陣，然後停下來，抬起頭看天空。的確，每次在羅馬看夜空，感覺都不同，這回，不是覺得星星大，而是有色澤，有些銀，有些金，有些灰，還帶著毛邊。他伸出手，彷彿可以觸及。這跟白天觀看雲朵不一樣，雲朵像山巒，像一把手槍，像一座宮殿，像天使，形象都因心而生成。星星不一樣，換一種角度，在那些星星上看地球，會不會一樣？這麼一耽擱，他居然迷路了，只好點開手機裡的地圖。照著走，並不遠，二十分鐘就到酒店了。酒店所在的街上人很多，激烈的打擊樂從一家舞廳裡傳出，門前人更多，全是夜店打扮的男男女女。

酒店櫃檯裡的小個子女接待員對他點頭微笑，他也點頭微笑。走在安靜的殿堂裡，突然有一個年輕漂亮的中國女人，急切地追了過來。王侖停下腳步，注視著她。她身著深藍色絲質修身職業裝短裙、紫色高跟皮鞋，對他畢恭畢敬，並小心翼翼地捧著一個資料夾和一支打開的鋼筆。她打開資料夾，裡面是幾張紙片。

王侖取過來，在紙上簽字。

年輕女人輕聲地說：「非常對不起，我誤機了，才到。明天上午你有三個會面……」

他打斷她：「安妮，你去處理，我想在這兒輕鬆兩天。另外告訴他們，沒我，他們可以照常開會！」

安妮很緊張，看著王侖，點點頭，站在原處。

王侖朝自己的套房走去。這個酒店靜得像墳墓一樣，除了他的腳步和呼吸，什麼聲音也沒有。他知道，不等到他的身影在大廳裡消失，身後的安妮是不會離開的，她一定在等著他訓斥。他什麼也沒說。她居然會誤機?!她的身後有一口旅行箱，不用說，是從機場直接來這兒的。已盡心了，還是對人寬容一點，他也誤過機呀，誰都免不了。

房間燈光較暗，裡間方露露躺在床上，穿著一件寬鬆的白衣袍。東歐女人給她做完按摩後，正收拾按摩油，並看了一眼手腕上的表。

方露露也看了看手機上的時間，這時聽見門響。她高興地墊起枕頭，頭靠在床頭，故意轉過身去。身後沒有腳步聲，但她知道他會輕輕地走進來，盯著她。於是她說：「親愛的，你再不回來，我就要報警尋人了。」她轉過身來，果然王侖站在套間的中間位置，正靜靜地看著自己。

東歐女人咬了咬嘴唇，她在等著方露露。

王侖的眼睛掃了一眼那東歐女人說：「她怎麼還不走？」

方露露指指自己的臉說：「她還要給我的臉補水美容。」她沒看他，「聽你聲音就知道你喝多了。」

王侖動了動他的頭，活動他的肩膀，沉默不語。

方露露躺下，望著天花板說：「我靠臉和身材吃飯，我可不想靠男人養，否則還得看男人的臉色活。」

他什麼也不想說，走到外間，從冰箱裡取了一瓶香檳，打開，倒在杯子裡，獨自喝了起來。這個宮殿屋頂太高，可以蓋三層吧，人是飄浮的，哪怕腳站在地上。安靜得聽不到人聲，他懷疑除了服務人員，這兒只有他和方露露。別的客人呢？都睡了？太不可思議。回回到羅馬，他都迷惑，這次他看不到自己。

方露露在咳嗽，喝水的聲音。然後傳來她的歎息聲音。不對，不是她的歎息，她一般歎息後，會把手指的關節扳響。如果不是她，便是那個東歐女人。

方露露在對那個東歐女人道抱歉，看來是她取消了按摩。他難以置信地看著東歐女人提著東西靜悄悄地走出來，看見他，朝他點了一下頭，便拉開門走出去。

王侖覺得有些過意不去，不是對方露露，而是對那個剛出去的女人。他取了杯子，又倒了香檳，一手握著一杯酒走到裡面房間。

燈光被調暗了一些，床上方露露躺在右側，像是睡著了一樣。

王侖把一杯酒放在她的床頭，坐到左側去，脫了鞋子，躺到方露露身旁，看著天花板上古老的壁畫。

「我讓你不喜歡的女人走了，你原諒我了嗎？」她閉著眼睛說。她並不經常以這樣的方式說話，今天她突然在他面前放得很低，如同一個不諳世故的小姑娘。

他拍拍她的手，表示是的。他在心裡原諒她了。她握著他的手，他的手冰冷，但她的手卻濕濕熱熱的。好像有股電流傳來，她一下子翻到他的身上。他看她的臉，是的，她的心在這兒，這讓他激動，像是從未看過似的。她額前有顆痣，拂過頭髮，就可看到。的確是她，不是別的女人。她摩挲著他的額頭，嬌笑著說：「我說的不僅是那個做按摩的女人，我要把你身邊所有的女人都趕走，你心裡只准有我一個人。聽說跟你來羅馬的這個祕書很漂亮，你少看她幾眼好嗎？我不想要一個心懷二意的人！」不等他回答，她脫他的上衣，「哎呀，人吃吃醋，便煥然一新。」她向他眨眨眼，「不信，試試。」她取掉自己的耳環。

「試試吃醋？」他笑了。

她的話很撩人，但脫自己寬鬆的衣袍並不順利。她伸直胳膊，衣袍的袖子才出來。她的身體完美無缺，尤其是乳房，飽滿結實，如他第一次看見一樣，讓他激動。哪怕今天，心裡有個結，仍然會激動。她的腰與大腿光澤潤滑，因為跳舞，大腿比較壯，腰上一點多餘的肉也沒有，整個人像一條蛇一樣纏繞他。她眼睛裡的火焰，燃燒著他。她說：「我要你，你說，你要我，只要我。」

這是他倆前戲中常玩的把戲，他說：「我要你，只要你，我要進入你，占有你每個地方，每根神經。」他解皮帶、脫褲子，把她壓在身下，攻入她的雙腿之間那潮濕發燙之處。她當即叫了一聲，伸手在床頭按手機的音樂，房間裡響起歌曲：

蘇珊娜帶你去她在江邊的居所
在那裡你會聽到船徐徐駛過
你會和她共度今夜
你知道她半癲半狂
正因為如此，你想到她的身邊

是科恩的歌，他腦子裡出現一個有口紅的酒杯。他搖搖頭，想把那酒杯從腦子裡丟出去。而她換了一個姿勢，蜷曲雙腿，讓他更深地進入。他抱著她翻了個轉，他在上面，她在下面，兩人在床上橫著，她叫了起來。他像頭野獸躍起，腳鉤著一角帷幔，架子床震動，帷幔掉下來，蓋著她的臉，他衝擊她，狠狠地，大叫一聲，射了。

他滾落一旁輕聲說：「對不起，我太快了！」

這回比以往任何一次都快，也沒有照顧她的感受，他盯著屋頂的畫，如果側臉去看她，一定什麼表情也沒有。不必看，他知道，因為她沒有來高潮。他眨了眨眼睛，聽著自己的心跳慢下來。她側身過去，關掉音樂。

他鬆了一口氣，說：「謝天謝地，沒有音樂！」

「我以為你喜歡，你以前就喜歡！」她的聲音沒有不快，只是坐了起來，拿床邊櫃上的水來喝。聽得見她喝水的聲音，有點急促，渴極了似的，弄得他也渴了。他伸手過去，她把水杯遞給他，他接過來喝光。他感覺到她的不滿意，放在平時——她會直來直去地和他說話，這時她不說，便有問題。她遇到不高興的事，會歎息，可這回她沒有。

她突然叫了起來，抓了床單裹在身上，在床頭縮成一團：「什麼髒東西，居然跑到我的床上？」

他看見一條小狗安靜地蹲在床邊。她一腳踢過去，小狗痛得叫了一聲，跑開。

她抓著床單滿屋子去追，想把牠趕出房間。

王侖沒有什麼反應地看著。

方露露叫王侖：「幫我，你知道我不喜歡動物！這麼高級的地方，怎麼會有這麼低級的東西？」

南方試試運氣或找出路，要麼嫁個有錢人，要麼做生意，自己成為有錢人，要麼找到另一種生活方式。方露露否認，她說她的母親死了，這是她的心給出的回答。

小狗一直看著王侖，他拍拍牠，打開門。方露露見他進來，就坐到了床邊去。他輕柔地說：「露露，做你自己吧！我認識你時，你很美，很快樂，很純潔，像一塊玉。」

「這話是什麼意思？」

「我是想說……」他突然不知道怎樣表達才能更準確地傳達自己的意見。

「我沒變，是你變了，不要以為我不知道。」

「你知道什麼？」

「我們不吵，行不行？」她壓著心中的火說。

「誰在吵？」他問。

小狗跑進來，朝方露露叫。

「把這個假費里尼弄出去！」

王侖抱起小狗往外走，又被方露露叫住了。他回頭，看到她把一個枕頭扔過來，單手去接，沒做到，而小狗卻像個球一樣滾落到地上去了。方露露想笑，卻止住了。

王侖蹲下重新抱了小狗，一邊走一邊說：「行，行，你厲害，這是什麼世道？」他把門關上。她今晚說對了一句話，她不想他做一個心懷二意的人。

他不是這樣的人，剛這麼認為，他的腦海裡浮現了燕燕，她圍著噴泉走著，她打爛酒瓶，做鬼臉。不可思議得亂七八糟，卻多了一點兒有趣。她太有趣了，這點發現，讓他心情好起來。她說要買下羅馬，你會相信，而露露說，你卻不會。

兩個女人如此不同。

對了，燕燕的口音跟露露一樣。沒錯，這兩個女人來自同一個地方，偉大的山城，火爐重慶。他同時發現另一件匪夷所思的事，是兩個女人臉上都有痣，都在臉的左邊，燕燕的痣在嘴角，而露露的痣更往下一點。

皮耶羅開著車，燕燕打著瞌睡，偶爾會睜開眼睛問：「到了嗎？還有多久？」

「快了。你睡吧。」

燕燕再次睜開眼時，皮耶羅將車子駛入一個四五層高的老式公寓樓前的小街上。夜色朦朧，路燈亮著，小街兩側的房子也大都亮著。公寓牆上端有壁畫，騎樓的石頭陽台種滿植物和花。路邊也停了別的車，有孩子在街上踢足球玩耍，樓房裡傳出手風琴的音樂。

皮耶羅停好車，還未下車來，右側樓房陽台上有人高聲地說著什麼。

燕燕望著皮耶羅：「他們說什麼？」

「他們說新娘來了！」

燕燕有點不知所措。這時，左側樓裡也有人從窗口探出頭來議論，聲音很大、很雜。

燕燕用胳膊碰碰皮耶羅。

皮耶羅給她翻譯：「同樣的話。」

燕燕伸出手來，給皮耶羅看：「他們都是你們家的？你看我的手都緊張得出汗了。」

「有的是鄰居。我的家人不會吃了你，放心吧。」皮耶羅把車門打開，他到後車廂取行李。窗子前湊著幾個腦袋往下瞧。

燕燕取了自己的背包和手提包，跟著皮耶羅往右走。幾個孩子從暗暗的街上躥出來，圍觀燕燕，其中一個男孩子說：「你好！」居然用的中文。

燕燕驚喜地看著他們，高興地用義大利語問好：「Ciao！」

輪到他們驚奇了，七嘴八舌地說著什麼，還有一個男孩吹著口哨。

皮耶羅拖了兩個黑色行李箱走到一個大木門前，還未來得及掏鑰匙，門從裡面響了一下——有人幫忙把門打開了。皮耶羅推開大門，一步跨進，燕燕也走了進去。大門隨即關上。

兩個人一前一後走進去，裡面燈火通明，地面、牆上乾乾淨淨，顯得寬敞。沒有電梯，這個房子看上去頗有些歲月了。

好些人從樓梯口探出頭來，投下或大或小的倒影。他們輕輕細語，義大利話有調有形，語速飛快，這點跟重慶話相似。他倆走上了第三層，皮耶羅家人打開門來。

完全沒有燕燕預想的那樣尷尬，他們看上去都很和善、熱情。她只稍稍猶疑了一下，就被讓進了房間。屋子裡，壁燈與檯燈都亮著，給講究的老傢俱布上一層光，牆上掛有聖母瑪利亞的畫和十字架。餐廳較大，客廳不是太大，但也不小。沙發邊有一籃子透明綢帶裝的白色粉色的堅果、巧克力、糖果，幾枝束在一起的勿忘我乾花，還有大大小小的禮物盒子，洋溢著濃郁的婚禮喜氣。從客廳可看到廚房，東西堆得多，不過收拾得乾乾淨淨。

陽台上種有花和植物。有兩盆大仙人掌，都開著粉色花朵。一個五十歲上下的鬈髮女人從那兒走進來，打量了燕燕之後，近前兩步，給了她一個緊緊的擁抱。

其實燕燕已猜到了，她是見過准婆婆的照片的。皮耶羅給她介紹道：「我媽媽。」

燕燕朝她點點頭：「Buona notte！」用義大利語說晚上好。

義大利婆婆的眉頭展開，很是驚喜，嘩啦啦說了一大串話，燕燕完全不懂，不知該如何回應，無助地望著皮耶羅。皮耶羅笑著，並不翻譯，而是指著邊上一個穿著花裙子、豐滿又好看的年輕姑娘說：「燕燕，來來，這是我堂妹卡拉。」

卡拉禮節性地擁抱她，冷冷地打量她，透出一股不太友好的氣息。

在客廳角落椅子上坐著一個七八十歲的老太婆，本來在靜靜地看著她，此刻快步走過來，一把抱住燕燕，在她的左右臉頰親個不停，並把燕燕從頭到腳看了個遍，對皮耶羅的母親說了一句話。

屋子裡的人聽了，頓時大笑。

皮耶羅的臉紅了，燕燕記得看過的照片，便尊敬地叫一聲：「奶奶。」

中文奶奶與義大利語奶奶的發音接近，奶奶聽了非常開心，繼續說話，語速飛快，大家笑得更厲害了。

「她說什麼？」燕燕問。

皮耶羅不翻譯，臉更紅了。

燕燕用胳膊碰他，非要他說。他只好告訴她：「好吧，燕燕，不要生氣，我奶奶說你是會生一大堆孩子的那種女孩。」

燕燕沒想到奶奶會這樣說，臉一下子紅了，眼睛看著地上。

滿屋子義大利人的歡聲笑語，燕燕不知怎麼辦，也只得跟著傻笑。孩子她喜歡，要是生一大堆，想來一定好玩。屋子裡有股氣味，可能久未開窗透氣。燕燕走到窗邊，把窗子打開，吸了口外面的新鮮空氣。

皮耶羅的母親馬上走過去，將窗子關上。她笑吟吟地把燕燕和皮耶羅拉到牆上一幀照片前，那是一個義大利男人，瘦瘦的，眼睛深邃，和皮耶羅長得很像。皮耶羅對燕燕說：「我爸爸，你知道的，他已去世了。」

沙發邊坐著一個留有鬍子的中年男人，戴著眼鏡，樣子也神似皮耶羅的父親。皮耶羅說：「我叔叔飛利浦，你知道他是個醫生，是個堅定的共產主義者，我想你和他會有一些共同的話題。」

叔叔聽不懂，卻知道皮耶羅在講什麼似的，朝他倆直點頭，然後站起身來，給了燕燕一個大大的擁抱，像奶奶那樣在她的臉頰上熱情地左親右親，弄得燕燕非常不好意思。

從另一個房間走出一個四十來歲的女人，高個子，瘦瘦的，剪著短髮。她脖子上、手腕上戴了亮晶晶的飾品，皮耶羅連忙向燕燕介紹說：「我嬸嬸蒂齊亞納。」

又是一番熱烈的擁抱和親吻，然後，嬸嬸緊緊握著她的手，不住地說她「Bella！」她懂這義大利語，是誇她漂亮！

義大利人跟中國人一樣，喜歡四世同堂，孩子長大了，還是住在父母家裡，老人也在家裡。皮耶羅的家人，以前有父親，有爺爺，全都住在這個大公寓裡，很擁擠。這套房子除了一間大餐廳和一間大客廳之外，還有四個房間，兩個衛生間。父親和爺爺的過世，也並沒有讓房間顯得寬敞一些。燕燕不知這中國新娘與義大利新郎全家的會面何時結束，強忍著不打哈欠，正在這時，皮耶羅把她的行李放到了他的房間裡。

燕燕跟著走進去。房間不小，很整潔，桌面一點灰也沒有，東西都放得整整齊齊，有《聖經》和一台電腦。牆上掛著宗教畫，還有一個壁掛書架，上面有好多書，大都是宗教方面的。燕燕伸手摸自己脖子上的銀十字項鍊，那是在中國分別時皮耶羅送給她的。房間裡還有一個舊沙發和一盞檯燈，床前衣櫃的把手上掛著一套講究的黑色西服，裡面是白襯衣，還有黃絲綢暗花領帶，地上是一雙黑皮鞋。

皮耶羅看著衣服問：「你覺得怎麼樣？」

燕燕趕緊閉上眼睛，叮囑他：「快把它們放入衣櫃裡，到時給我驚喜！」

皮耶羅孩子氣地吐了一下舌頭，馬上把衣服和皮鞋收進衣櫃。

「反正我忘了。」燕燕邊說邊蹲下，打開大的行李箱，拿出了事先準備好的白色桌布和餐墊，一大盒福鼎老白茶、一套紫砂茶具，還有一些中國扇子、絲巾、喜字的剪紙和紅燈籠，走出房間來。皮耶羅也跟了出來。她把禮品分別送給客廳裡的人，大家都很高興，嘰嘰喳喳地議論著，看彼此的禮物。皮耶羅的母親說著什麼話，燕燕猜想她是在說時間不早了，大家需要休息。果然，他母親的話結束，屋子裡的人都對燕燕道晚安。

牆上的布穀鳥鐘叫了十一下。居然已是夜裡十一點了，那中國時間是早上六點。燕燕困死了。洗漱完後，換了一身棉布睡衣褲，走進皮耶羅的房間。皮耶羅正要進來，被母親拉到客廳一側去，奶奶坐在一把椅子上，招呼他坐在邊上。燕燕注意到，叔叔和嬸嬸從他們的房間打開一道縫隙在往這兒窺視。

燕燕關上房門，在房間裡梳頭，聽見屋外皮耶羅的母親和奶奶激動地說著什麼，奶奶比母親還固執，雙手在胸前揮動。

正在發生的事，一定與自己有關，燕燕走過去，拉開一點兒門，探頭往外看：皮耶羅正低頭聽著，奶奶看到燕燕在看他們，對她一笑。

她只好把頭縮了回來。

房外說話聲小了，最後是皮耶羅道晚安的聲音。他朝房間裡走來，進門後，走到燕燕面前，怕說又不敢不說，樣子有點委屈，也有點無奈。

「怎麼啦？」燕燕問。

「我們家是天主教徒，男女在婚前，婚禮前，不能睡在一起的。」

「明白。」

皮耶羅攤攤手。

燕燕問：「那我睡哪裡呢，我困死了。」

皮耶羅老實巴交的樣子，聲音輕輕的：「跟我母親睡，跟我堂妹睡，還是跟我奶奶睡，你選吧。爸爸去世後，奶奶就搬到爸爸的書房了，那兒可能適合你，這麼多地方夠你睡的呢！」

燕燕心裡有氣，但是也沒有辦法，拿了一個枕頭和被子：「我一個個睡她們去。」看到皮耶羅不懂她的話，她掃興地說，「帶我去你堂妹房間吧。」

皮耶羅像孩子一樣高興地笑了，拉著她的手：「不生氣？」

燕燕搖搖頭。

皮耶羅拉著她的手，帶到堂妹卡拉的房門前。他輕輕敲門，裡面沒人應聲。他們輕輕把門推開了一道縫，看到卡拉睡著了。她穿了一件黑色胸罩，薄被僅僅遮著下半身。

燕燕與皮耶羅道了晚安，輕輕走入，關上門。裡面黑黑的，她摸索著打開頂燈，又找到檯燈的開關，開了檯燈，再熄掉頂燈。她看著卡拉，卡拉披了一條薄床單，睡得正香。燕燕走到床的另一邊，雙腿蜷曲，側身睡下。

在義大利的第一天，她沒住小旅館，而是住在未婚夫的家裡。跟他不是在同一個房間的同一張床上，而是跟他的堂妹一個房間、和堂妹「同床共枕」。小時家裡不富裕，房間小得可憐，她跟母親擠在一張床上。不管白天母親多生氣，到夜裡，她都會說多麼愛她。母親會叫她小不點、小燕子、小吊帶。她輕輕靠著母親，聞著她熟悉的氣息入睡。

那樣睡眠，很安全，很滿足，她最為珍惜。

生活比她看過的小說都像小說。現在她在心儀已久的羅馬，卻難以入睡。她想躺在他的懷裡——她視他為親人，對他的身體沒欲望，也沒有想念他到要自慰。空氣中，一切都是安靜的，聽得見室外掛鐘的聲音，一家人都睡著了。他們有福氣，能馬上睡著。本來有那樣的母親，燕燕的睡眠品質並不是太好，即便入睡很快，睡得也不深，反而在飛機上睡得沉。這會兒想睡，她告訴自己，明天他們起床，自己就得起床，做個賴床的懶婆娘，會讓他們看不起，說皮耶羅怎麼找了這麼個懶女人做老婆，更是丟中國的臉、丟幾億中國女人的臉。不行，明天他們起來，她就得起來。現在必須睡，可是下這個命令後，她怎麼睡，都不見瞌睡襲來。

卡拉像個男孩一樣打起呼嚕。這房間亂得不得了，到處都是衣服和鞋子，到處都是紙片和紙箱子。有一個大紙箱打開，裡面是漂亮的藍瓷花咖啡杯，在地板上放著，寫有皮耶羅和燕燕的名字和結婚日子，明顯是婚禮宴席時贈送給客人的禮物。看來他的家人已花了好多時間、好多精力在準備。皮耶羅的家人很暖心，她心裡感動，眼睛紅了。

卡拉翻了一個身，腿擱到燕燕的腿上。燕燕往邊上讓，卡拉的另一條腿也壓了上來。她把對方的腿扳開，沒隔一分鐘，她的腿或胳膊又上來了。來來回回好幾次，燕燕不由得皺起眉頭。卡拉睡著了，也並不歡迎她。她抱起自己的枕頭，拿了床頭一條薄毯，打開房門，到了客廳，她把枕頭放在沙發上。

每每看到一對情侶手牽手，或相擁，她便會注視他們，羨慕不已。是否需要一個男人，需要結婚那張紙？她不肯定。看到父母那樣不幸福，她對婚姻本能地抵觸。皮耶羅是外國人，跟中國男人不同。他愛她，而她呢，愛他，這點她不能確定。這是她的逃跑，從中國的男女關係中，還是想從以前的生活？她不知道。窗外的月亮比中國的大，星星也比中國的大，彷彿伸手可觸。月亮搖擺起來。她想母親，幾天前母親與她交鋒得厲害，說你們這些年輕人，擁有如此燦爛的青春好時光，為什麼跟我們這一代人一樣，不容易得到快樂？我們經過飢荒年代，當過下鄉知青，吃過苦，歷經各個政治關口和經濟改革，我們的人生是悲劇。你們呢，腳下有無數條路，可以讀書，可以留學，可以做生意，可以窮遊四方……時代給了你們一切可能性，可是，你們這些小屁孩呢，實用主義，利己主義，喜歡奢華和名聲。你們否定父輩，又在物質上依賴他們。你們是白眼狼，精神絕對獨立，內心焦慮、惶恐，你們的愛情更像點速食，吃了，感覺好，再吃，吃膩了就點別的，男女在一起像辦家家酒，合則聚，不合則散……你們知道自己為什麼得不到快樂嗎？燕燕記得，當時她回答母親：「儘管我思想獨立，但我容易快樂。」

她後半句話說得一點也不理直氣壯。

燕燕回到裡屋，拿著母親的紙條出來。紙上母親畫的藍雨傘，在月光中一清二楚。整個童年，母親都在床頭給她唱〈藍雨傘〉這首歌。母親的頭髮長長的，洗過，未吹乾，還帶著甜味兒。她的呼吸和聲音，更是她的入眠必需品：

比蜜還要甜，比夢還要鹹
淚，嘩啦啦掉下來
藍雨傘順風撐開
星星漸漸暗淡
睡吧，寶貝
一年又一年
媽媽日夜陪伴
唱起歌謠連連
比花還要香，比月還要圓

母親與父親一起去看電影。分兩個隊伍排隊進場，他們在左邊。母親站在父親身後，高興地說：「好高興我們一起去看電影。」接著是母親在外婆的老房子裡，打量著房間。她坐在架子床邊，對身邊的丈夫說：「我想媽媽。」丈夫握著她的手。這是一天清晨，母親做的夢，講給她聽。她聽了心裡好感動，母親也有關於父親的好夢。她居然在這時想起來，希望她在那個夢裡，是在他們之間的人，一手拉著母親，一手拉著父親。

想這樣的夢，可以安心睡去，燕燕慢慢閉上眼睛。

皮耶羅的家人和好多陌生人圍著她，俯下身來看她。他們哈哈大笑，嚇得她大叫一聲。她一回頭，發現自己在母親重慶的家裡。她小小的，桌上是她十歲的生日蛋糕。窗外街上有好些人喝醉了酒，敲著面盆在跳舞，條條黑影映在昏暗的牆面上。而室內，母女倆的影子，投在蛋糕上，燕燕失望的聲音：「爸爸還是沒來！」她傷心地哭了，醒來。

有咚咚咚的敲擊聲，她低頭一看，還是在家鄉山城重慶南岸的江邊，有一個過江輪渡。自己站在輪渡前那坡長長石階上，一個男人站在岸邊，身影很像皮耶羅。她走上前去，低聲問：「你怎麼在這裡？」

那人側過身來，是大舅，母親的大哥。他手裡握著一把野花，聲音奇大地說：「燕燕呀，結婚是很大一件喜事囉，我們這些老輩子都該去羅馬。」

「我們？」

大舅說：「對頭呀，我，外婆外公，我們大家。」

燕燕愣在那兒。

見她那樣，大舅真誠地說：「我們曉得，我們人去不了羅馬，心可以去的。所以呢，我們商量了半天，一致同意，請了個巫婆在這江邊跳神，給你求婚姻是對的婚姻，嫁的人是對的人，一生快快樂樂。」他舉了舉手裡的野花，朝她頭上、身上撒了下來。

燕燕高興地笑了。

「你看，巫婆來了。」

燕燕順著大舅的聲音看過去，一個戴著斗笠、穿著長長的黑衣的老女人站在江邊岩石上，伸出長指甲的手指朝燕燕額頭點了三下，然後，她又對著江水點了三下，仰面對天大叫一聲，隨即蹲下去哼唱起來，那歌聲像一個久遠國度的號聲，緩緩伴隨著江水湧動。之後，巫婆猛地躍起，像一個奇特的鬥士，在與隱形的惡魔搏鬥。她十指在空中揮舞，腰肢有力地擺動，她的右腳抬起來，高過頭，馬上又換了左腳，盤在後頸上，唱道：「對的姻緣呀對的人！一生快快樂樂！」歌聲不管繞開多遠，最後又落在這兩句唱詞上，大舅他們居然伴奏一般齊聲說：「對的姻緣呀對的人！一生快快樂樂！」後來，大舅邊上又多了母親，也多了父親。大舅對父親說：「燕燕該得到比我們這輩人更好的生活！」

「憑什麼？」父親罵道，一巴掌朝燕燕揮來。

她嚇醒了，覺得不可思議，夢中夢，對的姻緣呀對的人！這是什麼寓意？再說大舅早就去世了呀！之前從未夢到過他。他那樣關切，她的鼻子酸酸的，早已淚眼朦朧。

大舅是最早下鄉的知青，那是一九六四年，他去了長江三峽大石鎮。三峽是當時四川苦地區，大石鎮是最苦的地區。他在那兒生活了二十年，帶著生病的農村妻子回重慶，一直沒有工作，兩口子只好在一號橋那兒開了一家火鍋店。辛苦勞累，生活有所改善，火鍋店紅火了，可是得罪了當地地痞，吃了火鍋不給錢。有一天地痞拉來幾個人，說火鍋館的營業執照是假的，要罰錢。大舅較真，不給，說營業執照是真的。地痞砸店砸人，他們叫來員警。糾紛是暫時平息了，可是以後的麻煩更大，弄得他們無法安生，大舅兩口子只能回到農村去。鬱鬱寡歡，沒過多久，人就沒了。大舅媽打了最好的棺材葬丈夫，母親去參加喪事。臨走時，大舅媽塞給她一個書包，母親打開來，全是現金。母親不要，大舅媽說：「是你哥哥叮囑要交給你的，說是給燕燕以後上大學用。」母親收下了，淚水長流。大舅是個要強的人，母親一直不知他在重慶城中心的狀況。他回到農村，母親還在心裡怨哥哥，認為他不成器，完全不知他背後的隱情。

母親告訴她這一切。每年清明，母親都要去鄉下給大舅上墳，有時她也陪母親去。

在夢裡，父親居然給了她一巴掌，他的頭髮都氣得豎起來了，在現實裡如果他打她，倒像是父親的風格，那樣她心裡也會好受一些。費里尼老頭子在夢中擔心妻子茱麗葉死，是否是潛意識希望她死，從他的生活裡消失？男人的心，再偉大的男人，也有黑暗的一面，藏著心機，只是費里尼老頭子可愛，他把心機顯露給眾人，了不起。

她看看手表，快五點了。這一夜睡睡醒醒，全是連環夢，真是折騰。睡吧，如果能再睡一個小時就好了，但絕不要做夢。

那座山城，南岸沿江一帶，相比對岸繁華的城中心半島，大部分地方窮得發黴，屋頂、牆角爬有蜘蛛，忙著牽網，屋底溝裡藏有老鼠，企圖偷吃廚房碗櫃裡的剩菜剩飯，或倒掉的餿了的食物。白天到處喧嚷的人們，夜裡早早熄燈睡下。她在路燈下看從學校小圖書館借來的小說。她喜歡寂寞的小街，空氣裡有江水的潮氣，多待幾個小時，衣服脫下來，都可擰出水來。真好，而且無人打擾她。

「同樣是生在晝夜交替之際的人，母親命好，父親命薄。」

「上天常常和我們開玩笑，把你要的都給你，同時悄無聲息地奪走你所愛戀的。」

這樣的句子，她已經記滿一個本子。

我們都知道，這個命定的時刻會來臨，但如果你不努力，就會錯失它。你必須跨出一步，奮力一躍，接近對的軌道，向那神聖的時刻靠近。

她不知道自己是否在接近那對的軌道，向那對的時刻移近。

上初一時換了一位班主任，姓黃。她矮矮小小，臉上生了痲子，同學和老師都看不起她。黃老師卻是一個好老師，從她寫的作文裡看到她陰鬱的生活和內心的孤獨，借書給她，還告訴她讀書的樂趣和方式，叮囑她記下喜歡的和討厭的人物，最好寫下讀後感受。

因為黃老師，她更加愛上讀書，真的寫下感受，並開始寫故事。黃老師後來被調走了，她暗暗傷心。她去她的家，在一個操場壩，有條臭水溝。她想對黃老師說出自己的祕密，希望有像她那樣的人來分享它。

她想問，如果一個女的跟一個男的，背著大人，做了那事，是對或是錯？如果肚子變大，孩子會從腿下鑽出來嗎？如果她有了孩子怎麼辦？

她擔心黃老師會嚇一跳，沒敢去敲她家的門。

班上新來了一個男生，天生鬈髮。他給她寫紙條表達愛意，說長大要和她結婚。她不喜歡，也不討厭。他約她在江邊見面，她喜歡江邊，便答應了。他很有經驗，在江邊，請她跳舞。他先把手放在她的肩上，然後握著她的手，哼唱了一支舞曲。她沒有拒絕。班上的女生都喜歡他，可是他只喜歡她。她有虛榮心。兩人握著手跳，沙灘柔軟，腳踩下去，一步一個腳印，他們留下一串串歪歪扭扭的曲線。

江上的船拉響汽笛，當他撫過她額前的頭髮，把嘴唇放在她的嘴唇上時，他全身瑟瑟發抖。她的心狂跳起來，貼緊他，撫摸他柔軟舒服的頭髮，她的心像綿羊一樣溫順。他的五官長得周正，他的手伸進她的衣服裡，她臉燙得不行，想停止，只好抓著他的手。他看著她，她搖著頭，把他的手放在自己裸露在衣服外的肩上。他的嘴唇代替了手，在那兒呵著熱氣，突然咬了下來。她整個人暈眩起來。

一切和她的想像一樣，又不一樣。那天她看到一個女孩在江邊，和一個男孩抱在一起在江水裡滾動，看得她目瞪口呆。月光下的人影，看不清臉，但那是冒險。

現在輪到她了，如果她的生命裡只有孤獨，那她為什麼不可以接受冒險。事實上，一冒險，她整個心都怦怦直跳，真是刺激。

他在她的教室外站了好幾分鐘，假裝注視老師，偶爾掃過整個教室，只有她知道他在注視她。課間休息時，他在走廊，她掉頭便走。她怕，怕別人知道。

有一個星期，她沒有來上學。頭痛得厲害，躺在床上發高燒。這是上天的懲罰，不該踏入禁區，雖然那種快樂讓她馬上想往江邊奔去，他肯定在那裡。

母親對她好凶，指責她把她的孩子弄病了。母親喜歡用第三人稱講話，把她當成兩個人來對待。她一直懷疑母親是後媽。

父親回來了，心事重重，看見她在床上躺著，便問母親。

母親說了。

父親抓起母親的手，走進臥室。奇怪，裡面傳出笑聲，兩個人一直在說話，像對暗號。她貼在門上，聽著，聽不明白，父親說話每隔幾句帶一句日你媽喲，很是有韻律。母親的話語間不停地夾有哈巴神經病，也帶韻律。男人把女人撲倒在床上的聲音，女人踢床的聲音，接著男人一字一頓說得明明白白，女人讓孩子發燒，得讓他日。女人反倒笑起來，屋裡傳來一聲清亮的響聲。她什麼也看不到，只知道裡面在發生什麼，那是母親不願意的。她不能再忍受了。廚房裡有刀，她走過去，看到了鍋蓋，一手抓一個，用力地對擊起來：

東風吹戰鼓擂，現在世界上究竟誰怕誰？
不是人民怕美帝，而是美帝怕人民。
得道多助，失道寡助，歷史潮流不可抗拒，不可抗拒。

這是母親小時人人都會唱的歌，她也會唱，她擊得刺耳，唱得激情又歡快。

那天晚上吃飯，父親沉悶著一張臉坐下，吃了一口飯，馬上擱了筷子，說飯做軟了。母親正在熨衣服，把熨好的襯衣搭在椅背上。他繞著椅子走，看到衣袖有一道褶皺。

「你讓我出醜！」他一把抓起母親的脖子，開了房門，要扔她出去。

她走過去，抓著父親的手，要他放開母親。他一把放了母親，像抓小雞一樣抓起她，父親高，顯得她太小，她嚇得大叫。

「喲，長大了，會反抗老子了！」他轉身對母親說，「哼，你只心疼她，我要你今天看著我怎麼來收拾她！」母親衝進臥室，把父親的衣服塞進箱子，往房外扔。

「你不怕我？」父親驚異地問。

母親微微有點喘氣，點點頭，眼神裡有一股要與他拼命的架勢。

父親沉默了好一會兒，才開口說：「你早晚會後悔的。」

父親鬆開她，提著他的箱子走了。她看了看母親，母親坐下吃飯，說：「你的鍋蓋曲好聽極了。」她長長地舒了一口氣。

她愣在那兒，然後出房門，下樓。父親走在前面，她悄悄跟在後面。那個高大的黑影消失在街尾，她才轉過身來。這時她聽到叫聲，緊跟著一個人影出現，那是同班男生，朝她招手。

她與他摸黑走著拐七拐八的石階，巷子裡的路燈大都被彈弓毀掉了，低低高高的房子傾斜在扭曲的巷子兩側。一路往高處走，很快來到苗圃山頂上，他們肩並肩坐在一叢野薔薇前。月光灑下來，她看著兩江三岸，江水在夜裡泛著神祕的光芒，高樓低樓間燈光若明若暗。她對他說：「不管怎樣，我都喜歡這座城。」他看著她，搖搖頭，隔了一會兒說：「這兒爛透了，我恨這兒。」

他要親吻她，她推開他，雖然她心裡是這麼空蕩蕩，特別需要一個人，飢渴般地想交出自己。但她要交給的人，不是身邊這個人。他一把抱住她，她不願意，於是兩個人在草叢間滾動，她用勁掙脫他，可是一叢野薔薇的刺扎進腿裡，血一下子滲出，她心裡積了十多年的痛，讓她叫出聲來。她的臉上全是淚。

他察看她腿上的傷，腿肚子上一道並不深的傷，沁著血。「傷得並不重呀，怎麼啦？」他問。

她指自己的心，傷在那兒。

他眼神茫然，站在她對面，對她說：「和我一起離開這兒吧？跟我流浪天涯！」

流浪天涯，這正是她天天所想的，追尋夢中的橄欖樹，母親有一段時間總唱那首三毛寫詞的歌。

他一派認真，盯著她。

她點點頭，牽著他的手朝山下跑去。這回下坡過坎，兩個人都跌倒了，但他們年輕，馬上爬起來。他倆在暗黑的江邊跑呀跑，最後氣喘吁吁地在渡口前停下來。一隻奇大的龜在路中央，伸長脖子看著他倆。她驚呆了，過了好一會兒，才敢開口說話。「我不能，不能跟你走，我得回家。」那是她的原話。

他抬起她的臉，說：「這不是真的。」

她堅決地搖搖頭，他一把抱住她，淚嘩嘩直下，像一個女孩子那樣哽咽。她瞧不起地把他的雙手扳開，轉身跑開了。

家裡黑黑的，沒有點燈，她走進去，發現臥室裡母親居然已睡著了。這夜她打著手電筒寫日記：「我是個懦夫，我不敢離開。這一生，一個女人一定得有個男人？我好高興，還要過很多年，才能那樣。」也是這天晚上，她找出一個鐵盒子，倒空裡面的石頭。從現在開始，得往裡面投硬幣，存滿一盒子，也許可以從這個地方逃開。

# 第五章　第二天

即使我被關在果殼之中，仍然自以為是無限空間之王。大學時，王侖把這句莎士比亞的名言貼在床前牆上。望著窗簾外羅馬朝日彩雲飛騰的天空，這句話浮現在腦海裡。也許是屋頂華麗的古畫，靜看時，有種沉重的壓迫感，把空間擠扁，應和了他心理的空間。

他不敢相信，這羅馬的第一夜，自己是和一條認識不到一天的小狗睡在沙發上。

昨夜的夢，他居然一清二楚地記得。

是一個很小的農村房間，他走進去後，馬上變成了一個小男孩。房間充滿藍光。門前牆上有身高標記，從他一歲開始，到七歲，每半年都有一隻手在他的頭頂畫記號。那隻手離開時，他抓著，那人伸出另一隻手輕輕扳開他的手，他大叫：「爸爸！」他發出害怕的叫喊。

之前的夢裡，父親從未給他畫過身高線，要麼給他讀書，要麼給他講故事，要麼給他和哥哥上課。夢是記憶最忠實的紀錄者。鄉下老師完全不能教育他和哥哥這樣的孩子，父母便給他倆上課，什麼都教。母親教語文、數學，父親講歷史和外語。日子雖然苦，一家人在一起，倒能忍受。父親在夢裡比母親出現的時候多，雖然從未夢到父母在一起，但夢見父母中任何一個人，他都覺得安慰。

可能在羅馬，夢給他傳遞了父親的心願，希望他長大。男人要長大，只要父母不在，便成了，可那不是真正意義的長大。從這方面而言，他並未長大成人。

他迅速穿上運動衣、運動鞋，出門前，方露露還在睡覺。

朝東的街道全籠罩在金黃的霞光中。

遠處教堂鐘聲敲響，他跑向西班牙台階下的噴泉，踏著噴泉有節奏的水聲，他感覺心情比昨夜好多了。沿著台伯河跑，拐入小街後，他看看手表，已跑了四十分鐘。

正在這時，一個人迎面跑來，居然是一身運動裝的方露露，朝他嫣然一笑：「親愛的，陪我跑吧？」

王侖搖搖頭，一邊喘氣，一邊溫和地說：「一會兒見。」

「早上我不必拍戲，改為中午開拍。房間見。」

王侖一愣，說了聲拜拜，便朝街的另一方向跑去。他邊跑邊想，睡一覺後，她完全換了一個人，夫妻沒有隔夜仇，真是說得對。

整個上午，羅馬的天空偏紫，綴滿朵朵白雲。方露露坐在她的臥房沙發上，看了一下窗外，心情極好，認真地讀手上的劇本，有條不紊地記筆記。九點半，她的手機設的鬧鐘響了後，便有一個氣質好、穿著講究的義大利中年女人敲門。方露露請她進來後，這個婚服店的設計師有禮地將一件蕾絲婚服的包裝打開，小心地拿出婚服，在沙發上舒展開，請方露露看。

方露露放下劇本，打量婚服後，用英語淡淡地說，衣服很漂亮，很古典、端莊，但是後背露得太低，對此，她不是太滿意。

設計師含笑，問：「我可以將衣服掛起來嗎？」

方露露點點頭。

設計師四下看了一圈，把婚服掛在床柱上。這麼一掛，不僅衣服有形有調，而且那後背低得正好，不像攤在沙發上時那般誇張。房間的氣氛變得輕鬆起來，方露露的臉色和悅多了。

設計師從大皮袋裡取出一個平板電腦，給方露露看裡面的婚服式樣，並拿出一根尺子。方露露一邊看，一邊站起身。設計師仔細地量尺寸，一邊用筆記下來。

王侖跑步後，沖了個淋浴，換了衣服，一個人去吃早飯。方露露早上只喝冰牛奶，為了保持苗條的身材，她連水果也不吃，除非是藍莓。他注意到這家酒店的早餐雖然豐盛，但並沒有藍莓，不知她吃了什麼。吃完早飯，經過大堂，他仔細看了看這兒的壁畫。四周的田野畫沒讓他覺得多好，不過大廳頂上的小孩與四位天使倒有尼可洛・阿倫諾之風。沒准就是。這宮殿怎麼會有贗品？他取了一份報紙，走進房裡。

設計師取下後背低低的那件婚服，往床頭柱上掛了一件色澤泛黃、有超長拖尾的婚服，陽光正好照射進來，彷彿給衣服添了些魂兒，顯得很美。

「親愛的，你覺得這件衣服怎麼樣？」方露露對王侖親熱地說。

他手握報紙走近，仔細地打量了婚服一番，後背是維多利亞時期的收腰，裙擺大撒，可以藏一個人在下面。說實話，這婚服好看，後背露得不過分，華麗，又能襯出方露露身體的曲線。

「倒是適合你，不錯，有點意思！露露，你不會不喜歡吧？」

方露露點點頭：「我喜歡它，但我覺得並不是最完美的一件。」

王侖坐了下來，洗耳恭聽。

方露露沒說話，微微一轉身，變魔法似的遞給他一個包裝精美的小盒子：「親愛的，為昨晚的不快道歉！跑步時購的。」

王侖有點詫異地接住，打開盒子，是堅果黑巧克力。他說：「這是我的最愛，謝謝。」他吃了一顆，把盒子遞給方露露和設計師。兩個女人都擺了擺手。他打開手裡的報紙飛快地流覽。

方露露感到內疚，她看重王侖，幾乎很少與他正面衝突。本來，她並沒有邀王侖來羅馬的想法，可是當他說要來羅馬，她還是很激動：莫非這回他下了決心，要將他倆的關係真正定下來，向她求婚？但如果他求婚，她也猶豫，她期望能做一些瘋狂的事，以後想來，不會後悔。但若要奇蹟來敲門，只有自己去召喚它才行，從這點來說，她心裡矛盾。昨天，王侖看樣子是要向她求婚的，她不笨，直覺告訴她，當時他一剎那的猶疑，是沒有考慮清楚。沒問題，她會給他時間，她自己也需要時間，好好想想，是否真的該結婚。她是個靠近獅子座的處女座，並不主動，總是被命運逼到一個死角落，到了非要面對時才面對。

那個設計師看到方露露不太開心，便問她最喜歡哪一件。

方露露在平板電腦上邊滑動手指，邊搖頭邊用英語說：「雖是一件戲服，我也要那最美的。如果我穿自己的婚服時，那款式和價格不想輸給英國凱特王妃，頭紗要綴上鑽石。」

那個設計師說：「我們有三檔鑽石。」

「戲服要最低一檔，為別人節約。我自己的婚服當然是最好的。」

設計師高興地點點頭。

「一生就一次。」方露露夢想般地說。從鏡子裡可以看到王侖，他吃著巧克力，報紙被他扔在一邊，正在專心看手機微信，對她的話沒有反應。

方露露開玩笑地說：「親愛的，你說過，如果我倆結婚，得是一個超級明星的婚禮預算，婚服要世上最美的。」

王侖低頭在看手機，回答方露露：「對，對。」他的手機這時響了。他接了電話，掉轉臉來，不快而焦灼，說：「安妮，開會的紀錄到時傳我一份。我暫時不想回中國。再見！」

可對方並沒放下電話，在繼續說話，語速非常快。他聽著，然後說：「會看電郵。」對方還是沒放電話，他答應，「好吧，明天上午，我會把想法告訴你。」

通話結束，王侖重重地歎了一口氣，低頭看手機裡的電郵。

方露露看看手表，望著床架上那件婚服，對設計師說：「戲服，就用那件。」她拎手提包，對鏡戴上一頂禮帽，向那個設計師點點頭。那人馬上捲起所有的東西，放入一個大皮包裡，跟在她身後，一起走出臥室。

兩個女人的腳步在地磚上發出清脆的迴響。

方露露嘴裡嘀咕道：「我之前想嫁人，現在呢，不太確定。」

設計師不懂她說的中文，一臉迷惑：「什麼？」

方露露一笑，不再說話，她拉開房門。

王侖叫住她：「露露，你和馬可吃飯，我陪你去。」

她停步，微微轉身說：「親愛的，你真好！我正覺得一個人走路無聊。不過我和他有很多無聊的拍攝細節要討論。」

「放心，我會把你留給迷人的大明星。」王侖說著，拿墨鏡。

方露露笑了，笑得很勉強。

王侖看在眼裡，什麼也沒有說。他要陪她完全出於好奇，想去看看，那個與自己的女朋友單獨在酒店裡喝紅葡萄酒的義大利男人，是一副什麼嘴臉。在中國，他沒這閒情，沒有時間關心這檔子事。她也沒有這樣的機會，更沒有除他之外的男人，可勾起她要去單獨相處的心思。可是在羅馬，這個魔法之城，自己變了，包括對她的感受。而義大利男人多半是花心，好萊塢明星這次吃腥吃到他的女人身上了，膽子真大。馬可・瓦利，如果他記得不錯，自己是看過他的電影的。電影裡見過不算，在銀幕下見，才可看到真相。

陽光不經察覺地鋪滿房間，在傢俱上留下印記，空氣裡浮動著微小的塵埃，相比中國，羅馬乾淨多了。王侖從箱子裡拿出一個講究的圓形盒子，從裡面取出一頂乳白色的巴拿馬禮帽，攤開後戴在頭上。

兩個人出了酒店，走在街上，看上去格外般配，引得不少人注目。真是好久沒有一起走路了，時光荏苒。方露露擺脫掉剛才那一絲不快，腳步漸漸輕盈，臉上表情柔和多了，整個人充滿青春氣息。她從手提包裡找出折疊整齊的地圖，又掏出手機查餐館，嘴裡說：「幫我找哈利酒吧餐館。」

王侖對這家餐館早有耳聞，菜做得好，墨魚汁海鮮飯做得與眾不同，尤其是雞尾酒，樣樣口感好，其中一款蒙哥馬利馬提尼雞尾酒，杜松子酒和苦艾酒的比例是10：1，口感格外迷惑人，深得海明威這樣的大作家喜愛。從二十世紀三〇年代開始，哈利酒吧的名字便跟歐洲貴族和一些世界級的藝術家緊緊相連，他一直想去，沒想到今天方露露倒捷足先登了。馬可訂了這地方，不會離方露露的酒店遠。王侖眼睛溜著地圖，很快便看到西班牙石階上端的那塊地方，指給她看，調侃地說：

「我假設這家餐館是全羅馬第一貴，對吧？」

「聽說，在那兒用餐，看到價格時，閉著眼睛就行。」方露露突然反應過來，反諷地說，「那對一個戴一萬人民幣一頂帽子的人來說，這算什麼？」

「唉，這是我酬勞自個兒的生日禮——想有一個義大利電影裡的帽子。」王侖知道她在嘲諷自己的帽子，看了一眼左右街道，信心滿滿地說，「往左走！」

幾乎都是上坡路。王侖腳上是一雙舒適的便鞋，方露露並未穿她的高跟鞋，而是換了一雙平跟黑涼鞋。一身綠花衣，裙褲深紫，戴了頂亞麻色的寬邊遮陽禮帽，非常休閒。她與他保持步伐一致，一步也沒落下。

沿街的店鋪有的開有的關，行人並不多，車子也少。一些咖啡館開著，經過其中一家，裡外都坐了人。夏天時，這兒的人都喜歡坐在屋子外面，手持報紙，一杯咖啡，一根香菸，倒是很享受。不遠處是一間雅致的餐廳，有醒目的招牌：「哈利酒吧」——正是他們要去的餐館。門前花壇圍起一塊空地，有好些桌椅，鋪著白桌布，桌上有小瓶子插著幾枝鮮花，坐的人並不多。

他們朝前走。站在圍欄前，可望見餐館裡陳設一派講究，但與預期的奢華差得有點遠，也不是很大，坐著一些客人。方露露面露失望，喃喃地說：「哎，真是的，是這麼個地。馬可說這兒有很多明星來。」

她的助理李蘋迎上來，三十出頭，頭髮剪得短到耳垂，顯得很精神。她朝王侖和方露露點點頭，對方露露低聲說：「露露姐，有事叫我，我就在邊上。」

方露露點點頭。

這個地方，看似平常，可圍欄上有玻璃圖片，有格利高里‧派克和奧黛麗‧赫本，有索菲婭‧羅蘭，皆是各式與羅馬相關的電影和明星，其中，費德里科‧費里尼瞇著眼睛，衝著王侖微微點頭，王侖用目光交流：「哈，老費，原來你在這裡。」

費里尼報之一笑。

「我帶一個人的魂來，我父親，他是你的粉。」

「我看見了他。」

王侖心頭一熱，老費真懂他的心，他的臉上掛著感動的微笑。

方露露正好回身，看到這一幕，問：「你笑什麼？」

「不是你能懂的。」王侖說。

「我才不要懂你。」

侍者迎出來，方露露指指裡面，搖搖頭。在餐館外一個角落桌前，坐著一個藍褲白絲綢襯衣、戴著墨鏡的傢伙，尤其是那兒背對著古老的城牆，給此人添了好些氣場。他正喝著義大利香檳，看見他們走來，熱情地站起來。

王侖一把拉住方露露說：「親愛的，我走了。」他故作姿態，表示說話算數。

果然，方露露生氣地說：「馬可都看見了，你既來之則安之吧。」她生怕他走掉，緊緊地拉著他的胳膊。

王侖還不動，反而說：「是你要我去的，不要怪我。」

方露露不說話，拉著他，朝裡走。

侍者把他們帶到馬可的座位前。

方露露給兩個男人做了介紹，他們彼此握手，然後坐下。
侍者拿著一瓶紅葡萄酒走來，給桌上的三個杯子倒上酒。
方露露看了馬可一眼，說：「我第一次見馬可時告訴他，我是一個女同。」
馬可笑了：「我信了，我告訴她，我是一個同志，她也信了。哈，今天終於見到她的同性伴侶。」馬可的英語義大利口音並不重，倒有幾分牛津腔，明顯在那兒受過教育。
王侖微笑著，放下帽子，對馬可連連說好，真的沒有比這個更好的了！他告訴馬可：「我看過好幾部你的電影，其中一部演保鏢的，印象深刻。」
馬可高興地說：「那是早期的電影。」他問王侖，「你對我的新電影如何看？喜歡嗎？」
王侖搖搖頭，他伸直背，看著對方坦言道：「不喜歡。從你的義大利電影可以看到你的心，好過你的好萊塢大片。」
馬可．瓦利驚奇地看著王侖，目光移到方露露身上，微微一笑說：「你該告訴我，你的男朋友是一個很尖銳的批評家。」
方露露有點擔心，舉起杯子說：「別在意他，他不懂電影。來，乾杯！」
王侖的手機響了，他道聲對不起，走開兩步路遠，接電話。他心不在焉地聽電話，耳朵卻注意地聽著那邊的對話。
「馬可，我們應該說服導演，把下午的台詞改改？」
「親愛的，我特別高興你的主意。」馬可突然改說漢語，說得結巴，音調也怪怪的，「是這句嗎？你美，很美，親愛的，我，我愛你！對了，對嗎？」
方露露點點頭：「應該改成這樣，聽著，你就是我命中註定的那個人，我愛你！」

「好多了！教我中文。」

方露露說中文：「你就是我命中註定的那個人，我愛你！」

馬可・瓦利一字一句地學，眼睛亮閃閃地看著她。

王侖聽得一清二楚，放好電話，回到座位。

侍者拿麵包來時，因為要讓王侖，一轉身，手碰掉了酒杯，紅葡萄酒灑在了馬可漂亮的白絲綢襯衣上。馬可皺了皺眉毛，但馬上舉起雙手來，表示不重要。

侍者很酷地取過鄰桌用剩的半杯白葡萄酒，一下子倒在馬可的白襯衣上。

王侖和馬可都很吃驚，一下子愣住了，方露露不快地說：「這怎麼行，叫你的老闆來！」

侍者解釋道：「相信我，我知道怎麼弄掉它，白葡萄酒去掉紅葡萄酒。」

方露露不信，對侍者說：「你最好不要弄錯。」她的聲音充滿了焦慮。

馬可的手放在方露露的肩膀上說：「親愛的，不必擔心。」

方露露不開心，瞪了一眼侍者，侍者也不開心，皺著眉，等待著她的下一步反應。馬可看到她不開心，臉也掛上了，彷彿時間停止了，連空氣也凝結了。

這時，王侖站起來，從皮夾裡掏出兩張一百歐元的紙幣，放在桌子上，從桌上拿起帽子戴上說：「讓我來埋單吧。對不起，有事先告辭了。剛才這一場戲，很精彩，最好加入你們下午的拍攝裡。」

方露露扭過頭，沒看王侖的眼睛，但馬上朝他笑了，說：「放心吧，我們會的。」

馬可對侍者擺手，侍者知趣地離開了。

王侖禮貌地與馬可・瓦利握手再見。

那天他們三個人在不同的軌道上，起碼他與方露露是分岔而行的，他看到了這一點。方露露與那個馬可的關係，他們走到哪一步了？他看不出來，也不能感覺出來，但這兩個人有比一般男女更深一些的關係，那就是彼此欣賞，臭味相投。馬可比他之前想的好，很帥，也很謙遜，不像是一個國際登徒子，很在意方露露。她不是故意要傷害他，人家是在討論戲如何演，他邊往外走邊這麼想。

來羅馬之前，他的工作出現了大麻煩，彷彿老天與他作對，人生墜入低谷。他正想不開時，接到在羅馬拍片的方露露的電話，她安慰他。放下電話，他想自己與她這麼久，準確地說，四年了，總該有個好結局。兩人交往沒多久，前妻就知道了，後來才知道，她一直在找一個好理由與他分手。方露露成為他情人這件事，是最好的理由。他倆離婚，他正式與方露露同居。又過了一年，方露露與他沒有談婚論嫁，不過有時也叫他老公。她的羅馬之行，也是偶然，說是要拍個婚紗廣告。她並不想接這活，因為巴黎有個高定時裝周，本來要去那兒，但李蘋告訴她，你去會穿皮草。她已有兩年多只吃鍋邊素，接受不了皮草，便來了羅馬。說來也怪，方露露並沒有邀請他來羅馬，她走了沒多久，他有些想念她，尤其那個晚上，與她在電話裡聊得很好，當天夜裡，他便決定過來。但是第二天，他又打消了這念頭。這樣反覆的當口，他連續有一周都無法睡覺，失眠。那天在怡亭酒店見人，去早了，便步入邊上的芳草地購物中心。經過一家珠寶店，櫥窗裡有款白金婚戒，鑲有五顆鑽，像五顆小星星在閃爍。他精神一振，走進店裡，發現戒指的尺寸也適合，就付了款，準備向她求婚。到了羅馬，羅馬像一個沾了霧氣的鏡子，他看不清她，也看不清自己。昨晚與她發生不快，出乎他意外，想想，是早晚會有的事。那個義大利明星，剛才見了，兩個人不像只是在房間裡喝酒這樣簡單。停住，沒必要這樣想露露。

好吧，就算她沒有和他生情上床，馬可也明顯被她吸引，而且很投入，兩個人在同一個軌道上。

他沒有對此生氣，他生氣自己，為什麼要來羅馬？不來，什麼看上去似乎都是一樣的；來了，什麼看上去都似乎不同了。

馬路很乾淨，街對面所有的商店都已開張，太陽正當頭頂，羅馬真正醒來了。他站在馬路上，未決定去什麼地方。久違了，羅馬！羅馬有什麼錯？它永遠這麼完美無瑕，什麼汙點都不能沾上她。她的殘敗，與她文化的燦爛、歷史的悠遠是如此矛盾，讓人傾倒。儘管數不清多少次來這兒，每回都可發現一個新的羅馬，羅馬就像一個值得一生去愛的女人。

四十多年前，在四川宣漢那個夾皮溝裡，父親第一次給他說到羅馬，便是這樣說的。

父親被下放到那個土裡只長馬鈴薯的貧困農村，被管制起來，但是住在家裡，晚上一家子在一起，就跟兒子說古羅馬歷史，說沉睡在羅馬地下的偉大壁畫，昔日人獸、人人廝殺的競技場，那無處不在的教堂和眾神。

「連時間也會在羅馬面前停止，而我們一再改變。性質變了，成了破壞者，沒有古城牆，我們還有什麼值得珍藏？我們的文明和文化傳承丟失在何處？翻開中國幾千年歷史，悲劇是從無人敢說真話開始的。」父親說真話，這樣的真話，在家之外，便成了他的罪狀。在北京城是，在宣漢還這樣，更讓他處於危險之中。

父親以前不抽菸，到農村後才開始抽。那天裹了葉子菸，他吸著菸，透過煙，現實的一切都被暫時遮擋起來。父親說到他年輕時留學英國，之後專門去法國朝聖那些藝術大師，但他喜歡的是義大利和希臘。

就是那天晚上，星星從天空升起。母親睡著了，父親告訴他和哥哥，他一生最愛的城市是羅馬。他從人存在的價值講到著名的威尼托大街，講到電影和外省來的小子費里尼的夢想。又從費里尼的《大道》講到《卡比利亞之夜》，兩個孩子聽得津津有味。

「我要一個女人！」父親學著電影《阿瑪柯德》裡的「瘋子」一樣叫喊。那瘋子在樹上，家人搬來梯子，想弄他下去，他朝他們扔下石頭。沒辦法，他們駕著馬車，假裝離開，結果被瘋子識破，待他們回來窺視他時，又被扔石頭。可是當精神病醫院的人來，他聽話地走下來，高高興興地坐車離開。說到這兒，王侖覺得父親的眼睛一下子有了光亮。這部電影父親並未親眼看。一個在外事局工作的好友，知道下放到農村的父親喜歡費里尼的電影，寫信來告訴父親自個兒看這部電影的感受，詳細地講了這個發生在費里尼故鄉瑞米尼的故事。父親通過想像，給他和哥哥轉述了它。從那時開始，王侖記住了費里尼的名字。那是父親生命最後的時光，給他們講電影，講人的命運。當他可以看到費里尼所有的電影時，首先選了這部電影，看到那個瘋子爬到樹上喊「我要一個女人」時，潸然淚下。

他思念父親。

昨天遇到一隻叫費里尼的小狗，今天遇到費里尼有點意外，他這是怎麼啦？應該想到，費里尼是哈利酒吧餐館的常客，當然也在此拍片。

他走到餐館外的圍欄前，再次注視上面的電影圖片，真希望早不在人世的父親的魂在此。爸爸，什麼都會好起來的，如同你告訴我的，只要朝前看。

彷彿回答他的想法，一陣格外憂鬱又迷人的口琴聲傳來，很熟悉，但又想不起來在哪裡聽過。王侖順聲看去，發現殘敗的古城牆下面，一個髒髒的、頭髮黑黑的女孩坐在地上，在吹口琴。

他本是要往下走，便折回來，往上跨過馬路，走到古城牆邊。吹口琴的女孩十二歲左右，鼻子翹翹的，像從前的方露露。他再看她時，發現是一個盲人，臉上有好多雀斑，沒有右手臂，是左手拿著口琴，在專心地吹奏。

好悲傷的曲子！王侖不由得停下腳步。一陣風颳來，沙子進了眼睛，他掏出手絹來擦。他放回手絹時，掏出錢包來，裡面沒有現金。他皺著眉頭，放回錢包時，觸到褲袋裡的黑絲絨首飾盒，掏出來，打開看，腦子裡閃過方露露小時候在重慶江邊跳舞的情景。真是奇特，腦子裡有這麼多的她。她告訴他自己的身世，她的眼裡含著淚光。她與他第一次約會，在重慶一所臨江的房子。江水斑斕閃爍，對岸一艘挖沙船上插了面小紅旗，在風中飄揚。她指著對岸山坡上，讓他看她小時住過的地方，那憂鬱的神情，是那樣的美。那時他愛她，如同她愛他，她帶他去乘過江索道，在纜車裡他們的頭自然地靠在一起，探看那些江邊積木一樣的高高矮矮的房子，那一切，突然定格在面前。他把裡面的白金鑽戒握在手裡，放在胸前，眼睛一紅，深深地吸了一口氣，命，這是命吧？想一下，他單膝跪下，手握戒指，請求方露露嫁給他？他做不到，這不是他想要的生活，這個婚姻對他而言，答案一清二楚。他走到女孩跟前，鬆開他的手，戒指掉在一個裝了幾枚歐元硬幣的小碗裡。「哐噹」一聲響，那個女孩探身向前，左手在碗裡摸索，摸著了，眼淚湧出來，激動地點頭致謝。

王侖快步走遠，雙手插在褲袋裡。女孩的口琴聲還是憂鬱，但好像多了一點兒迂迴，添了一點兒光亮，而他呢，心裡輕鬆一些了。街邊牆角全是粉色的夾竹桃，花朵比中國的大，有清爽的香味，迎面吹來，他猛地打了一個噴嚏。想起來，那曲子是電影《羅密歐與茱麗葉》的主題曲，一九六八年版的，他聽過弦樂的，也聽過長笛的，沒想到口琴吹出來，也照樣動人心魄。

生長在江邊的人，都喜歡注視江，注視江上各種各樣的船。有時她身邊會有陌生人，一同注視江上，有時沒有，但奇怪的是，一次也沒有過異性。當時重慶捲菸廠尚在，煙囪放煙聲響巨大，彷彿身臨戰場，大炮在轟隆。那次她跟著江上一艘大輪船往江下游走，走了好一陣子，那艘船才把她遠遠拋開。她撿有花紋的石頭，到了唐家沱，又走回家，足足花了兩個小時。家裡那個凶神看到她從衣袋裡掏出一顆比一顆好看的石頭來，居然沒罵她，只是警告她，下次再衝到江邊玩，沒有飯吃。

她揭開鍋蓋，只剩鍋巴，這次也得餓肚子。她說，餓一頓，不會餓死人。

對對，他回答。兩人看看對方，笑了起來。

的確，那個少年並非同年級，而是高她兩年級。他中等個兒，嘴角有股倔強勁兒，穿著白球鞋，在沙灘上顯得整個人很乾淨。她看了他一眼。正巧一輛大駁船經過，那少年撿起一片石塊，蕩水漂打過去，好准，好技術，石塊居然觸及大駁船，回彈過來了，在浪上蹦跳著，最後掉入水裡。她不由自主地看過去，他正看著她。

「我知道你的名字，」他說，「今晚跟我去看電影吧。」

他的樣子太驕傲，沒有商量。如果他換一種口氣，她會同意的。她從心裡哼了一聲，掉頭就走。

每隔幾天，她會收到他的一封短信，他全以命令的方式，表示他的感情。看了幾封信後，以後收到的她全撕了。送信的小孩子是學校或街上的，都是跑來，送到信後，跑走。

有一個月了，她沒有收到他的信。不管在學校在江邊，都看不到他。雖然她有些不習慣，心裡不安，但以為他放棄了。

學校有一個大操場，有院牆護著。那天天上下起很大的雪，下得很猛，足足幾個小時。放學後，學校大門居然沒有關，膽子大的學生搬出教室的桌子和凳子在操場上滑雪。

有這樣的玩法，當然吸引人，沒多久，整個操場上都是人。那個穿著白球鞋的少年居然也在，他並沒有躲著，而是視而不見。扔雪球，在雪地打滾，玩了好一陣子。她在人群裡搜索他，他彷彿知道，便走過去，把一個女孩子撞倒在雪地上，那是個梳著長辮子的女孩，十二歲左右。小女孩爬起來，要他道歉。他動武。他身邊的幾個男孩圍上來，戲弄那女孩。把女孩的辮子扔來扔去。他抱著女孩強吻，女孩蹲下，想繞開他，可是沒成，反被他將雙臂反剪。女孩痛得大叫：「放開我！」他反而哈哈大笑，把女孩整個人壓在地上。女孩踢他，手亂抓他的臉，他用拳頭還過去，嘴裡罵著髒字，並撕扯她的衣服，所有的紐扣嗶地一下繃掉了，落在雪地上。

她當時手裡抱著一個皮球，走過去，要他放了那女孩。女孩的眼睛裡充滿恐懼。

他站了起來，一隻腳踩著那女孩，挑釁地看著她。

她走向他，舉起手裡的皮球，猛地朝他的睾丸砸過去。他尖叫一聲鬆開手，整個身體癱倒，又忍痛爬起來，惡狠狠地看著她，嘴裡喊：「兄弟們，給我打！」

手下那幫小子朝她和小女孩撲來，她和那個女孩一身是血，差些喪命。直到有人叫來派出所的人，把他與同伴抓走。他走出好遠，還硬要扭過脖頸來，一雙眼睛邪惡而憎恨。他轉過臉去時，那副驕傲，不可一世，彷彿不是進監牢，而是出國度假。很明顯，他就是做給她看的。

這件事，她想了好多年，為什麼她如此招惹男孩子，不管是霸道的、乖順的，或是學習成績好的、成績差的，都要找她，這是她的錯。那個已成為過去式的傍晚，如一個電影定格。他知道他那樣做，她會憤怒，會對他刮目相看，但不會想到她會翻臉。她手裡怎麼會有一個球，對付他的球，這事她也想不明白。

他被判了五年，和同伴一起被關進了少管所。學校開除了他的學籍，把這次暴力事件寫進通告，貼在大門前。謠言在這幾條街盛傳，自然會傳到他母親的耳朵裡。有一次在路上遇到，他的母親打量她：這彈子石一帶的男孩子都像她的兒子一樣迷戀她，真是鬼迷心竅！她瘦瘦小小的，穿一件灰衣裳和一雙大大的塑膠涼鞋，真是一個小屁孩！她從鼻孔裡哼了一聲，狠狠地吐了她一臉口水。

她用袖子擦乾淨臉，追上去，發現他母親的目光像把刀，盯著她，似乎要把她活吞下去，任憑她說什麼，他母親都冷笑。這個女人是個塑膠廠的工人，丈夫本是個惹禍包，被人打傷，剩半條命，常年在家休養。本來指望這個兒子能成器，幫上家裡，幫上兩個小弟弟，沒想到為了一個女孩子，毀了一生。

謠言歸謠言，沒有細節。細節屬於她和他的祕密，在她的記憶中埋葬了。事實上這個城市，從未下過那樣大的雪。

沒有下過大雪的城市，怎麼可能產生愛情。

沒有愛情，她怎麼可以在這兒永駐。

沙灘上有腳印，大大小小，有他的，也有她的，最終都會被浪花沖掉。他一定恨她，恨可讓一個人走得很遠。愛呢？是否具有這樣的力量？她撿起一些尖尖的石塊，在沙灘上搭了一座房子，裡面有她想要的世界——一家子，有親生的父母，兄弟姐妹，他們彼此相愛，永遠相伴在一起，無話不說，患難與共，一直到生命結束。

一隻小小的螞蟻爬入房子裡。她蹲下身體，小心地看著，很好，牠沒有出來。

人是誰嗎？」

「誰？」兩個女人異聲問道。

「我的爸爸。」皮耶羅回答。

兩個女人都沒想到，都沒說話。皮耶羅看了看燕燕，輕輕地說：「我打算明天帶你去墓地看他。」

燕燕伸手握著他的手。

卡拉「哦」了一聲，端著咖啡往廚房走去，三個長輩都在那裡坐著喝咖啡，奶奶還沒起床。這時他們聽到街上有人在大聲叫「皮耶羅」的名字，屋裡的人從不同的窗子探出頭朝下面看：一個穿制服的酒店侍者手裡抱著一個大盒子，像是從另一個星球來的，不情願地站在街上，正向樓上張望。一個鄰居高聲地喊著皮耶羅的名字，其他鄰居也在給侍者說著什麼，並往他家的方向指著。

皮耶羅馬上跑下樓去，打開大門，鄰居和侍者都圍過來。他抬起頭看看窗子上的燕燕，發現那兒只有他的母親和卡拉。他接過侍者手裡的紙盒，打開一看，裡面是一隻小狗。

小狗跳到地上，脖子上有個圈和繩子，奔向正走出來的燕燕。燕燕一把抱起牠，驚喜地叫：「費里尼！」

來人拿出一張紙，說他是酒店送東西的，請皮耶羅在紙上簽名。

皮耶羅簽完字，遞給來者三個兩歐元的硬幣，侍者不快地站著不走。皮耶羅又加了三個，侍者才轉身離去。

「這小傢伙昨晚不是丟了？」他問燕燕。

燕燕興奮地抱著小狗，像問候久別重逢的朋友一樣連連叫道：「真的是你！費里尼，你好乾淨呀！誰找到你的？你變得好好看！喲，你有了一根繩子，真好！」

皮耶羅拍了一下腦袋：「啊，肯定是王先生，我給了他位址、電話。他人不錯。」

燕燕「哦」的一聲，不再言語，在想著什麼。

皮耶羅對燕燕說：「我們一會兒乾脆帶費里尼一起去見神父。」

這是個不錯的主意，燕燕不想把費里尼留下。兩個人收拾完廚房，帶上所需的東西，牽著小狗，便出門了。他們沒開車，而是坐火車，又轉了一趟公共汽車。皮耶羅告訴她如何坐車，她聽著，記在心裡。

下車後，走了幾分鐘路，爬上長長的石階，可以看到憂苦之慰聖母堂的屋頂，越往上走，越能更多地看到教堂。她背了一個包，對小狗說：「加油，費里尼。」終於走到石階頂端，燕燕喘著氣。

「小費里尼，了不起，爬上來，你現在可以休息了。」皮耶羅彎下身子，撫摸著小狗說。

「你真的喜歡費里尼？」

皮耶羅輕輕攬過她的腰說：「你喜歡，我就喜歡。」

她推開他說：「你沒自己的主意？」

「我們義大利男人是沒主意的，我們都是聽老婆的。」

「我以為你只聽媽媽的。」

「我當然聽媽媽的，我聽每一個人的。」

「在我們國家，我們只聽黨的。」

皮耶羅聽了哈哈大笑。他笑起來，人好看。昨天他一直愁眉苦臉的，就算是在小酒館喝酒，即便是笑，也並非真正開懷。認識他一年半，雖然覺得相互很了解了，但有時還是覺得他內心很大，大到她進入後，會迷失方向。他是這種人，一見面就會讓你信任，工作、學習都是那麼踏實認真，跟她知道的男人不太一樣。他說話時，眼睛會盯著你，這點，讓她放心。但這放心與那會迷失的感覺卻相互矛盾。只是相比她的父親，這種矛盾不算什麼。父親的眼睛閃爍不已，家裡兩個女人永遠不知道他在想什麼。他說出的話，不是讓她們信，而是讓自己信。他有本事用無窮盡的理由，來證明他的內心和行動一致。

他們將舉行婚禮的這座聖母堂，以聖母瑪利亞的聖像命名。據說放聖像在此，是為了安慰那些面臨死亡的罪犯。而聖像來自一位被判刑的貴族阿爾貝里尼，他在一三八五年，花了兩枚金幣買下了這尊雕像，算是臨死前的懺悔。皮耶羅很細心，燕燕還在中國時，便在電郵裡發了圖片，告訴她這座教堂的歷史。

教堂裡沒什麼人，分好幾個空間，靜穆神聖。左邊小禮拜堂有泰德歐・祖卡里（Taddeo Zuccari）的著名壁畫，第二禮拜堂有聖母與聖嬰，右邊小禮拜堂有喬凡尼・巴格利奧尼（Giovanni Baglione）所繪的耶穌和聖母的故事。除此之外，還有一個十三世紀的聖母聖子像。整座教堂，光線尚好，但裝飾風格以灰為主，顯得有點沉重。他帶她草草參觀了一下，便敲開了神父的房間。

燕燕把小狗繫在椅子扶手上，牠知趣地蹲下。相比教堂，神父的房間特別明亮。有兩個櫃子，櫃頂是十二使徒像。神父五十多歲，瘦高個兒。他們坐下後，神父看了燕燕和皮耶羅的證件，用英語問他們認識多長時間。
燕燕說：「一年半。」
皮耶羅點頭。
神父問燕燕的職業。
燕燕告訴對方她是一個中學英語老師。
「你計畫來義大利生活嗎？」
神父這個問題很直接，燕燕幾乎沒想，便問皮耶羅：「你來北京不更好嗎？」
「去北京做什麼？找個教義大利語的工作，沒什麼意思。在這兒就算你不工作，我養著你，錢不會太緊張。」
「你的意思是，我到美麗的羅馬，只是為了做一個家庭婦女？我的媽媽獨自一人把我養大，我捨不得完全離開她。」
「她可以來，和我們一起住。」
燕燕並不這麼想，母親根本不可能和別人住，離開中國，尤其是離開重慶，到義大利來住？
神父笑了，看著他們倆說：「顯然，你們之前沒有討論過這個。」
燕燕與皮耶羅異口齊聲說：「我們說過，但……這個……」他們看著對方，腦子在擇詞。
神父理解地說：「沒說清，對吧？」
兩人點點頭。
「結婚是一致的，對吧？」
兩人互相看著對方，看著神父，皮耶羅點了一下頭，燕燕也點了一下頭，兩人的神情看上去並不快樂。

神父嚴肅地說：「記住婚姻是永恆的，如果做出了錯誤的選擇，痛苦會陪伴終生。」

燕燕與皮耶羅聽了，面面相覷，說不出話來。

神父站起來，燕燕和皮耶羅也站了起來。窗外的陽光透過玻璃，照射在他們三人的身上。神父走過去打開窗子，微風吹來，屋子裡緊張的氣氛緩和了一些。

神父雙手插進衣袋，微笑說：「年輕的朋友，婚禮上見。」

整個過程最多只有十分鐘，卻感覺過了十年一樣漫長。教堂的空間陡然變大，包裹著她。壓抑的感覺在增加，跟他的家裡一樣。不，不能這麼想！他站在前面，回望她，眼裡關愛有加。昨天他帶她上露台看羅馬夜景，她深深地感動。她牽著小狗朝他走過去。大殿裡只有一個老年女人坐在那兒祈禱，為什麼？為失去的幸福？為以後的生活可以更好？神父提的問題一針見血，結婚不是兒戲，是一輩子的事。她不是閃婚，他也不是。閃婚的人絕大多數是腦子發熱，腦子有病，今天好了，就不管明天。她不是這樣的人，和他走到今天，其實不是沒經過一番深思。

結婚這件事，燕燕沒和母親商量，她只告訴母親，有皮耶羅這麼一個人存在。母親見他的時候，也不說長說短。包括燕燕答應他的求婚，母親也沒反對。女兒長大了，要嫁人。從這點看，母親是好母親，讓她做主。中國男人與她沒有緣，她沒有過中國男朋友，是她看上去外向，男人們覺得這樣的人做女朋友不可靠，當老婆更不現實。她不會照顧男人，肯定不會做家務，更沒耐心養育孩子。這是不了解她的人的看法，只有母親知道她家務事樣樣行，做菜也有天分，她的外向是表面，是掩飾她的極度內向：沉浸在自我世界之中，可以幾天不跟人說一句話。皮耶羅在大學當助教，生得陽光、帥氣、有修養，來自一個不錯的家庭。家裡只有他一個兒子，從小沒缺少愛，也會愛人。嫁給皮耶羅這樣的男子，換了別的女孩，也會。如果神父今天不說那番話，忠告他倆要慎重，她會覺得結婚這件事，就是這樣的。

她牽著小狗，不敢鬆開繩子，跟著皮耶羅走出教堂大門。

風吹得兩人的頭髮亂飛。天上，鴿子也在飛著，在石階上尋食，歡快而自由。燕燕緊緊地握著小狗的繩子，停下腳步，看著前方，不知說什麼好。皮耶羅本來與她並行，這會兒未留下等她，繼續往下走。走了十幾步石階，停下又往回走幾步，站在她的下面，不好意思地說：「燕燕，對不起，今天我不能陪你，我要回學校去了。」

他是臨時教師，有那麼多事嗎？她心裡這麼想，便對他說了。

皮耶羅走上石階，吻吻她的嘴唇，給她一個緊緊的擁抱，然後說：「抱歉。」

燕燕聳了聳肩。

「晚上八點媽媽有個歡迎你的party，不要晚了。」

燕燕點點頭，掏出一張折得皺皺的地圖：「你再給我講一遍怎麼坐車回家。」

皮耶羅在地圖上面仔細地告訴她，中間有一站要換車，又取出筆在地圖上寫下一個中文「轉車」。

燕燕盯著地圖看，她不生他的氣。她把地圖小心地折好，裝入自己的背包。

皮耶羅雙手放在燕燕的肩上說：「晚上見。你有我所有電話號碼，有問題的話，給我打電話。」

「我不太需要。」

皮耶羅還是將手機放在燕燕的手裡。

「不必擔心，我不會丟的。」

「你丟了，你知道，我會來找到你的。」

看著皮耶羅走下石階的背影，燕燕很惶然。她牽著小狗在石階上走來走去，小狗居然一點也沒去追他。她把手機放入背包裡，看到一個青色小盒子，是昨晚那個黑衣女人給她的。那個有著壁畫的隧洞，她跌下的那一瞬間，好些記憶裡的片斷湧來。她把盒子拿在手裡，看了看上面奇異的數字，歎了口氣，將它放了回去。

原路從半山返回大馬路，她開始按筆記本記下的羅馬必看景點走去。這些街道穿過她的記憶，讓她像一個真正的羅馬人一樣熟悉，彷彿這濃郁的咖啡味、無處不在的葡萄美酒和美味的乳酪，還有空氣中散發的梔子花香，已占有了她一輩子。這牆邊爬滿了梔子花，與中國的不一樣，中國的要大十倍，義大利的小小的，像喇叭一樣張開芬芳的嘴。這些在地圖上不斷看到的街名，她記得，在小筆記本上寫下感受——也許有一天，待到她記憶出了問題時，可以通過記下的文字來恢復。

好幾家商店的櫥窗裡，模特穿著別致的禮服，待細看，並不覺得好。突然看到一家店的櫥窗裡的白色禮服與自己從中國帶的衣服有些相似，有幾分中國風，像改良的旗袍，裙邊手繡花朵，也是同色絲線，精緻耐看，除了那頭飾有點過分繁複。

這麼說我是想買一件婚服？

的確，她早就選好了婚服。並非一定要再買一件，但可以看看，或許穿上效果更好。

這個想法令她高興起來。她牽著小狗走入，一進來，才發現自己是到了一家高品格的古著店，就是傳說中那些明星、藝術家、獨立設計師、古董收藏家和手工設計師們最熱衷的，最特別的設計，獨一無二，僅此一件，連配飾也是如此。

兩個女店員把燕燕上下打量一番，其中一個短髮、瘦高個的店員，禮貌性地用義大利語說：「Buongiorno（早上好）！」

「Good Morning（早上好）！」燕燕說英語。

店員改用英語說：「小姐，我能幫你做點什麼？」

燕燕手指櫥窗裡的白色婚服，問：「我能看看那件衣服嗎？」

「哦，那件衣服是名人獨家定制，八〇年代的，一萬歐元。」她邊說邊轉向屋子裡掛著的一件婚紗，「這件便宜，正在打折。」

「什麼意思？」燕燕問。

店員一臉假笑說：「中國人不是一向最喜歡打折的東西嗎？」

「哦，你的意思是，義大利人不喜歡折扣？連美國總統夫人也買打折的東西。」

「這我可不知道。」

燕燕的臉轉向櫥窗說：「我要看那一件。」

另一個胖胖的店員走上前來，卻不是給她服務。店裡走進一個戴普拉達墨鏡的女人，氣質不凡，一看就是明星，那店員是迎接明星的。另一個服務員也迎了上去，滿臉堆笑。那店員回頭時看到燕燕，不屑地把臉別了回去，去請那明星坐在軟椅上，詢問她想找什麼樣的衣服。

燕燕皺了皺眉頭，本想找她講理，在一邊的小狗看得清楚，對那兩個店員狂叫不停。燕燕牽著小狗跨出門，頭也不回地走了。

「費里尼，不必生氣，這些勢利鬼！她們不能代表你的羅馬。」燕燕對小狗說，「什麼人都有才真實，對吧？」小狗不以為然地哼了一聲，跟著她走。

風吹過來，有股花香，她打了個噴嚏。跨街走了一陣子，本以為不快的心情會變好起來，但還是覺得胸口堵得慌，不想逛街了。她牽著小狗拐出小街口，直接朝大道走過去，發現前面就是西班牙廣場。

相比重慶，甚至北京，這兒的夏天涼爽宜人，第勒尼安海颳來最善解人意的風，即便是臨近中午，氣溫也正好。這兒有很多遊客，擺姿勢拍照片的大都是中國人。人頭攢動，他們圍著一個表演車技的紅頭髮的小丑看，小丑舉著火把在單輪車上做各種危險的動作。

拿著紅玫瑰的孟加拉人在走來走去地兜售，黑色馬車載著遊客來過又離開。

燕燕穿過圍看雜耍的人群，混到小販推著的霜淇淋車邊。她掏錢買了一個帶捲的霜淇淋，轉過身來看心儀已久的雕塑大師貝爾尼尼的破船。昨天她遇到貝爾尼尼，看得出來，那個王侖也喜歡他。誰不喜歡這個天才呢？十七世紀是天才的世紀，群星閃耀，貝爾尼尼應該也是群星中最讓她難忘的一顆。這座萬城之城的華麗面貌，大半來自他的設計，整座城市成了他的作品展廳。當年台伯河水災，有一條小木船被洪水沖到此，受教皇烏爾班八世委託，貝爾尼尼與父親一起創造了這座雕塑，噴泉的水流射入破船，又從船幫流出。但燕燕更喜愛他的《阿波羅和達芙妮》：河神的女兒達芙妮騰空而起的瞬間，宙斯之子阿波羅的手放在她的腰上，她欲奔走，裙帶隨風飄起。她的身體幻化為月桂樹幹，張開驚恐的嘴，那散開的頭髮，伸展的手指縫中長出了新鮮的枝葉。那深深的悲傷，都充滿在動感一剎那。她雖是看的畫冊，但仍為這個作品傳達的美感到心痛。

遊客不停地走在破船邊喝噴泉水。

貝爾尼尼怎麼會想到，他早期的作品受到這麼多義大利之外的人的追捧，是因為一部電影：《羅馬假日》。她記得很清楚，奧黛麗・赫本在那兒戲過水。

燕燕掉轉身，面對著西班牙大石階，也是同一個原因，石階上坐著大批遊客，有的在拍照，有的在吃東西、喝水，有的在睡覺，有的在閒聊或看手機。燕燕走了過去，找了個人少的地方坐下。

在重慶長江南岸對著朝天門碼頭一帶，有野貓溪和彈子石兩個輪渡口。漲大水時，彈子石輪渡口會挪地方。停靠的地方，可看到江邊一幢灰色老洋房，三層樓，有長長的百葉窗，牆上爬滿藤蔓，是重慶開埠時一個法國銀行家蓋的。不遠處有一個從江邊通向半山坡專為糧食倉庫運貨的纜車。有時，野貓溪的輪渡口也會挪地方，停靠之處，乘客會經過那幢老洋房。

漲水時，她很高興，因為到江邊可以少走些路。有一回，她經過那幢老洋房，聽到樓上百葉窗裡有個聲音在朗讀：

「但願生在此，安眠也在此，但願虛構的你，真實的你，如銀河系上千億星星，一同呼吸，一同吼叫，一同歌唱，成為通向巴比倫塔的黑洞，螺旋狀地深入，再也不分離，尋找那個理想的星球，我們彼此授予對方許可權，進入彼此的內心，找回那消亡的歷史和傳說，抱我於懷，讓我輕輕地呼喚你的名字。」

窗裡的人停住，傳來哭泣聲，很傷心。過了一會兒，朗讀又開始了：「一個人為他自己有意識地生活著，但他是全人類達到的歷史目的的一種無意識的工具。人所做出的行為是無法挽回的，一個人的行為和別人的無數行為同時產生，便有了歷史的意義。一個人在社會的階梯上站得越高，和他有關係的人越多，他對於別人的權力越大，他的每個行為的命定性和必然性就越明顯。」裡面又停了一下，接著說，「托爾斯泰，你太了不起，你說到了我的心裡。」

她站在窗下聽，突然咳嗽起來，窗裡沒了聲音。

她等了又等，還是沒有。

不知為什麼，她開始害怕，就回家了。如果她告訴別人，有人在那幢老洋房裡朗讀，別人不會信的，因為那兒好多年沒人住。

「是鬼？」

她問自己，但馬上笑了。如果鬼能為你朗讀，那也不是壞事！

江水水位一直沒有下去，她有意識地走到那幢房子跟前聽，沒有聲音。莫非之前她聽到的一切只是她的幻覺？她不太確定，便在門前做記號，放一片樹葉，用一塊石頭壓著。後來，那石頭果然挪了地方，裡面肯定有人居住。

街上張貼處有尋找孩子或大人的紙片，這個世界有那麼多人失蹤，不稀罕。學校門前也有告示，貼了同一個少年的好多照片，濃密的頭髮，穿了一件運動衫，臉很尖，眼睛像貓，他叫邱小行。她知道這個少年，在對面中學上初二，住在野貓溪輪渡口附近。渡口那邊，有一道江水常年流出的小河谷，河谷前是一排吊腳樓，用來做殺豬場，經常聽得見豬臨死前的嚎叫。這一帶的孩子常常跑到殺豬場對面的山坡上，觀看屠夫殺豬的細節。血旺是她不敢吃的東西，因為看過太多的血，在豬頸處，血從刀口像放自來水一樣流出。邱小行不在這些觀看的人中。殺豬場上面的石階上是新華書店，他喜歡到那兒去看書，把喜歡的書放入衣服裡帶回家。當然，偷書不是每次都能成功，被發現了，管理員會讓他父親來領人。

他父母都在船廠工作。母親軟弱，家裡還有一個弟弟，把愛和關心給了弟弟。父親暴烈，要他認錯。他不認錯，便遭到父親的一頓好打。這樣的事一犯再犯，他一再挨打，開始逃離家。但每次都被抓回，再被鐵鏈套住腳。她看見過他，在去看殺豬的路上，會路過他家。他家正好住在菜店邊上的一條小巷子裡。

那個小巷子，有好多不大的二層磚房，每層住十幾戶人，有長長的通道，大門是敞開的。

男孩家在進門右邊第一家，他家屋子沒開窗，他被套在一個大床柱上，臉很髒，手腳也髒，但眼睛很亮，在暗黑的屋子裡閃著光。

她背過臉，默默地走了。

好一段時間沒有少年的消息，這回他終於逃走，她為他慶幸。江上的水位退了，輪渡也挪位到原址，人們不再從那幢老洋房前經過。這天她又經過，看到好幾個當地公安局的人押著一個少年從裡面出來——沒錯，是那個有貓一樣眼睛的他，原來他躲在這幢老房子裡！不用說，那個朗讀者就是他。她捂著嘴，震驚極了。他沒看她，沒看任何人。

因為違法闖入民房居住，他被關進少年拘留所，在江對面城中心的下半城。

半個月後，有同學遞給她一張紙條。她看了，是讓她當天太陽落山時，在江邊糧食倉庫前的運貨纜車道見。紙條沒有寫名字，字卻工整。她到了約定時間，趕去那裡。一個人從纜車道下的洞裡走出來。她嚇了一跳，居然是邱小行，他遞給她一本破舊的《戰爭與和平》。

「為什麼？」

「我看見你在窗下。」

「我不知你在裡面。」

「是我爸爸，他勝過世上任何一個偵探。」

「你被放出來了？」她問。

他搖搖頭。看到她疑惑的神情，他說：「告訴你也無妨，我從關押的地方跑出來了。」

「怎麼可能？」

「那兒有一個下水道，一直通向江邊。」他回頭，指指對岸。落日如血鋪了一江。

「你不怕我告訴他們？」

「你不會。」

「這麼肯定？」

他點點頭。

他們的見面迅速結束。她懷抱著書往坡上走，心裡充滿悲傷，那是她長大以後也會喜歡的那種人。但以後卻不會再見。

她上高中時，那一帶好多房子被拆，她家搬到南岸謙泰巷那兒。母親有一天回家對她說：「糧食倉庫拆了，纜車荒了，那幢老洋房也拆了，可惜了！可惜了！」

# 第七章　偶然，就是偶然

「生活是多麼不可思議呀，我居然坐在西班牙台階上吃著霜淇淋！」燕燕一高興，未坐穩，差點跌下去。她馬上往石階裡挪挪，咬了一大口霜淇淋，含在嘴裡，冰得她所有的不快都不見了。她遞給小狗費里尼吃，叮囑牠：「你吃右邊，我吃左邊。」

費里尼歡快地舔食，幾乎停不下來。突然，牠望著台階下噴泉方向叫了起來。

燕燕看過去，發現台階底端，有一個戴著巴拿馬白色禮帽的男子，一邊打電話，一邊從破石船那兒，朝西班牙石階走了過來。那個人的走路姿勢不陌生，雙肩並不平衡，右邊稍高一點。費里尼朝前奔去，燕燕想握緊繩子，卻握了個空。

不會是王侖吧？燕燕吸了一口氣。羅馬這個城市並不大，人與人很容易見到，但這個城市也並不小，稍微不注意，人與人就走散了，再也不會相遇。她不可能與他再遇上的？但是，那個人走近了，就是王侖！她馬上條件反射地站起來，隨後又坐下。

王侖沒看見她。在石階上，他找了個人少的地方坐下，繼續對著手機說個不停，肢體語言顯示出不快，像是在處理一件麻煩的事。費里尼奔到他跟前，搖起了尾巴。

王侖看見費里尼，抬頭四處張望。

燕燕趕緊站起身來，借路人的身影想躲過。可路人不幫忙，偏偏讓開來，她只好靠在一個石墩上，一股風吹來，把她的裙子吹開，露出修長的腿。她用手按住，霜淇淋吧嗒一聲掉在地上。

王侖恰好在這時看見了燕燕，起身快步走過來。

燕燕臉紅了，不好意思地說：「真倒楣，又遇上了你。」

王侖結束通話，放好手機，上兩級石階，站到她下面一點：「蘇燕燕小姐，還不謝我找到你的費里尼？」

燕燕對跑到自己跟前的費里尼說：「費里尼，站起來，謝謝王侖先生。」

費里尼果然立起身體，向王侖致謝。

他高興地摸摸牠的脖頸。

「你怎麼知道我會在皮耶羅家？」燕燕奇怪地問。

王侖看著她，沒說話。

「哦，我忘了你是記者。」

「皮耶羅心眼好，不會讓你住那個糟糕的旅館。」

燕燕心坎一熱，王侖說得真是不錯。她走下幾步台階，與他並肩站在一起。

正在這時，一個義大利女人激動地奔了上來，一把抱住費里尼，高興地親吻牠，並連連對他倆作揖、對天空虔誠地畫十字，對他倆激動地說著話。

燕燕和王侖客氣地點頭，露出笑容。小狗朝他倆叫，搖尾巴，難捨難分。

義大利女人抱著小狗，跟他們擺手再見，生怕他們會從她的手裡搶走似的快速離開。看著她離開的高興樣，台階上的燕燕和王侖的笑容凝固，相互看了看，無話可說。不時有路人從他倆身邊經過，他倆機械地看著廣場上人來人往，燕燕用乾乾的聲音說：「這是羅馬，什麼好事都會發生。」

王侖淡淡地說：「這是羅馬，怎麼會有壞事發生呢？」

兩個人的手機同時響起，他們相互對望了一眼，各自拿起自己的電話。

向燕燕招手再見，朝西走。王侖對著電話，邊走邊生氣地說：「股票跌停了，他們要繼續賤賣資產。好的，聽清楚了。」

燕燕也擺手示意，並向東踱步：「媽媽，你真聰明，打皮耶羅的電話。媽媽的信，我明白。媽媽，我早就不生你的氣！什麼？你收到爸爸的手機資訊？」

「他不想從阿姆斯特丹來羅馬？媽媽，這下怎麼辦？」燕燕的眼圈一紅，聲音都變了。父親也不要來她的婚禮！她的手機沒法工作，所以沒有收到父親的資訊。如果是這樣，母親倒是可以來羅馬了。但是母親說，她失眠更嚴重了，而且購不到能參加婚禮的機票。婚禮後有票，可是有什麼意義？如果母親並不想來羅馬，勉強也沒用。她希望皮耶羅在，可他不在。她心裡好空呀！父親一定是故意的，要她去請他，請他的那位情人來。

有個男孩在西班牙台階前撒麵包屑，引來無數的鴿子搶吃。一個滿臉白鬍子，穿灰長袍的人，戴了頂高高的帽子，突然像一座雕像一樣立定，安靜地看鴿子飛舞。

燕燕注視著那人，那灰袍，忽然變成了白袍。這是怎麼一回事？沒准是她的內心拒絕承認，故意看成灰色。這點發現，讓她好奇。白鬍子的臉像極了那個白袍人，他曾說她可以拒絕一切誘惑，除了羅馬。絕對不可能！白袍人看著她，一絲笑意出現在嘴角。可能在夢裡、可能在現實中，遇見過？巧合？因人而異！有的人一輩子碰不上，而有的人總相遇，說不清是何緣由。記憶於她，是斷裂的，很久之前的過去，好似現在，而現在，又好似過去。一隻鴿子從白鬍子長袍人的手臂躍上頭頂，朝她這個方向飛來。她一閃身，差點跌倒。鴿子飛到她的身邊，變成一大片，牠們盯著她。其中有一隻灰鴿，眼神古老而濕潤。耳邊城市的喧囂輕了，居然傳來陣陣波濤拍岸的回聲，她不由得渾身一震。

這個下午籠罩在一種奇怪的感覺裡，不管走了多遠，她都不覺得累，雙腿越走越有力氣。她回憶那鴿子的眼神，那波濤的聲音便迴蕩在耳邊。

真是不可思議，羅馬啊羅馬！她在原地轉了一大圈，用一根皮筋，把一頭黑髮在腦後束起來，整個人一下子顯得輕快、活潑。走了一段路，從包裡摸出小本子翻著，遠處傳來義大利歌手Nada歡快迷人的歌，輕輕地撩撥著她的心。她隨地轉了一個圈，踩著節奏，整個身體放鬆下來之後，她朝一條安靜的小街走去。是的，就是這兒，馬古塔街，跟她見過的圖片一樣安謐，令人舒暢，嗨，費里尼，我的神，你好，我來了。

彷彿回應她的感受，遠處的音樂變更了快的節奏，她跟著音樂跳起舞來。眼睛瞄過去，看街邊的門牌號數。

王侖回了一下頭，滿臉驚異。那白袍人竟然是一張鴿子臉，有著那隻黑頂灰鴿子的眼光，一剎那空洞麻木，一剎那又尖利而冷酷。說實話，今天他幾乎忘記牠的存在。白袍人的嘴角在笑，居心叵測。他故意不看，眼光掃開去，稍微停頓了一下，再回看，奇怪，那兒什麼都沒有了，一群孩子在搶小販的霜淇淋。他們邊吃霜淇淋，邊掏出石頭來，對著行人叫喊。

他不由得後退一步，側身躲過扔過來的石頭，再抬頭看時，有人倒在血泊中。孩子們在狂叫，

有人打開大門出來，她趁機走入。王侖也跟了進去。

裡面過道極寬，不太明亮，比想像的要整潔和講究。右邊有個小天井，停著自行車等雜物，左邊靠近樓梯處有一個小房間，裡面坐著穿著制服的看守職員。王侖走過去和他低聲交談。

看守職員大聲說話，一邊搖頭。

王侖對燕燕說：「他說，費里尼的房子有人租了，不能看。」

燕燕掃興地聳了聳肩：「倒楣！」

王侖看了一眼天井說：「我問問他，誰住在裡面。」他便和那人聊上了。

燕燕探頭看樓梯口，又看了看天井，希望能進到裡面去。但天井就是天井，望到的人家的陽台上要麼種了植物、要麼曬了衣服。

看守職員眼睛一直盯著燕燕，生怕她做什麼。看到她縮回身體，他才放心地收回目光。

王侖謝了那人，低聲對燕燕說：「是一個教授租了老費的房子。我也問了，租期多長，賣不賣？猜是什麼回答？」

「肯定不賣。」燕燕說。

「我要是老費的家人，我也不賣。」王侖說。

兩個人失望地離開。一出大門，他們同時拿出自己的手機，對著門右側費里尼故居的牌子拍了照片。兩個人相視片刻，又走到門口自拍合影。換了一個角度再拍，燕燕的心情變得高興起來，她對著手機笑了。她的情緒感染了王侖，他看著照片說：「你變了髮型，也不刻薄了，小模樣兒很酷。」

燕燕看了手機上的照片說：「姑娘刻薄或好心眼，取決於她的髮型入眼與否，這絕對是真理。」

「不要因為沒進到費里尼房子裡，就開始向我開火。」

「當然不會，在羅馬，不會沒有好事發生！」

「好像你說過第一次到羅馬？今天讓我做你的導遊。」

燕燕獨自朝前走了幾步，回過身來，看著他說：「你不煩我？」

他看著她說：「真有自知之明。我乾脆做好人，陪你走走。」

那天，馬古塔街始終安靜，他們迎著明亮的陽光，腳步遲緩地走著。從未有過這樣實實在在的感覺，燕燕不敢看王侖，王侖也不看燕燕，直到他們拐入一個種滿常青藤的小院。她對著一處鎖著鐵門的房子說：「這個地方我只在電影裡見過，是電影《羅馬假日》的取景地，真心想來。王侖，你好像知道我想要什麼，你真的知道跟羅馬相關的一切。」

王侖沒言語，他走到一幢屋頂傾斜的樓前，看了看別處，又走回來，對著閣樓說：「一定是這兒，在電影裡，派克演的美國記者住的地方。」

燕燕走過去，站在他邊上，望那閣樓。他倆就那麼站在一起，沒說話，生怕觸動那兒悄悄聆聽的靈魂。不知過去了多久，一隻鴿子撲騰著，從樹叢中飛出，吸引了王侖的目光。燕燕輕輕地移動腳步，彎下身摸著長青苔的石塊，輕聲說：「走在赫本和派克的足跡上，希望能沾上他們的好運。」

「心誠便可。」王侖回頭看她。

她挺直身體，拿出一根紗巾繫在頭上。

「沒錯，我正享受某小姐扮演的赫本呢。」

燕燕微笑著。

王侖後退一步，學起電影結尾記者的口吻：「公主殿下所行之處，哪一站最難忘？」

燕燕四下打量一番，清了清喉嚨，學著公主的聲音：「可以說各有千秋，我將把這次訪問珍藏在心裡，永不忘懷。」

兩人回過頭來，互相打量著對方，眼裡透著驚奇，像遇到了知音。

燕燕嚴肅起來：「難怪，你會去看費里尼的故居！」

「難怪，你是這麼怪，非正常的一個女孩子！」

他一本正經地說，她認真聽，突然變得不好意思，低下頭。

那天，馬古塔街陽光普照，小鳥在飛來飛去。兩個人經過一處喝水的小石雕噴泉，同時停下，彎下身去喝水。他們抬起頭來，她說：「這是我喝過最好喝的義大利街頭的水，甜甜爽爽。」

這話讓他忍俊不禁，因為她是第一次到羅馬，昨天才到。

「你不要那副表情，懷疑我的真實感受。」

「放心，我是你這話最好的證人。知道嗎，今年有一千個中國旅遊團來這喝水。」

「真的嗎？他們跟我一樣的好品味！」她看到他特別一本正經，反應過來，「哼，你在使壞。」

「為什麼要懷疑？」

「不懷疑。」她邊說，邊問，「王侖，昨晚吃飯讓你破費了，報社能報帳嗎？」

「不足掛齒，是我的榮幸。」

「OK，今天吃什麼？我埋單。」她沒看腳下的路，突然閃了一下，他急忙扶過來，她幾乎倒在他的懷裡。抬起臉來看王侖，王侖也注視著她，兩人嘴唇快觸到一起了。

她臉紅著，跑開。

他站在原地看著。

她停下，裝作什麼事也沒有似的轉過身來，大大咧咧地說：「嘿，王侖，快點！」

他取下頭頂的巴拿馬禮帽，煞有介事地行了一個禮說：「蘇燕燕，看來，我得帶你去一個地方！」

都說與貓做朋友的人，自帶神性。銀塔廣場在羅馬城中心，是四座神廟遺址，據說也是凱撒大帝被刺殺的地方。這兒清晨和傍晚時，廢墟上的建築，襯上古老的傘松，在絢麗的霞光中，有種莊嚴的悲劇美。她研究過羅馬，卻忽略了這個地方，發現這兒有好多的貓。

她的心一下子熱了，跟著王侖從鐵樓梯下到一個甬道裡。走近了，發現屋裡屋外幾乎全是傷殘的野貓。

見燕燕疑惑不解，王侖解釋道：「這兒是收養中心，五百元人民幣捐助一隻貓一年。」

他們進入管理中心，有好幾個房間，用鐵網隔開，屋頂低低的。管理員是一位老太太，見了王侖，從櫃檯邊起身，和他打了個招呼，急忙進裡屋，熱情地抱出一隻缺耳朵和一隻後腿有些短的黑貓。

王侖高興地叫：「伊萬卡！」抱在懷裡，愛撫了好一陣子，才抱給燕燕。

燕燕忐忑地接過來，撫摸著黑貓殘缺的耳根，眼睛紅了。送給母親一隻貓，也許母親的注意力可以從父親身上轉移？難，母親會拒絕，會說她是孤獨命。

王侖隔了幾步遠的距離，看著燕燕，想起自己給方露露看伊萬卡的照片，方露露向他搖搖頭，雙手投降，表示對貓不感興趣。他笑了，自嘲地說：「不應該比較，對她們不公平。」

「你在想什麼？」燕燕問。

「說了，你不會相信。」

「那就別說。」

他走到燕燕身邊，摸伊萬卡的頭：「寶貝，好好的，再見了，下回我們再來看你。」

王侖該是羅馬最好的嚮導，很有規畫地領著燕燕光顧許願池、真理之口和古羅馬廢墟。開始時燕燕不太信任，因為王侖說，雖然在他心裡熟悉，但只有這個流浪貓中心，他每回來羅馬都去。其他地方幾乎沒有時間看。這些地方，燕燕常在地圖上畫圈圈，用谷歌地圖看實景，與實地親自感受是兩碼事。不過，走過幾處之後，她不再懷疑他的嚮導，由著他，有時走路，有時坐計程車。有好一陣子，他們顧著看風景，並不交談。燕燕拍了好多照片，留下王侖專注拍照時習慣一手插在褲袋、一手握手機的樣子。王侖也是這樣，只顧拍照片。他拍燕燕時，大都是背影和側面。燕燕一轉身過來，他便拍別的了。他一直沒有笑，眉頭緊鎖，是羅丹的思想者。小廣場裡有噴泉，孩子們正在玩水和吹泡泡。

她拉他進入玩水的孩子們中間。燕燕朝他身上澆水，拉他進入噴泉之中，兩人的衣服被水濕透。兩個人索性脫了鞋子，光腳。這是久違的感覺，對他來說。對她也是，赤腳放在水裡，真好。

燕燕高興地說：「你帶我去看你的貓。」她沒想到王侖是這樣的人，他給她驚奇，「證明你沒當我是外人。」話說出口，她心裡嚇了一跳，沒敢看他。

王侖看在眼裡，反而用調侃的口氣說：「所以，你懲罰我淋水?!」

燕燕笑笑，沒說話。她想，如果有費里尼，那條與她結伴不到一天的小狗在，該有多好。她想費里尼，眼睛有點潮濕。

「我有點想那個小東西。」王侖打破沉默說。

燕燕心一驚：「費里尼？」

王侖眨了下眼睛，那意思是：除了牠還有誰？他對她說：「以後我會找同樣的小狗，送給你。」

「但那不是費里尼。」

他想了想，點點頭，然後像個老朋友一樣，拍拍燕燕的肩說：「蘇燕燕，別傷感了，我們換換腦子，去喝咖啡吧！」

好多鴿子環繞在廣場上，不時停下，踱到他的腳邊，盯著他看。鴿子的眼睛露出從未有過的柔光，第一次令他感到安全。

羅馬科勒歐皮奧公園是本地人周末或晚上一家人來散步或是陪孩子玩的地方，幾乎沒有遊客。王侖說要找個清靜的地方既能喝咖啡，又能看羅馬名勝。計程車司機直接載他們到公園門前，不收門票不說，這兒完全滿足了他的要求：居高，且無比空曠，能看見不遠處的羅馬景色。有一些義大利孩子在玩耍。路邊放著好幾張桌子，有個不大的亭子，售咖啡和沙拉麵包什麼的，兩人興致勃勃地走過去。

在一張桌前坐下，女服務生圍了一個藍圍裙，拿著小本子過來，燕燕和王侖一唱一和地叫了喝的吃的。他倆的頭髮和衣服還是濕濕的。陽光照射下來，周圍有不少孩子在踢足球。周邊高大的傘松千年不變，穩妥沉著。燕燕注視遠處殘缺但壯觀的鬥獸場。夏天蛐蛐兒的聲音格外大，她看到一隻松鼠搖著尾巴，不緊不慢地啃著草地上的一隻堅果，突然瞅見她在注視，調皮地一扭尾巴，蹦上松樹，在一根枝椏上蹲著，瞇著眼睛休息。

這時，女服務生端著一個大盤子過來。除了氣泡水，還有兩杯咖啡、一盤橄欖、兩盤沙拉和麵包。

他倆動作一樣，伸出右手，伸向水杯，端起來就狠狠地喝了一大口。義大利氣泡礦泉水，是燕燕最喜歡喝的水，那種扎舌頭的滋味，冰涼的感覺，喉嚨冒著的火苗一下子熄滅，整個身體舒服多了。但是燕燕未坐穩，手一揮，裝沙拉的盤子掉在地上，好在是草地，沒摔壞，芝麻菜、紅蘿蔔、蘑菇片和番茄撒了一地。

她做了個鬼臉，雙手一攤，苦笑。王侖一臉嚴肅地招手叫侍者來清理。她幫著，王侖叫她坐好。她坐好，坐了一半椅子，差點又掉在地上，弄得他再也忍不住笑了起來。她坐好後說：「我不是故意的。」

「你故意的話，是什麼樣？」他說出這句話，馬上停了，這話他說過。彼時此時，同樣的話，呈現的是完全不同的效果，彼時故意讓對方生氣，此時，雙方眼睛裡透著驚奇。

像事先商量好的一樣，他倆又各自端杯，喝了一口咖啡。燕燕閉上眼睛，陶醉地說：「義大利的咖啡就是香呀！」

王侖望著燕燕，她也望著他，彼此都沒有躲開對方的目光，也抹不掉眼角的笑意。陽光穿過樹枝，打在他們的身上，像一道屏障，把世界隔離在遠處。

王侖嘗了一口沙拉，皺了下眉，放下。

燕燕也嘗了一口，說：「哎呀，沒味道。」

她變魔術似的拿起桌上的橄欖油、鹽和醋杯，朝沙拉上撒了點兒鹽，又倒了橄欖油，擠了檸檬汁，然後拌了拌，對王侖說：「現在你嘗嘗。」

王侖品嘗了一下，開始吃，然後抬起頭來，好奇地問：「真好吃，你怎麼做到的？」

燕燕笑了：「當然是魔術。」

王侖意味深長地重複：「魔術！」他的母親也如此評論好吃的食物。有天晚上，家裡只有酸菜，沒有肉。母親到屋後山丘上去挖地木耳，那東西貼在石頭上，小心地揭下來，洗淨後，放上鹽和一點兒油，吃起來跟肉的味道接近。父親那晚對母親說，辛苦她巧手給他們變吃的。他問，你能吃不想吃的難吃的東西嗎？母親說，如果是充飢，什麼都能吃。父親說，如果不是充飢呢？母親笑了，那不必問。父親說你寧肯挨餓也不吃，如果到了監牢怎麼辦？很難吃，也沒有吃的？母親說，如果那一天來臨，我就會生存下來，而且最後能到廚師那兒去，用現有的材料，幫他做成美味。他記得母親說這些話時，眼睛裡生出光芒來。他愛母親。燕燕說起食物來，眼睛裡也有光芒，有幾分像母親。他發現燕燕看著他，有點疑惑，便有些不好意思。燕燕問他：「你一定在想某個人？」

「給我生命的人。她說做飯就是魔法。」他說。

燕燕不可思議地睜大了眼睛，一副想聽下去的樣子。

他卻調轉話題：「費里尼的電影《甜蜜的生活》裡，有個作家史坦納殺死了兩個孩子後自殺。」

「那是那個電影讓我最糾結的地方。」燕燕說。

「太好了，你看過這電影。」

她的眉毛動了動，說：「當然。怎麼會錯過費里尼老頭子這麼重要的一部電影呢。」

「記得悲劇發生後，主角馬爾切羅對員警說：『也許他是出於恐懼。』」

「沒錯，他是這麼說的。」

「馬爾切羅的看法一針見血。我們每個人都有恐懼。我們今天生活在到處充滿恐怖分子的世界，有好多不安定因素，天知道明天會發生什麼？我們早就沒有正常的生活了。」王侖說完，搖了搖頭。

燕燕聆聽著，輕輕地說：「我們觸摸過的每一樣東西都是有用的。藍雨傘。」

王侖略感錯愕，等著她往下說。

「小時候媽媽愛給我唱一首歌。」燕燕說著輕聲哼唱起來：

比蜜還要甜，比夢還要鹹

淚，嘩啦啦掉下來

王侖跟著她唱起來：

藍雨傘順風撐開
星星漸漸暗淡
睡吧，寶貝
一年又一年
媽媽日夜陪伴
唱起歌謠連連
比花還要香，比月還要圓

燕燕不敢相信自己的耳朵，她身體往前傾說：「王侖，見鬼，你也知道這首歌？」

「Lady，小時，我媽媽也給我唱。」他瞪了她一眼。

「真的？」燕燕說。

王侖點點頭。突然兩個人眼裡都迸出淚花。

他們端起咖啡送到嘴邊，似乎是要掩飾一下，輕輕地喝了一口，放在桌子上。

他看著她的眼睛說：「記得在飛機上，你說我是從農村用功考進大學的。」

她的聲音很輕：「我說對了嗎？」

「真是如此。」他掏出錢包，從裡面取出一張老舊的紙片，打開，遞給她看。

這是一幅他小時的畫，有很多的星星圍著一家四口：男子穿著中山裝，戴著眼鏡，短髮。女子穿著襯衣。兩個男孩一高一矮，站在前面，父母雙手環抱著他倆。畫雖稚笨，但一家人親密無間的氣氛濃郁地表現出來了。

王侖指著畫上的男子說：「他是我的父親，是一個語言學家，他能說希臘一種幾近失傳的語言。『文革』時他們認定我的父親是英國間諜，全家下放到四川宣漢地區。」公園裡孩子們在踢足球，不斷發出歡快的叫聲。王侖側過臉去看他們，然後回轉過來，對她說：「日子很苦，但一家人在一起就好。」

父親被推倒在地，他們踩爛他的眼鏡。雖然手裡沒有傢伙，他們用腳踢，父親緊緊地抱著自己的頭。當時他是一個小男孩，從村子的路口奔過來。父親這天被叫去公社，走山路一個半小時，早該到家了。看著母親著急的樣子，小小年紀的他跑到村口等父親，結果發現山溝另一邊有那麼多人，在圍著一個人打。他有種不祥的感覺，便狂奔過去，到達時，那些人已散開。果然是他的父親躺在血泊裡，還沒有咽氣，頭髮衣服上都是血。父親說不出話來，望著他眼淚直往下流。他叫著爸爸，緊緊抱著他，父親眼睛沒合上便走了。他抱著死了的父親，沒有哭，過了好久好久，才抬起頭來，看天空。天居然一下子黑了，現出大大小小的星星。

那天晚上，母親、哥哥和他三個人把父親弄回家，給他清洗乾淨。母親要哥倆轉過身，但是他偷偷看到，父親的肋骨斷了好幾根，身上全是紅腫淤青。母親為他換上乾淨的衣服、鞋子，他們為他守靈三天三夜。安葬父親後，哥哥每天都在外面，不和家裡人說話，有一天，卻說了好多。王侖隱隱約約聽到哥哥說，爸爸寫了一封很長的信寄到北京。哥哥說，爸爸寫給原單位，要求回到城裡。那封信被公社的領導截下，認為他上告北京城——這封信直接導致了他的死亡，而母親完全不知道這回事。當天晚上，哥哥沒有回家。

看到哥哥走，他追上去。兩個人在荒野上奔走，哥哥走得飛快，他落在後面，突然哥哥停下來掉過頭，看到弟弟，往回走，走到弟弟面前，一把抱著他，說和他做個遊戲，讓他閉上眼。他聽話，結果睜開眼時，哥哥已不在了。他回家告訴母親，母親狠狠地打自己的臉。他抓著她的手，讓她打他。她看著他，搖搖頭。

哥哥走後，母親的狀態就不好，臉不洗頭不梳，跑幾十里路去找哥哥，被公社的民兵帶回來，說她想潛逃。她經常夜裡拉著熟睡的王侖的手，有一次醒來，她對他說：「媽媽對不起你。」母親忘記做飯，他餓肚子後，學會了做粥，放些地裡的菜，放鹽，給母親端去。母親邊吃邊抹眼淚。他有種感覺，他會失去母親。果然有一天，母親的心臟突然不跳動了，他推她，她一點也沒反應。母親自哥哥走後堅持了兩年，真是難為她了。

這一切他沒有告訴燕燕，他只是說，他家遭遇變故後，村裡的一對夫妻收留了他。他仍一個人住在自己家，那家人照顧他，他跟著他們做家活，分得口糧。一九七九年父親才落實政策，平反以後，補了一筆錢，但他還是被留在當地。

王侖看著畫，說：「那時我常常畫這樣的圖畫。」他說，當時他的個子較矮，父親擔心，每隔半年，會給他在門框上量尺寸。他家的門框上有父親給他量身高時畫下的標記和文字。「王侖七歲」是父親留下的最後四個字。他經常站在門框前，觸摸那些標記，他覺得心裡好溫暖。

燕燕吧嗒吧嗒掉淚，問：「你哥哥呢？」

王侖不言語，遞給她紙巾。

她邊擦淚邊說：「難以相信，你七歲就成了一個孤兒。」

王侖把畫按折痕疊好，小心地擱入錢包，放回褲袋，說：「這是我的童年，我做了很多年農民，但是沒有忘記父親小時教我的一切，便在晚上自學，考上大學。畢業後，什麼樣的工作都做過，但直到一九九六年，我才改變了命運。我是個工作狂，從來沒有休假，今天你看到的我，是我這些年最輕鬆的時候。知道嗎，燕燕，不管外人怎麼說我，其實我的內心——仍然是一個飢餓的男孩，站在田裡等著父親回來。」

燕燕看王侖，把紙巾握成一團。宣漢，她小時有個鄰居去那兒當知青，那是川陝革命老區，男人跟隨紅軍革命，活下來的少，大都是寡婦，窮得要命，沒有米吃，天天吃馬鈴薯，鄰居寫信給他家裡，哭著要調回城。不曾想到，那兒還有一個這樣的家庭。

「很奇怪，小時的事，我從不對人說起。」

「你可以對我說，我保證以後不會搗蛋了。」她說。

王侖瞪了她一眼，拿出雪茄，問：「不介意我抽一支吧？」

燕燕手一擺，同意。

王侖準備雪茄，夾剪後，點上火，抽起來。他經常回四川農村，看收留他的那家人。鄉下人的善良和正直，讓他覺得那個世界還沒有爛透。他在那裡純屬野蠻生長。一九七六年，毛主席去世，整個村子裡的人都穿喪服紮白花，他們哭得傷心欲絕。他也不例外，人人都有傷心處，淚水卻是一樣的。工作後，他有機會在一個黨校的港台閱覽室看到了一本畫冊，其中一張是蔣介石去世時，台灣老百姓悲痛的樣子。相比正史，他更不放過野史。歷史的對錯，在真相中沉淪。「我要向這個世界證明我的價值，讓人們因為我的存在而尊重我。」他聳聳肩，「可是，我對未來，不再信了。」

燕燕喝了一口水說：「你必須對生命採取開放的態度，如果你做得到，就會擁有無限的可能。」

「費里尼如是說。但那種可能性對我微乎其微。」

「你錯了，雖然這個世界越變越糟，可我們還是要對它抱有希望，沒人可以阻止你做夢。如果你相信，傷痛就會癒合。」她頭歪了一下，「為了拍下你的笑容，我拼命按下心中的快門——電影《美麗人生》如此說。」

「沒見過你這樣的人。我來付帳。」他往盤子裡擱菸灰。

燕燕叫來侍者，遞上她的信用卡。王侖沒有搶單，向她道謝。

她說，不必客氣，我們再走走吧。

穿過羅馬的台伯河上有三十多座橋，美得令人窒息。不管是古羅馬時代、教皇時代，還是近現代，據說每座橋上都住著精靈和靈魂。兩年前讀了美國作家恰克・帕拉尼克那部一鳴驚人的原版小說，發現有讀者曾幻想有一天與情人手把手，看一幢幢大廈在面前被炸毀，那會是人生頂點。真是病態。她當時想，只要一個人與她在台伯河走走，便足以令她滿足。現在這個時刻已來到，她並不激動，反而充滿迷惑，甚至擔憂。

這是為什麼？這個人應是皮耶羅，他卻選擇了去學校，把她一個人留給了羅馬。而羅馬的浪漫與自由，會讓任何人著魔。更何況，此時，走在她身邊的是這個昨天和今天，頻頻與她偶遇的王侖！老天玩的什麼遊戲，彷彿龐大的羅馬在縮小，總讓這兩個人邂逅。她看了一眼他，他也陷於思索之中，沒有說話。

她和他就這樣沉默著走在台伯河堤岸上，朝聖天使橋方向走去，漸漸地，步伐一致，身體也靠得近了些，她的肩不時碰著他的手臂。雲堆在一起，映在河面上。河水泛著微光，有兩隻罕見的藍鳥飛來飛去，牠們比羅馬城裡隨處可見的鴿子小一點，形態輕盈。這兒總有跑步者，卻像從時間之外穿越而來的，腳步聲，有力的腳步聲，由近而遠，直到漸漸消失。

燕燕的情緒回到剛才與王侖的交談上，他的身世讓她想到自己。有意思的是，王侖也提議：「給我講講你吧，我好奇你是怎麼來到這個堤岸的。」

他的話當時就是如此，他沒問你是哪裡人，在哪裡長大，而是問，她是怎麼來到這個堤岸的。穿過時間，穿過彼岸，在河水之上——這觸及了她內心的某個神經——河流！她愛有水的地方。「好長的路程呀，我來到這兒。」當時她就是這麼說的。

「如你知道的，我生長在重慶，那兒有世界上最長的一條江，城市依山而建。」

她的父母結婚後，母親為了新家，調到父親的單位——南岸區文化館，他們天天吵架。母親把所有積蓄給了父親，他辭了工作，做生意，做得不錯，就跟著一個女人走了。

燕燕輕聲說：「那時我才五歲。」

她的腦子裡出現江邊。好多人跑去那裡，有男屍浮在回水沱，江面升起許多巫神，給慘死的人唸咒唱歌。她小時，人們都這樣說，在她睡夢中。那些巫神有男有女，他們高興時，江水平靜如練，而他們生氣時，江水則狂怒不已，掀起大浪，把人和船都葬入江底。被送上江面的屍體，或多或少，用意明顯，要麼是讓家人看到，要麼是讓仇敵知曉。她恨父親時，希望那屍體是父親。她不敢告訴母親，連自己也被這想法嚇住了。可是每回見到父親，她又覺得自己並沒有恨他到死的地步。父親的臉上長了幾顆紅腫的癤子，燕燕記得自己小心地取來消炎膏，給父親敷上。

「他們離了嗎？」

「我母親一根筋，不要離。雖然我母親說，父親若成了一個江裡的死人，她也不要去收屍，但母親是刀子嘴，豆腐心。她的整個世界被父親占滿，根本沒有別的男人。我父親一直在換女人，所以後來，母親得了抑鬱症，長期失眠，還自殺過。我怕她離開我，都聽她的話。她不喜歡我帶任何人回家，怕失去我。我很孤獨。」

「你沒有好朋友？」

她沒有朋友，她的朋友就是母親。直到遇到皮耶羅，她的孤獨的生活才有了新意。

王侖點點頭。

相隔了幾秒的停頓，她說：「可是我有電影，有電影裡的一大幫朋友。」

王侖聽了，一點也不意外，他早該想到，這個蘇燕燕靠吃電影和書長大。他們都鑽進書和電影裡，從中尋找安慰和光。

兩個人所喜歡的電影也驚人的一致，燕燕喜歡費里尼的電影《阿瑪柯德》，王侖也百看不膩，也都更偏愛《八又二分之一》和《甜蜜的生活》。上學時，她喜歡看連場電影，甚至夜場連看三部，看到天通亮，才從電影院出來。畢業工作後，每晚至少看一部電影。因為看電影太多，就規定看一部電影，必看一本書。她喜歡的作家虹影，也來自重慶長江南岸。虹影說小時家裡很窮，甚至沒有多餘的五分錢看電影。虹影的少女時代，看電影只需要五分錢。當時，電影院在放朝鮮電影《賣花姑娘》，人人都誇好看。虹影等在電影院外，看到散場時，瞅著一個看門人沒注意到的空子，鑽了進去，躲進公共女廁所，居然瞞過檢查員。待新一場開始後，她從廁所裡出來，找到一個邊上空位坐下，就如願以償了。

燕燕說：「我比虹影幸運，我的母親有文化，寵愛我。」

兩個人都不追韓劇，只看美劇。看伍迪・艾倫要有耐心，要對美國文化懂行，才能笑出來。《安妮・霍爾》讓伍迪・艾倫名副其實，《午夜巴黎》和《午夜巴賽隆納》少些裝腔作勢。最喜歡的是希區柯克的電影，他們都一部不差地看過。王侖喜歡《西北偏北》，燕燕喜歡《群鳥》。王侖說：「《精神病患者》令人恐懼，第一次看時，我的後背發涼。」

「《羅斯瑪麗的嬰兒》更恐怖！」燕燕說。

「羅曼・波蘭斯基是電影奇才！」王侖讚歎道。

「他亡命天涯，精神分裂，被他性侵過的人會反過來替他辯護。」燕燕說，「我看他的《鋼琴師》，哭了一個晚上。」

王侖看了她一眼。

「中國電影如何？」她終於說到了這個話題，「是一個蛤蟆，醜，但也會產生給人療傷的『油』。國情所至，沒有完美。」

「除了賈樟柯的《小武》，當然不能漏過李安，」他接過話說，「看過沒剪版的《色戒》，那不是李安最好的電影。」

「我看過，」她承認，「但還是沒有張愛玲的小說好。」

他不同意。他說，李安的電影百分之八十都喜歡，他還喜歡他的靦腆。有一次在酒會上遇見，和他聊了幾句，他是一個為電影而生的人。

他們從李安說到《教父》的導演法蘭西斯・福特・科波拉，從《美國往事》裡面的初戀，說到裡面的義大利籍明星羅伯特・德尼祿，少年的他偷窺伊莉莎白・麥戈文跳舞，他們發現對方都是《豹》的粉絲，佩服導演盧奇諾・維斯康蒂，如此冷靜地用鏡頭表現博大精深的歷史和文化背景。有意思的是，不管是導演還是原著作家，背景都與該片主角薩利納親王的經歷類似。

「好了，繞了一圈，我們又回到了義大利電影上來。」燕燕歸納道。

王侖點點頭說：「我愛義大利電影！最先喜歡上《偷自行車的人》，裡面全是非專業演員呀。我第三遍看這部電影時，突發奇想，想收藏這個電影的原劇本，卻沒有辦到，成了心病。你猜，結果呢，有一天歪打正著買到了一部瑪麗蓮・夢露主演的電影劇本。」

「哪一個？」

「最有名的。」他淡淡地說。

「《讓我們相愛吧》？和伊夫・蒙當演的？」看到他沒點頭，她又猜，「《如何嫁給一個百萬富翁》，或是《七年之癢》？對了吧，《快樂愛情》?!」

王侖不僅沒說一個字，臉上還浮現出壞笑。

燕燕讓他說。

「你一猜就中，第一個。」

她越說越興奮。她說看過好多關於瑪麗蓮・夢露的書，她三十六歲就死了。給甘迺迪總統唱〈生日歌〉時，她也是相信愛情的。她說過一句話：「如果你不能包容我最差的一面，那麼你也不配擁有我最好的一面。」「那些在她生命中出現的人，未必能懂得她，這才是悲劇中的悲劇。」她拍拍手，說，「好了，我說了這麼多自己，也有人進來幫我說，總結一下吧。」

「我洗耳恭聽。」他手一擺說，「多多益善。」

「我愛電影，我不知道，沒有電影，我的生活會是什麼。我不止一次在日記裡，分享電影裡那些人的夢，告訴他們我的夢，我希望我愛的人，也是一個做夢人，養多多的孩子和小貓小狗……」

她突然停下，因為有兩個孩子歡快地拉著父母的手經過，她側過身去，羡慕地看著他們，回轉過身來時，情不自禁看了王侖一眼。他看到燕燕的眼睛像躍動的火苗，她的臉紅了。

王侖故意用淡淡的口吻問：「以後你會到羅馬住嗎？」

燕燕面露難色：「今天神父也問我了。我不放心我媽媽，也不想讓我的孩子只講義大利語。」她不願說下去，看手表，「糟了，我想去商店看看婚服。」

「要結婚了，沒婚服？」

「我有，但，但……」

王侖微笑：「不是你心裡想的那件。」

燕燕感激地笑了。

他主動說要陪她去選婚服，這很意外，卻讓她非常高興。計程車載著他們，沒多久就停在一條熱鬧的小街上。世上有這麼巧的事！燕燕發現離她之前看過的那家古著店很近。他們往前走了幾步，就看到裡面的兩個店員圍著一對美國男女服務得團團轉。

王侖正要朝那兒走，燕燕拉著他的手走進對面的一家。

「怎麼不進那家店？」王侖不解地問。

「去過了，話不投機。」

王侖打量店裡的陳設，地上有花紋繁複的老地毯，牆上淡黃暗紋牆紙和鑲在雕花邊框的大鏡子，桌邊，淡雅的陶瓷花瓶裡插有鮮花，還有老電話和老打字機等，空氣裡有一股淡淡的薰衣草精油香味。「這家比那家衣服更講究。坦白地講，我以為你會去那種名牌店。」他說。

「這種店的衣服有故事，僅有一件。我喜歡。」

王侖意味深長地看著眼前這個姑娘，心被輕輕動了一下。

後來，兩人的目光不約而同地落在裡面架子上的一件婚服。王侖落座在一把古董椅上，看著店員，頭朝婚服點了點。

兩個店員熱情地站在一邊，其中一個胖胖的姑娘用英語說：真有眼光，這是店裡最好的婚服，是費里尼電影裡的戲服。她們小心而迅速地將婚服取下來，雙手遞給燕燕。

這真是令人充滿期待，又遇到費里尼了，這羅馬真是神奇，每個地方都會擦著他的神經。燕燕進裡面的換衣間，回頭問：「哪部電影？」

胖女店員說：「《愛情神話》。」

另一女店員馬上反駁：「不，不，是《八又二分之一》。」

兩個女店員爭了起來，各自堅持自己是對的。

王侖取出手機，想拍一張這套婚服的照片，這時，電話響了，一聽是方露露，她問他：「親愛的，你在哪兒？」

「我在婚服店。」他走到門外。

「我才不信呢。」她換了一個聲音，「我明天拍片，不能陪你參加慈善活動，今晚會到你的飯局。」

王侖掉轉一個方向，看門外遊客們歡快的表情。方露露在說，她今天差點掉了手機，幸虧李蘋迅速跑到棚裡，給找著了。「你什麼時候回北京？你在聽嗎？」

「在聽。」

「有個朋友想帶一個檔回去。」

「你應該記得我回去的日子，告訴過你。」

「對不起，我忘了。」

「我還沒決定，可能提前，可能延後，晚上見。」他擱了電話，很不快。

幾輛汽車駛過，其中一輛紅車放著很響的音樂。兩輛摩托的轟鳴聲震耳欲聾。一隊亞洲遊客迎面走來，他們連連拍照，看不出來是日本或是馬來西亞的，反正沒說中文，倒是安安靜靜。

王侖想走回店裡，卻想起什麼，低下頭，在手機上查找起來，然後開始對著店門打電話。猛地回頭，看到穿上婚服的燕燕，頭上披著綴滿珍珠的花冠紗幔，出神地看著鏡子裡的自己，眼睛亮亮的，嘴角露出笑意，整張臉無比快樂。

婚服很貼身，女店員在替她繫背上最後一枚扣子並不停嘴地讚歎，說燕燕穿上這婚服真美。

王侖走進店裡，慢慢走近她，問：「你喜歡嗎？」

燕燕點點頭。

「可以作為我送給你的結婚禮物嗎？」

燕燕從鏡子裡看他一眼說：「你真會開玩笑！」

「這款婚服跟費里尼有關，今生難得，算我借你錢。你以後慢慢還。」

「結婚是兩人真好，婚服好有什麼用？」

兩人同時一愣，目光從對方身上移走。她走向更衣間，把布簾放下來。

幾分鐘後，燕燕拿著她的挎包走出店門，王侖跟著走出來，對她說：「蘇燕燕，我有個想法，可以說嗎？」

「請講。」

「我明天傍晚有個慈善活動，能不能陪我去？明天我派車來皮耶羅家接你。」他讓燕燕看手機裡的一個請柬。

燕燕仔細地看請柬，然後抬起頭來說：「應該沒問題。」

王侖看著對面禮服店說：「一件雅致的工作禮服，明晚穿如何？不要擔心，我可以報帳。」

「這話還有點靠譜。」她看手表上的時間，「對不起，我得走了，我未來的婆婆要我回家吃晚飯。」

「哈，來得及，全世界都知道，義大利人吃晚飯得八九點。不管怎樣，我冒昧給你買衣服了。」他朝街另一頭用手打了個很響的響指，店員提著裝衣服的袋子，信用卡還給王侖，把袋子裝在車後艙裡。

這時，一輛計程車駛近，停在王侖面前，司機下來把車門打開。

她覺得奇怪：「怎麼有車？這麼及時？」

王侖得意地說：「你認為羅馬比北京還落後？」

街對面的服裝店兩個正在給顧客服務的店員，看到街這邊的情景，懊喪不已。司機給燕燕打開車門，她坐進去的時候，抬頭掃了她們一眼。

王侖注視著車子遠去，一種前所未有的悵然感覺升騰起來。羅馬，上天怎麼如此善待你，讓你擁有這麼令人著迷的街道？是因為車裡這個女子嗎？她跟露露完全不一樣，一個柔軟，一個堅硬，一個清純，一個嫵媚，更有女人味。當露露在床上，更像是一頭充滿激情的獸，他總是不能盡興。

四周的世界，青山，綠水，還有快樂的人們，他們從未有過的快樂，有一口奇大的火鍋，他們轉著火鍋唱這首歌。她不敢唱，害羞，擔心掉詞。

那個藏人也在其中。

她背對他們，看著明亮的江水，大聲唱起來：「月兒彎彎照九州，漁家的工作幾時休，白天搖船夜補網呀，小妹妹的青春水裡丟。」

# 第八章　現實之輕，誰在做主

燕燕走上樓梯，看看手表，差五分到晚上八點，是皮耶羅告訴她必須回來的時間。他的家似乎很安靜，客人似乎都還沒來。

她推門時，門是虛掩著的，進去之後，發現自己是對的，一個客人也沒來。她鬆了一口氣。

皮耶羅和他的叔叔正在說話，兩個人都到門口和燕燕打招呼。叔叔朝她開心地一笑，拿著一本厚書回他的房間了。

燕燕放下背包和一個講究的大袋子，從桌上倒一杯水，大口喝了起來。

「去了哪些地方？買衣服了？」皮耶羅問。

「是王侖送給我的工作禮服，他要我陪他參加一個活動。」燕燕眼光掃到廚房裡，皮耶羅的母親正在忙碌。

皮耶羅感到奇怪，但也並未多問。他看著燕燕喝完水，要給她再倒一些，燕燕搖搖頭，放下杯子。

「要不要我去幫忙？」

「現在不必。你走累了，休息一下。」他突然想起什麼似的，「哎，燕燕，我知道你從中國帶了婚服，我媽媽剛才給我說，讓你考慮穿她的婚服。」

「是嗎？」她非常意外，問他，「這證明她喜歡我？」

「沒錯。」

「那帶我去看看。」

皮耶羅母親的房間並不大，擺滿了傢俱。床旁邊還有一對沙發。床頭櫃上放著昨天燕燕送給她的中國絲巾，還有一疊未打開的紅燈籠。床前有一排鞋子，包括拖鞋、運動鞋，都是一塵不染。衣櫃是舊式手繪的，花朵淡藍泛白，非常吸眼球。房間收拾得很整齊，皮耶羅打開衣櫃，裡面也是整整齊齊的，放了一束乾薰衣草，氣味好聞。他取出右邊第一件衣服，罩著透明包裝。揭開包裝，是一件漂亮的婚服，全是手工織的。年代久遠，顏色有點變黃，不過樣子特殊，腰身很細，看上去還是非常不錯。

「你媽媽年輕時很瘦。」燕燕由衷地說。

「義大利女人年輕時不敢吃義麵，結婚後就放開吃。」

「影星索菲婭・羅蘭有一副美麗豐滿的身材，難怪她說你所看到的都是義麵。」

皮耶羅愣了一下，笑起來。

燕燕拿了衣服在身上比，惋惜地說：「對我來說，大了一兩個碼，而且長了太多。」

「長沒關係，就是應該拖在地上。」

這時皮耶羅的媽媽、奶奶和堂妹卡拉進來，圍著燕燕看，你一言我一語地聊著燕燕聽不懂的話。

皮耶羅給燕燕翻譯：「媽媽說她可以改小。」

「可惜了，好好一件衣服不要改。再說我從中國帶了衣服。明天是我最後一天自由身，我的老校友要我陪同去參加一個活動。」

燕燕到外屋打開紙包：居然是古董舊著店裡那件婚服。她一下子傻了，臉通紅，說不出話來。皮耶羅的母親跟著出來，對燕燕說了一串義大利語。皮耶羅趕緊給燕燕翻譯：「我媽媽說，婚服太美了，太好了。她讓你用她的婚紗！」

卡拉拿過婚服往自己身上比，嬸嬸蒂齊亞納也跑過來，她們都讚不絕口。

皮耶羅看著卡拉，聲音有點冷，讚揚道：「真的很不錯！」又對燕燕說，「他有眼光，後天你就穿上它，用我媽媽的婚紗頭冠。」

燕燕見此情形，有點尷尬。她看卡拉拿著婚服轉圈，像是對她說，又像是解釋給皮耶羅聽：「他是個記者，送我這麼貴重的禮物……」

皮耶羅沒說話，扭頭看窗外。

家裡電話響了，皮耶羅接過來一聽，捂著話筒，對燕燕說：「是你爸爸。」

皮耶羅鬆開話筒，說：「你好！」兩個男人在電話裡寒暄了幾句後，他把電話遞給燕燕。

燕燕接過來，屋子裡太鬧，她聽了一句，便說：「OK，爸爸，懂了。」

那邊說沒辦法，之後鬧嚷嚷一片。她按掉了電話，心裡難過，但在眾人面前，只能忍著。父親真不像話。皮耶羅走過來關切地問：「發生什麼事？」

燕燕抱歉地說：「我父親和他的情人環遊歐洲，在阿姆斯特丹，說沒法換機票來這兒。」

皮耶羅著急地說：「那後天婚禮誰把你帶進教堂來？你家裡人是怎麼回事？一點兒也不愛

你？」

「那不是你所能了解的事，知道嗎？」燕燕眼圈紅了，「讓我安靜一會兒。」她一個人走進另一個房間。

那個晚上發生了好多事，那是她與皮耶羅第一次發生不快，之後他到她的房間來敲門，燕燕在門內說：「對不起，再給我點時間。」

隔了一會兒，也許更久，皮耶羅又來敲門，對她說：「已經九點了，客人已來，請出來！」燕燕打開門，皮耶羅進來，向她道歉，說不該讓她不開心。

「是我不對。」燕燕說。

「我們和好吧！」

燕燕朝他伸出手來，像孩子似的拍手掌。門鈴一次次響，客人陸續來了，他們穿得很整齊，全是親戚。燕燕換了一件紫藍花絲綢的改良旗袍，皮耶羅也換了一件藍點襯衣，他握著她的手，對她說，不必緊張。

她緊張，不過他這麼說，她便微微一笑。這時，皮耶羅的母親在房外叫他。

他拉著她，逐一給客人介紹。

皮耶羅的母親端來一盤放著香檳酒的杯子和切成小塊的乳酪，他倆急忙遞給客人。

燕燕坐下後，才注意到桌子布置得非常講究，杯盤刀叉俱全，餐巾疊成花朵，皮耶羅母親的能幹勁兒一清二楚。包括她，皮耶羅的六個家人、七個客人，一共十四個人坐在桌前，每個人都興高采烈，都歡迎她加入這個家族。乘飛機時的緊張感又來了，皮耶羅坐在她對面，正看著她，她低下頭，輕輕碰了一下他的鞋子。他朝她點點頭說：「不要擔心！」

卡拉看到這一幕，但聽不懂中國話，端著玻璃瓶子倒水。燕燕覺得披著的長髮礙事，便用皮筋把頭髮束在腦後。

皮耶羅對燕燕認真地說：「燕燕，你的第一頓義大利正式晚餐，盡可能地吃。這是我們的傳統，如果給你添菜，你最好接受。」

燕燕聽著，表情很認真，沒發現他在幽默。

響雷一個接著一個，閃電跟著就到，連給人一個準備也沒有，暴風驟雨，天暗得黑夜一般。王倫該不會淋雨吧？燕燕被這個想法嚇了一跳。室內點上燈，也點上蠟燭，倒是亮堂。皮耶羅的母親不愛開窗，倒是省了事。雨來得快，消失得快，不到五分鐘，天空晴了，還出現一道彩虹。

就在這個當口，晚餐開始了。第一道菜是各種香腸生火腿肉，配麵包片。開吃前，他們閉上眼睛，嘴裡喃喃說著什麼，顯然，他們是在求主降福，包括所享用的食物及一切恩惠，阿門！看到皮耶羅的母親開吃，燕燕才敢開吃。這道前菜，火腿香裡有煙燻的味道，還有些許的辣，不完全是鹹，上口後舌尖會留有絲絲甜。色澤如粉紅玫瑰，邊緣有一線肥，如白雪的山巒，緩緩滑入喉嚨，滿口驚喜，絕對是帕爾瑪火腿，大家一掃而光。皮耶羅的叔叔代表全家，舉杯站起歡迎燕燕加入這個大家庭。大家也紛紛舉杯，祝福她和皮耶羅。

皮耶羅說：「在天願為比翼鳥，在地願為花果枝。」他望著燕燕，覺得這句話不太正確。

「在地願為連理枝。」燕燕說。

「對，對。」皮耶羅對一個親戚說中文，那個人問他，他又解釋了一番。那個人高興地扳手

是朝她笑。親戚們也都過來與燕燕碰杯，燕燕只好一再舉杯，跟大家一起喝。

酒過三巡後，屋子裡的義大利人開始唱歌劇，叔叔唱男角，嬸嬸唱女角。氣氛熱烈。卡拉和嬸嬸拉起大家跳起一支歡快的舞蹈，是那不勒斯一帶的歌曲：

美酒不能保守我的祕密
你的祕密，他的祕密
我們說給小鳥聽，小鳥說給鯨魚聽
鯨魚說給船長聽，完了，完了
全世界都知曉，我們沒祕密
怎麼辦？哎呀，不如公開這祕密

他們邊唱邊跳，一位男客拉起手風琴，歡快的節奏，讓人沒法拒絕。燕燕跟在他們中間，很開心。一曲終了，大家又唱起一首動物叫聲的歌，邊唱，邊圍著桌子跳舞。

手風琴聲不知何時變成了音響，有節奏的音樂，更增加了歡宴的互動。桌子邊的葡萄酒瓶越來越多。燕燕那天喝了有生以來最多的酒，人有些迷糊。事後她知道，那天晚上以為燕燕還要吃東西，皮耶羅的母親和堂妹卡拉在廚房裡加做吃的，直做到冰箱裡沒有東西了，堂妹又到鄰居家求援，鄰居家幫著做菜。最後變成了整個公寓樓都在幫做吃的，皮耶羅家的房門打開又關上，關上又打開。

公寓的旋轉樓梯裡迴蕩著吆喝聲，菜端出來，有人對樓下的鄰居說：中國新娘子真能吃！好。也真能喝酒！好。他們家的新娘子找得好，了不起！

燕燕和親戚們面前的盤子換成新的菜，端菜的人像走馬燈似的。大家都瘋了一樣，往他家送吃的。

燕燕捂住嘴，奔向衛生間，吃得太多，全吐了。等她回到桌子前，發現倒了一半的人，有的仰在沙發上，有的趴在桌子上。皮耶羅把卡拉的手和燕燕的手放在一起，他喝多了也明白，這兩個人心不和。可是卡拉看也不看燕燕，把她的手打掉，拉著皮耶羅跳舞。皮耶羅的母親扶起奶奶，往房間裡走，她們的義大利語歡快，卻也夾有悲傷。

皮耶羅被叔叔拉住坐在邊上，他看到燕燕皺眉，大聲地說：「她們在說我的爸爸。」他轉臉對叔叔說，「你想我的爸爸嗎？」

叔叔不懂漢語，卻一個勁兒地點頭，又搖頭。兩個人碰杯。叔叔用英文對燕燕說：「你了不起，你不是中國人，你已經是義大利人了，知道為什麼嗎？」

她搖搖頭。

叔叔說：「中國姑娘吃得多，喝得多，跟我們一樣，還不醉。皮耶羅和你結婚真幸運。」

「叔叔呀，我是中國姑娘裡最不能喝酒的人。」

叔叔手舉酒杯哈哈大笑，看著燕燕，手指著皮耶羅說：「我告訴你一個祕密，我一直以為這個年輕人和他的家人一樣，向政府和上帝低頭，不顧一切，悄悄地想成為一個神父，不像我這麼硬骨頭，絕不投降。我知道歷史，我可以看到這些所謂的自由黨政府和教會的真實面目，他們的鼻祖就是法西斯！我說到哪裡了？今晚我喝了一年的酒。等等，今天晚上，我發現我身邊這個奇妙的年輕人打破了模式，他找到了一個共產黨的女孩。你們中國人都是共產黨，是不是？我的杯子在哪裡？這不是婚姻，這是一場革命！」他搖搖晃晃，一口氣說了這麼多話，突然伸出一隻手，握成拳頭，像共產黨員入黨宣誓時那樣朝著燕燕敬禮，然後他趴在了桌子上，醉得睡著了。

很幸運，下暴雨時，王侖剛好到達餐館。因為下雨，侍者特意將露天陽台換回室內，不過可以看到室外夜景。室內除了有油畫和蠟燭之外，桌子也更大。一共十來個客人，一半是中國人，一半是義大利人。這是自己欠下的人情，趁在羅馬給補上。

他有個預感，方露露不會來他這個飯局，心裡雖然不願承認，但兩個小時過去，還是不見她的身影。客人有義大利人，也有中國人，有法國人，餐館響著舒緩的古典音樂聲，黑衣侍者端來咖啡，客人喝完後，紛紛起身告辭。

王侖在裡面門口與客人們道別，然後轉身走回座位，坐下來。

侍者陪著方露露走了過來。她上身是黃色緊身衣，下面是藍色碎花裙子，腳上是高跟鞋，整個人顯得年輕。

「真是對不起，親愛的，我來晚了！」方露露站在桌前抱歉地說。

王侖抬起頭來看她：「沒關係，客人都走了。」

「晚點床上任你處罰。」她看到他沒反應，換了題目，「今天戲拍得很有趣，馬可有一句台詞，『沒有結束，也沒有開始，這兒只有生命無限的激情！』他之前說得不對，我幫他糾正了一下，最後他做到了，導演也很滿意。他真是好敏感呀，一個完美主義者，覺得做得不好，似乎世界都會終結一樣。我陪他喝了一杯，他才高興起來。」

算算時間，足夠她與那個馬可上床。王侖火冒三丈，他的臉變得通紅。馬可看見她腰往下，右邊位置那朵刺青小花蕾了嗎？他下面那個地方馬上硬了，嫉妒會讓他劈了馬可。該死，他罵自己。他端起杯子，吞下一口酒。她是讓他看那朵小花蕾好多次，才真的讓他的手往下進行。她不是一個容易上手的女人。這樣想後，他眼前出現了戴著禮帽的畫家薩賓娜，她和情人的妻子特麗莎單獨見面，這部由米蘭・昆德拉的同名小說改編的電影，一點兒也不差。最性感的場面是兩個女人拍裸體照片時，很迷人，他忘不了。不對，特麗莎成了燕燕，薩賓娜成了露露，在同樣一個充滿陽光的大房間裡，她們在相互拍照。有意思的是，他在場，他是目擊者。他突然停止想像，怎麼會有這樣的角色變換？露露該是特麗莎，而燕燕該是薩賓娜？他搖了搖頭。

「你怎麼啦？」方露露坐在他對面的椅子上，問他。

「我不懂好些東西。」

「哦。」她拿起他的水杯，喝了一口。

王侖又喝了一口酒，看著她，沒有說話。

「今天，馬可說他要導的電影劇本裡之前的中國部分不夠準確，我給他提了建議。他說那些狗屁劇本醫生只是故弄玄虛，不像我切中要害。嘿，王侖，你在聽嗎？」

王侖急忙說：「對不起，你在說什麼？」

「不必再說，不重要。」方露露走過來靠在王侖的肩上，撒嬌地說，「親愛的，真好，有你在羅馬！這樣，羅馬就變得非常真實了！」她朝侍者說，「請給我一杯加冰的白蘭地。」

王侖摸出雪茄來夾，夾好後，另一個侍者馬上給他點上火。

「你能說出馬可・瓦利那句台詞出自何處嗎？」

「當然是我演的廣告片！」

「那是費里尼的話。」

方露露攬過王侖的脖子：「誰說的有什麼關係？重要的是這部短片肯定是一張我進入國際影壇的門票，而且我喜歡這個愛情故事。」她很有魅惑力地說，「馬可認為我有演員的才能。」她展開雙臂，做舒緩的動作，像在跳舞。

王侖吸了一口菸，情緒低落，遠處有急救車的鳴叫。

方露露自言自語：「馬可覺得我樂觀，導演拍多少條，我都配合。他們不知道我是在長江邊長大的，我有鋼鐵般的意志。」

面前的玻璃窗裡有她。她看到，那兒還有一對母女，女兒看上去最多只有七歲。那是在重慶長江邊，她在沙灘上跳舞，她比那女孩大，剛滿十二歲。母女倆幸福地看著她，然後手拉著手，轉身往山坡上走。她好羨慕，幾乎有點恨恨地看著她們的背影。幾個少年穿著褲衩站在岩石上對著江水尿尿，一起轉過臉來，跑過來，罵她：「臭鞋！破鞋！」他們朝她扔沙子。她不以為然地冷笑，反而在原地旋轉跳舞。這時她的叔叔走過來揪著她的一隻耳朵，她痛得掙扎，他更火了，左右開弓搧她耳光，高聲訓斥她：「偷懶的東西！跳什麼鬼舞，做飯去！」她死盯著叔叔，咬著嘴唇，握緊拳頭。

王侖看到她對著窗玻璃看，半晌沒反應，便關切地問：

「露露，怎麼啦？」

她一笑，臉上的表情放鬆了一些：「我叔叔經常打我，可是我從來不哭。我不會忘記，這個老王八蛋現在生病，需要我，要我回去。我才不要回去！」她的聲音卻冰冷。

侍者拿來一瓶白蘭地，放在桌上，倒了兩杯，加入冰塊。王侖拿過來遞給方露露，她舉起來說：「酒可以讓我忘記這不盡如人意的現實，來，為我倆，為我倆在這麼美麗的羅馬，為我倆的未來，喝一杯。」她與王侖的酒杯碰了一下，自己喝了一大口，「你知道，我不要學那個什麼鄧文迪，她是可以拯救銀河系的人，沒有她做不了的事。我不一樣，我只要一點點屬於我自己的東西。錢，我喜歡，但相比我的人生目標，錢就是風。風可來，也可以走。我要做一個好演員，一流的，你不要看不起我。名聲，比你的錢實在，一生不缺知己。」

王侖擔心地說：「露露，少喝一點。」

方露露非常優雅地倚靠著桌子，盯著王侖：「你說女人只要做兩件事就夠了：做愛和做飯。我做愛第一，做飯倒數第一。」她蹲下來，看著王侖，「你為我離婚了，證明你並不在意我的缺點。做飯洗衣一類的事，交給阿姨就行了。其實，你的女人觀，太狗血，女人可以和男人做一樣的事，甚至更好。」

「你不正在這麼做嗎？」

方露露拿起酒瓶，要給自己倒酒。

王侖從她手裡奪過酒瓶。餐館的音樂變了，是探戈。

「怎麼樣，跳一曲，如果你踩著我的腳，就還我瓶子？」

「嘿，你知道我的舞跳得如笨牛。」但他還是放下雪茄，站起身，挽起露露的手，向前走了幾步，他甩掉上衣，兩個人手握著手，面對面，專注地看著對方，跟著樂曲邁開舞步。

王侖精神集中，身體有點僵硬，小心地踩著音樂的節奏，左左右右，轉圈。方露露卻是舉重若輕，變化著步伐，優雅地踩在樂點上，與他若即若離，後退半步。

「如果你寂寞，碰到一個人……」她的身體後傾，盯著他的眼睛，「我絕對閉上眼睛。」

王侖扳起她的身體：「到時，有一個醋罈子會把羅馬，不，不，把義大利這個大靴子給淹掉。」

方露露貼著他的臉說：「你錯了，不吃醋的男人這世上一個也沒有，不吃醋的女人卻有一個，那就是我。我們女人需要的不是你們男人的精子，而是你們對待男人的那份肝膽相照的義氣。你有吧？你告訴我……」她一分神，踩了他的腳，音樂戛然而止。

他看著她，她眨了一下眼，說：「你贏了。」

兩個人回到桌前坐下。

王侖喝了一大口酒，歎了口氣。

「我倆都是孤兒，走到今天真不容易。哎，我答應你，我倆要好好在一起。」

「但是你不想給我生孩子。」他脫口而出。

方露露拿起桌上的酒杯喝了一口，說：「噢，你又來了。再隔幾年吧，現在不行。」她放下酒杯，問他，「親愛的，我是不是又喝多了？我真的很矛盾。我好像就是一個矛盾體，但我可能得解決這些矛盾。買把最精確的尺子量量我的心，我相信今天，明天，還是後天的後天，我會一清二楚的。對啦，我不想和你提叔叔，今天提了，是想說一件事，初中快畢業那年，我有一天在家裡，翻箱倒櫃，看到一個他壓在床板上包了好幾層牛皮紙的東西，知道是什麼東西嗎？我打開一看，是一張皺巴巴的紙，上面用鉛筆工工整整地寫著——」她手指舉起來，然後放下，說，「給我的孩子：應去那沒去過的地方，和陌生物種對看，才知自己是誰！就這麼三句話。你說說，我那種叔叔，不是人的東西，藏這東西做什麼？我想不明白。可我覺得這些話對我管用。我就要去那些陌生地方，羅馬就是！在這兒，每天我都看見我是誰，從哪裡來的。知道嗎，我離開重慶時，就拿了那張紙，等有時間，我得翻找我的舊東西。找出來給你看。不喝了，絕對需要再喝一杯。」她說著醉話，把頭倚靠在王侖肩膀上，「王侖，我們回家吧。」

深夜，魯斯波利波拿巴酒店的空氣裡彌漫著以往宮殿party的餘韻。雖年代久遠，但那有磨痕的沙發，那璀璨的威尼斯吊燈，那厚重的百葉窗，從窗外湧入的陣陣夜風，絕對不像酒店。這兒除了矮小的侍者外，只有主人。現在他就是主人。他想要一杯奶昔，將芒果丁放入其中，一飲而盡，再舔舔杯沿，如孩子一樣頑皮。宮殿令人迷醉，卻沒有奶昔，只有威尼斯吊燈。他開了房門，壁燈散發氤氳的暖意。桌子上，花瓶裡的繡球花依然在盛開，新鮮如初。他把方露露放到床上，低頭看著她喝醉酒熟睡的臉，俯下身輕撫開她臉上的頭髮，拉過一條被單蓋在她的身上。王侖從鏡子裡看著房間裡的壁畫，那些畫中人進到鏡中，變成可怕的形象湧向他，他後退一步，垂下頭來。

他的額頭上有汗珠，長長地吐了一口氣。耳邊居然有流水聲，父親在小溪裡捉魚，他跟在父親身後，父親把一條小魚兒放在他的小手掌上。這個時候想起父親，無不賦予意義。露露，你不完美，這才是你。我也不完美，這才是我。都說命運造化，強者可以把控，可他不是。他聽從內心，他對她有感情，也看得出來，她愛他，否則她不會說那麼多自相矛盾的話。

他打開手機，看這一天他和燕燕的照片。不愛拍照的他，居然拍了幾十張。看一張刪一張，人腦可當影印機，記下有過的一切，但他不要如此。這些照片為何不能保存？他突然有種心痛：為什麼他就不能像別的男人一樣拈花惹草，何必要忠誠於一個人？不，這不是他。他必須刪照片。得留幾張，至少一張，留作紀念。

不行，一張也不留。

他脫掉衣服，只留了ＣＫ內褲，開始在十六世紀古老的地磚上做俯臥撐，得比平日多一百個，算作對自己的處罰。這時，哥哥的形象，一張憤怒的臉浮現。這些年他花了好多時間和精力尋找哥哥，都沒有任何消息。他不會放棄，在他內心，哥哥一直在那兒，他情願相信哥哥活著，在一個他夠不著的世界，悄悄地，忘記之前的一切活著。

山城最美之際是在黃昏時分，尤其雨過太陽乍現，天上會有一道彎彎的彩虹，襯得江上江岸像童話一樣。她忘記做作業，盯著窗外彩虹發呆。

可以不做作業，卻不可以不寫日記。她從書包裡取出一個綠本子來。不寫便不可能喘氣，不寫她的孤獨和苦悶就沒有發洩口。她不敢寫具體的，只能虛構，混合真實，虛虛實實，讓人看不明白，弄不清楚，以此保護自己。一周前，她摔傷手臂，被母親領著，夜半三更去敲響後街靈婆的家。靈婆就是虛虛實實的。

門一推就開了，她走進去，發現靈婆坐在一把籐椅上。桌上點著一盞煤油燈，她從身後抓起一根紗布搭在頭上，不讓她看臉。靈婆問清她的手受傷的過程，便取出一根火柴，往自個兒的鞋底一劃，火苗躥起，借著亮光看她的手。

「沒傷骨頭。」

靈婆說完，朝她的手臂吹了一口氣，頓時，一股熱氣傳遍全身，她不覺得痛了。靈婆又掏出一劑黑黑的膏藥，往她手上一糊，之後把她的手往上一甩，聽到一聲響。靈婆長舒一口氣，整個人累了似的癱坐在椅上。靈婆盯著她好幾秒不轉眼，輕輕地搖了搖頭。

母親有點著急，你看到了什麼？

她無大礙，遇人不淑，會有一女。

那怎麼辦？母親問。

都是命，改不了。靈婆手一揮，說回去睡吧。

母親要付錢。靈婆擺擺手。

那天母親告訴她，靈婆好多年都被人擠著，打壓，可是她對靈婆不一樣，總悄悄塞吃的給她。

「吃是那樣的重要，比錢還重要，在那種飢餓的年代。你年紀小，我護著你。」

她沒餓過，是因為母親，寧肯自己不吃，也要讓她吃飽。有一次母親回家晚了，她肚子餓了，沒有吃的。有錢，但街上店也關門了。母親彷彿知道她餓著肚子，帶回三個肉包子。她邊吃邊說：「我懂了，吃的比錢重要。」

母親看看她，笑了。

她開始識字是在上小學前，母親教她識字，教她做數學。在班上，她識字最多，算術最好。事實上，上小學前，她已將五年級的課本學完。難怪，儘管上課心不在焉，但考試也門門優。她四年級時記日記，用一個厚厚的綠色筆記本，記喜歡的男同學，她的同桌，他的身高，他的樣子，他握筆的左手。想他的右手能做什麼？上廁所。她笑自己。她記他每天穿的衣服，鞋子，他說過的話，記完一本時，她發現自己愛上了他。如果這位男同學沒來上課，她便不開心，如果三天見不到他，就感覺天地崩塌了。這讓她害怕。這根本就是小說裡說的愛情，卻真的要命。

我愛上他，他不知道，如果有一天他知道了，他會怎麼樣？會嚇得尿流屎滾——她用了這麼難看的文字記下來。有一天她發現，那本日記不見了，她不敢相信。家裡找遍了，沒有。不像家裡人幹的，母親從不翻她的書包。她做了記號，夾一根頭髮，或是折一下書包的角，都原樣不動，母親不是小人。那還會有誰？

三天後的下午，輪到上體育課，同座男同學叫她到邊上，她跟他去了。兩個人走到體操房，他從牆上的一塊磚裡掏出一本小小的綠筆記本來。她一把搶過來。沒錯，就是她掉了的那本日記。

「你寫的是誰？」

她不說。

「我讀了，覺得是我。」

「不是你。你這麼惡劣，偷人家的東西。」

「真的不是我？」

她肯定地點點頭。

男同學坐在地上委屈地哭了。她跑開了，真是丟臉。她沒有回家，而是去了一座較高的山丘，在那兒可以望得很遠。坐在一塊岩石上，岩石邊有一條小溪，流經好多地方，也流經靈婆的家，往下就流到江裡，流入海裡。她撕了本子裡所有寫他的地方，彷彿把那個想要人愛的自己撕成碎片。

當天夜裡，她發高燒，說話。母親一直守著她，給她濕毛巾，給她化了紅糖水喝，幫她用白酒擦手臂和額頭。

第二天她退燒了，去上學。兩個人坐同一張課桌，他沒有看她。黑板上的數字在跳來跳去。她盯著講台上的老師，什麼也聽不進去，當天夜裡，她躺在床上，感到恐懼，僅僅經過一夜，他已把她忘記。

那是她第一次對一個異性上心，卻在很短的時間終結。真正的終結其實花了好一段時間。她與母親冷戰，母親問她是因為一個人生病？

她說她喜歡那個人。

母親追問，是一個什麼人，你這麼小的年齡。

她不再說。

兩人冷戰最慘時，母親搬到大姨家住，而大姨搬到她家，來照顧她。大姨給她講了好多母親的事，母親上過中專，因為家裡成分不好，分到江北造船廠，最先在財務室工作，後來頂撞室領導，被調到廠伙食團當炊事員，遇到當工人的父親，屬於下嫁。她並非父親親生，而是私生女，父親由此與母親離婚，娶了別人。大姨說這不是你媽媽的錯，你媽只有一夜情，居然有了你。你爸爸那個人，從來嫌棄你的母親，他倆睡覺，你媽在床另一頭，為什麼呢？他說她身上有伙食團的餿味，後來你媽調到了廠裡開水房工作，她還是睡他的腳那頭。你媽與我換房時，才告訴我原因是什麼。嚇我一跳：他要她時，她不情願，他夜裡要那麼多次，對她像牲口，她就像一根木頭。大姨說完打自己的嘴，說不該告訴她這些。

父親有了新家，完全忘記舊家。母親一個人帶大了她。她的生父也從未露面。與母親分開一周，她受不了，去接母親回來。母親在路上給她唱了好多歌，她最喜歡〈小燕子〉：

小燕子，穿花衣，年年春天來這裡。
我問燕子你為啥來？燕子說：這裡的春天最美麗。
小燕子，告訴你，今年這裡更美麗。
我們蓋起了大工廠，裝上了新機器，歡迎你長期住在這裡。

事。

那位靈婆的話真靈，她日後真是只有一女，在去給母親上墳時，她經常給女兒講從前的事。

好多女人在江岸上，她們在擊鼓跳舞，赤腳，甚至赤身。腰際、胸上披掛著布片，其中一個領舞者高聲放歌，完全聽不懂唱詞，但歌聲婉轉悲涼，還間斷發出像孔雀發情一般的叫喚。她聽得心跳加快，喉嚨有股熱氣上沖。歌者的臉塗得花花綠綠朝她轉過來，露出詭異的笑容。她感覺歌者像那個靈婆，再看，靈婆披了一襲白袍，不再看她。江上飄浮著一層白霧，她們沿著陡峭的石階邊舞邊唱，朝江邊去，她們走到江水裡，如履平地。白霧漸漸遮擋了她們的身影，而那鼓聲餘音嫋嫋，好幾天都在耳邊迴響。

# 第九章　第三天

位於郊外的羅馬公墓，並不在燕燕羅列的羅馬必訪名單之中。她知道這個地方，是從一本手冊上，說這兒極大，走慢了，半天都走不完。墓地分猶太公墓、天主教公墓和第一次世界大戰的受難者墓三個部分，後者修建了紀念碑。整個墓區到處是古蹟，天使與神獸的雕塑林立，樹木高大蓊鬱，像公園一樣，但肅穆典雅。

皮耶羅說，每年父親的忌日他都會跟家人來，當他孤獨時，也會來看父親，和父親交談。

皮耶羅停好車，燕燕跟著他走下車，發現這兒真大。他們手裡拿著白色鮮花，在天主教墓區裡走了好久，才找到一個考究的大墓堂，整個皮耶羅家族的先祖們就在堂裡面。鐵欄杆門上掛著一把生鏽的鎖，皮耶羅遺憾地說，忘記帶鑰匙了。他指著裡面一個男人的照片，對她說，那就是他的父親。兩人像極了，頭髮有點捲曲，照片下寫著奧爾多•凱魯比尼（一九三一—二〇〇六）。

皮耶羅把鮮花放在鐵欄杆前，燕燕也把鮮花放上。

皮耶羅跪下，嘴裡輕輕地說著什麼，他站起來，臉上有淚。她是第一次看見他掉淚，急忙遞上紙巾：「你對你爸爸說了什麼？」

皮耶羅擦乾淚水，說：「我問他，他在我夢裡追趕我，是不是有話要對我說。我告訴他，我們明天要結婚了。」

「這麼短？」

皮耶羅看了看燕燕，目光移向墓碑上父親的照片：「我爸爸從沒得過什麼病，他是死於心肌梗死，那天是他的生日，他特別高興，我們全家人都喝醉了。」

「跟昨天一樣醉了？」

「我們這樣的日子，都是不醉不散。」

「跟中國人很像。」

「沒錯。」皮耶羅說，他拉著燕燕的手，「其實爸爸想當神父，但是他和我媽媽結了婚。爸爸也想讓我當一個神父。」

「結果你不幸遇上了我？」她看著他。

皮耶羅的神情很難過，他沒有說話。

燕燕神情也很難過：「可能並不是你媽媽，而是你不太想我住在你家裡，和我同房親熱？」她把脖頸上的十字項鍊掏出來，「難怪我們分別時你會送我這個，你是個天主教徒？」

皮耶羅真誠地說：「我是天主教徒。但是遇上你，是我一生特別好的一件事！你的笑像天上的太陽。我們結婚後，可以天天親熱。」他張開雙臂摟著她。

她伸手握著皮耶羅的手，神情放鬆下來。

燕燕回頭看墓地，目光停留在一個男孩的照片上，感歎：「人生真短暫！」

「『我遇到一個孩子，旁邊是一匹死了的小馬……我遇到一個年輕姑娘，她送我一道彩虹。』你記得嗎？……《暴雨將至》……你糾正我的中文翻譯，那是我們在學校的初識，真不敢相信，已過去了一年半。」

「每次聽鮑勃・狄倫這首歌，我都會流淚。」

「燕燕，你是一個好姑娘！你值得，得到幸福。」

「可是你看上去並不快樂。」

皮耶羅吻了她的臉頰，問：「你是什麼意思？明天我們結婚，我媽媽快樂，我叔叔嬸嬸快樂，你快樂，如果狄倫在這兒，他也會快樂的。你們都快樂，我也就快樂。」

他倆手握著手，陽光在他們臉上打出斑點，時間也靜止一般，只有麻雀在樹枝間飛來飛去，投下的影子，讓那些斑點躍動起來。突然，手機響了一聲，燕燕從她的手提包裡取出來察看，是一條手機資訊。她看了，臉色發白。

「燕燕，不要著急，給我看。」

她把手機給皮耶羅，他看後反問：「你覺得呢？要不要我陪你去？」

這個家有兩間房，多少年了，沒添置一件傢俱，屋子裡黑黑舊舊的，房子外面生長了好多迎春花，有幾根枝條爬進窗來。那天晚上，小小的她和他坐在桌前吃飯，眼睛都低垂著，只有咀嚼空心菜時難聽的聲響。

那時你還沒有床高。他說，他們就出遠門了，就再也沒有回來。

她點點頭，相信他的話，她是被親生父母拋棄的人。

半夜，她像中了蠱，身體動彈不得，聽到有人在唱折子戲《秋江》，一個當陳妙常，一個當艄翁。艄翁與追趕愛人的妙常調侃，他們唱得斷斷續續，走調的走調，但好聽。她睡了過去，不知何時她聽到一個女的在說：「我不能離婚，和你做一家，我已有一家子了。」女人說完哭了。這時，屋子裡撲通一聲響。

「別這樣跪著。」還是那女人的聲音，「你另外找一個婆娘，安安生生過日子吧！」

她拼命搖頭，想醒過來。那個女人的臉很像石溪路上雜貨鋪的姨，經常來家做飯、做清潔，照顧她。太陽升起時，那附於她身上的蠱突然消失，她起身出去，屋子裡除了他坐在桌前吃稀飯，沒有別人。他的眼睛腫腫的，頭髮長得像亂草。

輪渡前的跳板，像神祕的魔方，由著季節的不同，水位的不同，水手將其放在不同的位置。走在上面，尤其是沒人的時候，追逐是最刺激的。她上跳板時，會在上面單腿跳著。男孩子會觀看，她停下時，男孩子會追逐她，但都被她逃過了。

她不怕男孩子們。

她害怕江水會吞沒孃孃[1]，她是家裡一個遠親。孃孃不算美人，長相平平，可是非常有氣質。孃孃有一個固定的男人，兩人並沒有扯結婚證。孃孃每回站在江邊，都要說那個發豆芽的方叔的事。他發的豆芽又長又嫩，價錢也便宜，附近一帶的人都要。他與她從小學就在一個班上。他背對的山坡上是始終關著門的白色城堡奧當兵營。

他不僅種豆芽，也熱愛詩歌。有一陣子，整個山城，每個拐角的小巷子裡都會冒出幾個詩人，他們在長江珊瑚壩上搞萬人詩歌朗誦會。那個地方在二十世紀四〇年代很熱鬧，是毛澤東從延安到重慶與蔣介石談判時，飛機降落的地方。夏天漲水時，壩子只露個頭，冬日枯水期，整個小島才露出來，是平平的壩子。民間詩人口口相傳，拉幫結群來到這寒冷的壩上，點燃篝火，拿起高聲喇叭，熱情地朗誦詩稿。媽也參加了。人山人海，動靜太大，員警也開著卡車來了，說聚眾未經申報，要拘留領頭人。大家跑起來，飛毛腿似的。

都說方叔是同志，總有一幫男人與他往來。父親在他十二歲那年戴上尖尖帽遊街，他和母親躲在家裡。母親緊緊地抱著他，他沒法動彈。父親身心垮了，被放出來，卻得寫思想彙報，沒多久，就走進江裡了。死的地方，就是方叔種豆芽的地方。

都說方叔不是在種豆芽，而是在打撈父親。有一天，父親平反了，補了不少錢。方叔接下江邊那幢白色城堡奧當兵營，與別人一起做了一個西餐館。

孃孃在那段時間終於走出門，答應幫老同學做收帳的。又舊又爛的奧當兵營被裝飾得雅致，一時成為當地的景點。孃孃那段時間很快樂。

孃孃的男人回家，找不到孃孃，打聽到她在西餐館，去了一看，便明白，那個男同學心裡戀著他的女人。

一生唯一一次，孃孃有了別的男人喜歡。

他受不了。

嬢嬢沒說之後發生什麼。但是她知道，親眼所見，他跟方叔說了幾句話就動了手，他被趕出餐館。沒多久，那餐館因為政府要收回，便關了門。都說他是告狀者，說那兒是文物，不能經營餐館。是真是假，都不重要，方叔破產後離開重慶去了海南。嬢嬢的男人吃她的醋。嬢嬢呢，失了工作，只有回家。嬢嬢沒離開，百分之九十是因為與自個兒男人較勁，百分之十是因為他們的女兒還小，需要她照顧。

有一天，她在江邊坐著，看江水。

嬢嬢來到她的身後，兩個人站著，輪船都駛過了五艘，嬢嬢才開口說話，說想她的媽媽。嬢嬢說在她小時候，與她的媽媽一起脫了鞋，涉水爬到兩江匯合處的呼歸石上玩，扳螃蟹。一共三隻，螃蟹小小的，她的媽媽陪著嬢嬢玩了一會兒，就說服嬢嬢，最後將三隻螃蟹放生了。倒是摘了馬蘭花回家。

就是那天嬢嬢和她說了再見。嬢嬢要離開這座城市。嬢嬢沒講去哪裡，她拉著嬢嬢的手，眼淚掉了下來，不僅是為嬢嬢，也是為自己：

江水呀一如既往地流淌，你是否可以告訴我，這樣的生活，我最缺什麼？

註1：嬢嬢：重慶方言，阿姨。

# 第十章　還是同一天

燕燕決定一個人去，讓皮耶羅回家，婚禮有那麼多客人要來，有那麼多事需要他在場。他想了想，同意了。她叫了一輛計程車，直接到酒店大門前。這兒一看就是修道院改建的酒店，有停車的庭院，也有種植著花草的花園。

她戴著一頂帽子。中午的陽光照耀下來，中國人經不起曬，她馬上移到一個撐了一把大白布傘的大圓桌前。周邊沒有別的客人，服務生給她端來一杯水。坐了好一陣子，也不見父親，她有些不安地張望。

這時，一個穿得花裡胡哨的中國男人出現，五十來歲，五官有模有樣，戴了副墨鏡，歡喜地叫道：「燕燕，我的寶貝女兒！你真來了！」他把燕燕結結實實地擁抱了一下，坐到燕燕的對面。他摘下墨鏡，招呼侍者，指著手機的翻譯軟體叫了香檳、香腸和火腿。

父親的做派時尚，他以前不擁抱她，也不喝香檳。「我們慶祝一下，對吧？我的女婿呢？」

燕燕說：「你知道明天就是婚禮，他給你問好。」

「他不在，正好。我倆可以好好說中國話。」父親說著，環視周遭，「這個地方不錯吧？門前還有一個私人教堂，裡面有很老的畫。」

燕燕笑了：「什麼時候爸爸關心過很老的畫？稀罕！」

「士別三日當刮目相看。我是老江湖了，走南闖北，外國的世面也見過一二呀。」

「爸爸一個人來的嗎？」

父親清清喉嚨，他幾乎想也不想，一口氣把前後原因說了一下。然後睜著眼睛，看著燕燕，似乎在等著女兒的指責，樣子真誠。

「所以，媽媽為了我的婚禮，同意和你離婚，你昨夜才乘飛機來這兒？」她的眼睛紅了，但是忍著。

「哦，她了不起，有犧牲精神。燕燕，你知道，我一生都在愛女人，這回才是真的！」

「每回你都這樣說。」

父親沒聽她說，他的眼睛突然一亮。

燕燕順著父親的目光看過去，一個網紅臉的年輕女人，穿戴得更花哨，戴了一頂大寬邊帽子，踩著高跟鞋走過來。他還是坐著，卻捉住那女人的手，放到燕燕的手裡，介紹：「安莉。燕燕。」

兩個女人的手握在一起，安莉的手很有勁。真是彆扭，皮耶羅那晚也把她的手與堂妹卡拉的手握在一起，只能說明兩個人不會握手，需要別人強行干預。

果然，兩人握手後，安莉目光斜視，像沒燕燕這個人似的，對著父親甜甜地一笑。服務生端著香檳來，放下橄欖和花生，給三人分別倒了酒。安莉與燕燕的父親耳語：「怎麼又叫香檳，不要因為我愛喝就浪費錢。知道嗎，我得給你省錢！有一個遊輪在西西里島，明天傍晚得上船。」

父親舉杯，停頓了一下說：「來，燕燕，為我們在羅馬相見。」

他們三人舉杯，安莉說：「燕燕，為你爸爸找到了真愛！」她喝了一大口，「真是好喝！」

燕燕舉著杯子的手放下了。

安莉看到了，說：「你的心情我理解，愛情可以改變一個人，有我在，你爸爸眼裡不會有別的女人。」

燕燕說：「當然，你可能是個例外。」

父親埋頭查手機，皺著眉頭，拍拍燕燕的肩：「哎呀，燕燕，你的喜日子也是明天，怎麼辦？按禮節，我今天應該請親家一家子吃個飯，見見面，可是他們說外國話，我搞不懂，會出洋相。婚禮前，人家忙著，我這麼做只會給他們添亂。反正是一家人，不客套了。你說是不是。我答應你媽媽，把你帶進教堂，可是我捨不得把你交給任何一個男人呀，如果不是有你這個女兒，我早離家出走，絕不回去，你看，我說的是老實話。」

燕燕看著父親，父親老了一大截，好多花白的頭髮冒出來。她說：「我會告訴媽媽，你來過羅馬了。」

這話很出乎父親的意料，他放鬆下來，笑嘻嘻地說：「燕燕，你長大了。」他摟過那女人的腰，提議大家，「嘿，找一個中國餐館，好好吃一頓，唱個卡拉ＯＫ，再好好看看羅馬。」

「不必了，爸爸。你們好好看看羅馬，今天我還有好多事要做。」她沒有生氣，甚至聲音還是照常。她站了起來，便走。

父親一愣，跑過來，說要送她。

她拒絕道：「不要送，爸爸。」

父親止步了，慢慢朝那張桌子走去，走了幾步，突然走起貓步。那女人被逗樂，笑起來。

燕燕拐到酒店回廊前，目光正好觸及花園裡的這一幕。父親可以那樣開心，為什麼不可以？他當然可以在羅馬城找到一個唱卡拉OK的中國餐館，他最喜歡唱崔健的〈花房姑娘〉：

你帶我走進你的花房，我無法逃脫花的迷香，我不知不覺忘記了，噢……方向，你說我世上最堅強，我說你世上最善良，你不知不覺已和花兒，噢……一樣——

她記得他唱得盡興的臉，唱到情深處會忘我地閉著眼睛。她的腦海裡同時浮現了另一幅早已淡卻的景象：在山城江之南，小街上人們在熱鬧地慶祝，慶祝什麼，與他們沒有關係。

父親打過電話，說是要回家來。不錯，她記起來，那天是她的生日。母親在廚房裡忙碌，燉上一隻雞後，母親在窗簾後面找到一個包裹著灰布的包，打開一看，是一把油紙傘，藍藍的，泛著光。燕燕不解地問：「媽媽，為什麼包得這麼嚴？」

「要保護它。」

「壞了，另買一個？」

「那就沒念想了。跟外婆沒關係，跟我小時沒關係。」

「那也跟我小時沒關係？」

母親笑了：「你現在就是小時。」

「我馬上十歲了，不小。」

「再過十歲，你才不小。」

母親將藍雨傘撐開，放在陽台上。父親跟這把傘沒有關係，他對此視而不見，那天晚上他沒有出現。小街上的人們，還在熱鬧著，跟過節一樣。燕燕對母親說：「我們去看看吧？」母親看看桌上的飯菜，點點頭。她倆手牽手下樓去，拐過一條巷子，進入小街，發現那兒是夜攤。好多人在吃燒烤和串串，攤主把音響放到震天響，都是流行歌曲。母親說：「我們坐下吃吧。」

燕燕給母親遞上一張長凳子，並在她的身邊坐下。母親點串串，攤主給她倆倒上老蔭茶。來回放的歌曲，居然放到了〈花房姑娘〉：你要我留在這地方，你要我和它們一樣，我看著你默默地說，噢……不能這樣，我想要回到老地方，我想要走在老路上。

一切都像是昨天，酒店花園裡有另一家子：一對英國夫婦和一個小女孩在親熱地喝著咖啡、吃著霜淇淋，說著話。她心裡生出一股悲涼，無論是十歲，還是多一個十歲，再多一個十歲，父親都與她的時間軌道錯開，他是別人的父親，她也是別人的女兒。

出門前，決定穿什麼衣服，每個女人都會頭疼，但是燕燕從來沒有為之動過腦筋，她喜歡素打扮，喜歡青白二色，布衣休閒鞋。但是今天，她得讓自己好看一點。打開箱子，裡面沒有多少選擇的可能性，她帶來羅馬的衣服不多，正式的場合，只有白色婚服和一件中國旗袍改良過的紫色禮服。她取了紫衣，套上後，把頭髮梳在腦後，紮了一個馬尾。穿上高跟鞋後，她對著鏡子抹上口紅，覺得有點濃，用手抹了一下，淡多了。她滿意地看了看鏡裡的自己，她看上去氣色不錯。

接她的車子停在宮殿大門前，她走上台階。像算準時間一樣，王侖一身黑西服打著領帶，精神煥發地從石階上跑下來迎接她，說：「很高興你來。你的衣服真漂亮！」

「對不起，我沒有穿你昨天送的工作服。」

王侖得意地微笑：「不滿意嗎？」

「你太過分了！你債台高築，讓我負罪，無法睡覺，真混蛋！」

「以前的燕燕回來了。我犯賤，你指責我，我就會快樂！」

燕燕沒想到，有點不快地說：「我會穿上你這件衣服結婚的，你滿意了嗎？」

王侖故作高興地說：「我的榮幸。」

他讓她挽著他的胳膊，兩人朝門口走。門口有個牌子：「全球五十強風雲公司援助非洲兒童慈善活動。」

王侖的祕書安妮及隨從在身後跟著，也有不少參會者用不同語言向王侖打招呼：「晚上好，王總！」

燕燕突然醒悟過來，一下打掉王侖的手：「你根本就不是什麼記者，你就是那個房地產商！你就是那個方露露的男朋友，你是混蛋中的混蛋！難怪你他爺爺的有錢收藏到夢露的電影劇本原稿，是《讓我們相愛吧》呀，那是我最喜歡的！哼，都怪我粗心，都怪我在義大利不上網，做瞎眼狼。」她氣得說不出話來，臉通紅。

王侖解釋：「我從來沒說我是記者，你回憶一下。好了，消消氣。」他拉過她的手，帶著她往前走。礙著大庭廣眾之下，燕燕只好作罷。

廊柱外的羅馬，沉浸在夕陽斜照中，濃豔的霞光一瀉千里，傾灑到了廊柱上、殿堂裡，映射在一幅幅十七世紀的壁畫上。酒會來了不少人，有著名政界人物，總理、部長出席，還有義大利皇室成員，還有電影明星索菲婭・羅蘭——導演費里尼的御用女一號，著名女演員桑德拉・米洛等，他們個個盛裝華服，溢彩流光。

王侖把燕燕帶到桑德拉・米洛的面前，介紹她們認識。

馬可・瓦利走過來，用英文打招呼：「王先生，再次幸會！也許，你和我可以合作，我下一個電影，有一部分故事發生在中國。」

王侖假作迷惑：「一起合作？一起照顧方露露，還是投資電影？」

馬可・瓦利大笑說：「電影，當然，每個人都知道，中國電影市場很大。」他朝燕燕伸出手來，很有禮貌地說，「你好！我是馬可・瓦利。」

主席台上，王侖和五六個名流坐在一起，主持人戴了一副黑框眼鏡，西服筆挺。他看了一下或坐或站的觀眾，清了清喉嚨，做了簡單的開場白之後，直接切入主題發問：「關於援助非洲是否正確？」他還未放下麥克風，下面一陣騷動，好幾個人搶著發言。

場子裡響起鴿子的啁啾，發言人停頓了一下，接著發問：「中國的經濟與全球的經濟發展有什麼關聯？」

王侖聽著，眼睛緊張地四下打量，會不會是牠呢？牠會跟著他，他到哪兒，牠到哪兒。

緊跟著，一隻鴿子出現了，在屋頂盤旋鳴叫。另一隻鴿子撲騰到地板上，在發言人與觀眾之間漠不關心地走著，胖胖的身體驕傲地左右擺動。那個著名的電影演員桑德拉・米洛忍不住哈哈大笑，引起了滿堂哄笑。

王侖注意到，這兩隻鴿子雖然是灰鴿，但頭頂都沒有那叢黑毛，他放下心。一個保安衝進來，追鴿子，但撲騰一下摔倒，引來更多的哄笑聲。他狼狽地抓住了那隻鴿子，把牠帶走了。

主持人擦拭額頭上的汗，努力恢復之前的正式氛圍，他用手輕輕敲了敲麥克風，場子裡安靜下來，他用英語說：「中國的經濟與全球的經濟發展有什麼關聯？好吧，現在，我請來自中國的貴賓、財富集團王董事長回答這個問題。」

王侖接過麥克風，稍微停頓了幾秒，才說：「如果私人企業向非洲提供援助，而沒有適當控制，只會使窮人更窮，導致通貨膨脹的大幅增加。事實上，沒有監督的援助，會助長某些官員的腐敗。我們過去常常給予非洲各種支持。目前中國商人正在採取更負責任的態度，根據受援國的具體情況和發展，調整我們的援助政策，否則只會是海市蜃樓。」

燕燕在觀眾席裡倒數第二排坐著，沒想到他這樣講，忍不住站起來插話：

「先生，你們自以為有智慧，卻不知你們在那裡做了什麼！我的一個在非洲做志願者的朋友告訴我，在非洲南部一個小鎮，有個蚊帳製造商，他雇用十名工人做蚊帳，可供養一百五十名親屬。但是，一個國家無償地提供了十萬頂蚊帳，這導致了當地蚊帳商的破產，他的一百五十名親屬只能乞求食物。幾年後，這些蚊帳被當破爛丟棄，人們死於瘧疾。這是你的公司幹的好事之一！」

她突然停頓，因生氣臉紅了，四下鴉雀無聲。

王侖帶著微笑說：「我認為這位年輕的女士沒聽明白。之前一些糟糕的事在一些國家發生過。我代表中國商人發言，我們確保此類情況不再發生。」

殿堂裡響起一陣雷鳴般的掌聲。

燕燕的臉更紅了，在她的椅子上坐下，沒敢看王侖，他一定比她更生氣。她索性站起身來，帶著驕傲的神情離開。

她往石階下走去，腳步聲從身後傳來。看到她，那輛送她的車馬上打開車燈，滑行過來。

「等一等。」是王侖的聲音。

車子開到她面前停下。她轉過身來，對王侖說：「對不起，我得走了。」

「你剛才的發言一針見血！」他喘著氣。

燕燕從鼻子裡哼出一聲說：「王侖，你根本聽不懂。」

他笑了，舉起雙手，表示投降。

她的臉上露出笑容，故作輕鬆地說：「我父親不能來參加婚禮。你可以代表我父親，明天下午陪我進教堂，把我交給新郎嗎？」

他陡然收起笑容，慢慢地轉過身，又突然跳起來，對著牆就是一腳。

「哼，我也會踢！」她邊說邊對著牆踢了一腳，踢痛了，抱著腳喘氣。我是自找苦吃。

這一切王侖沒看到。他轉過來，對她厲聲說：「蘇燕燕，知道嗎？你這是懲罰，超出了我可承受的程度。」

「猜你會這樣。」她站起來，「如果你不想，那就算了，再見。」她伸手拉車門，要上車。

他一把拉住她的手臂：「沒有你想的那樣簡單。」他扳過她的肩來，看到她一臉是淚，伸手替她抹去淚水，「我和方露露在一起好幾年了，我想說……」

「說什麼？」

「你馬上就要當新娘了，皮耶羅又是那麼好的一個人，你我之間……你我之間……」王侖艱難地說不下去。

燕燕一字一頓地說：「是在做夢，像個童話。」

王侖神色落寞，難以開口。

「所以呢，陪我走進教堂！拜託了！」燕燕扳開王侖的手。

王侖沒說話。

燕燕拉開車門說：「憂苦之慰聖母堂，明天下午兩點見！」

她坐進車裡，關上車門，沒看車外的王侖，讓司機開路。司機發動車子，駛遠。羅馬的夜空，綴滿大大小小的星星，她凝視它們。莫知的世界，未來的世界，其中最亮的一顆，是母親小時哄她入睡時，許諾她，要為她摘下的。媽媽，你好嗎？她想給母親打電話，可是怎麼給她說這兒發生的事呢？真是無從訴說，她歎了口氣。

房子的牆壁很薄，一戶人家發生的事，另一戶人家幾乎都知道，鄰里間沒有什麼祕密。好幾所房子圍擠在一起，最末的房子那兒是個院牆，有條水溝，從山上流下的水經過，一直流進長江裡。水溝上偶爾會搭一塊木板，讓兩邊本來不通的兩條街連通起來。有時，那木板也會被取掉。是誰幹的，她永遠不知。她對那木板下的石塊好奇，尤其是那兒有一座吊腳樓，據說穿過它，就可以直接經過倉庫，倉庫裡有棗樹和野枸杞樹，年年都會結甜果。她爬下水溝，站在那溪水流淌的石頭上，試探著往前走。剛跨出幾步，身後有聲響，一個穿花格子襯衣、短褲的男人也下到溪水裡，涼鞋踩著水發出啪啪的響聲。

她似乎見過他，像是住在對面街角，長得還斯文，頭髮也剪得整齊，看上去一副有教養的樣子。

他瞇著一隻眼睛，看著溪水，對她說，你看這吊腳樓下水流得很急，要是沒站穩，就會被沖走。他把手伸給她，讓她抓著他的手走上來。

她照做了。他領著她，來到木板下的一塊露出水的石頭上。他的手沒有直接鬆開，而是順著手臂摸過來，像蛇一樣滑到她小小的胸上，她嚇壞了，一下子閃開，卻渾身戰慄。

「不怕，我喜歡你。」盯著她的臉，眼神非常真誠，「你這麼勇敢，敢去這溝下面。」

她不知怎麼辦，想喊，可是怕丟人。這時，他抱住了她：「我真的喜歡你。你會喜歡的，你看我這兒有什麼？」他把她的手放在他的兩腿之間，那兒滾燙，發硬，正頂向她的臉。他太高個了，她恨自己太小個了，就連身高也讓這個壞蛋占了便宜。

那天下午，這水溝附近都沒有一個人。記不得如何從那兒回到家的。她沒敢把這事告訴任何人。那個人有次在一個巷子裡遇到她，還問她好，問她能不能和他去看一場電影。她漲紅了臉，不敢看他。

當時他跟上來，她加快了步伐，正巧有個鄰居在巷尾叫他，她才得以逃脫。他那樣不是人的東西，最好順著溪水流下江裡餵魚。

也因為發生這樣的事，她在家裡比較聽話，有時父親回家來，她不再跟他對著幹。她甚至對他很好，趁他睡著，尋找他的白髮。有時發現幾根，就用剪子悄悄剪掉。相比那個穿格子襯衣的流氓，他其實就是一個君子。十歲那年，他送了她一把小小的牛骨梳子，因為她第二天要跟學校到杭州旅遊。她真的好喜歡。

街上傳來音樂，是三〇年代的老唱片。機器舊了，放出的效果不好，聽起來，有種唱不動的蒼老感：

沒有你，夢難尋，
擁有你，夢難絕……

小時她愛哭，哭的孩子討嫌，沒人喜歡。誰也不理她。哭夠了，她只好自己想辦法轉移思路，爬在窗前看天，有好多烏雲，像人的臉，不快樂的臉。漸漸長大一些，她學會不哭，也不再看天上的雲，而改為看江水，看對岸碼頭。她發現心裡那些已有的形象在消退。

開始叛逆是在初二時，她十四歲，要麼背著家裡寫請假條，要麼放學不歸家。

有一天，她在馬路上走著，人們在她身邊奔來奔去。她打量著街上的人，突然絕望地想到：怎麼很難集中思想？她走到一幢大樓的牆邊，靠在那兒，繼續盯著他們看。母親是什麼樣的人？她對母親一無所知，雖然也與她談心，但都沒有那隱祕的一面。她讀了好多外國小說，她不滿足母親應付式的交心。母親有張照片，燙了鬈髮，繫了根花髮帶，穿了一件黃毛衣，超短裙，很惹人，渾身上下洋溢著光彩。那是另一個母親。不是現在的樣子，短髮，穿得像尼姑庵裡的人。母親很愛我，母親的心不在了，丟在哪裡？她朝後退了幾步，陽光從旁邊通過一牆面的亮光折射過來，我呢，似乎還不遲，我必須經歷點什麼才行。這個想法在她的內心得到呼應，陣陣潮水湧來，她很激動。那麼，這樣的心情下，才可能發生點什麼。

她走到馬路牙上站立，兩條辮子搭在胸前，整個身體處於放鬆狀態。那個傍晚，她看見他，雖是一個陌生人，但對她來說，有吸引力，身體有反應。

她喜歡這樣的見面，他站在那兒，有些無措。他們各執一瓶啤酒，走到橋墩下面，兩個人看兩江風景，說著城裡哪處變了，哪個地方的辣子雞好吃。

「什麼時候？」

「這兒不可以，那邊有一個偏房。」

她喝著酒，突然手一揚，酒瓶飛向水泥柱石，爆成碎塊。「不行，我得離開。」

「去哪兒？」

「我不想說。」

他聽著，將手插入褲袋：「你的心得定下來。」

「為什麼不早點兒？」

「早點兒什麼？」

「你清楚。」

「不清楚。」她說，這才明白自己和其他人很相似。她是一個罪人，為了懲罰她所擁有的生活，這樣自我斥責，比較痛快。

她回家了，難以入眠。從那夜起她成了一個失眠者。

也是那年夏天，發生了那件事：她坐在南山上的一幢爛尾樓裡，看夕陽西斜。燃燒的天空，晚霞向大橋墜落，灰燼浮在整個城市高高矮矮的房子上。她的兩腿間濕乎乎的，很痛，像書裡說的那麼痛。失去處女膜的她，不完整，不再是原來那個她。她內心慌亂，躲避，不得不學會從容不迫。

那年夏天，還發生了一件事，街上好些鄰居到王家沱那兒的回水沱看屍體。平日江邊也有屍體，但沒有這麼大的陣勢。她只是好奇，也跑去了。一到那屍體跟前，就聽到了一個女人的號哭，她坐在屍體邊上，眼淚是真的，可臉並不悲傷，似乎是一種解脫。男人身上的皮膚被水泡得發綠，腫脹如充氣氣球，白襯衣和灰短褲被綳爛。邊上有鄰居悄悄說：「專搞小女孩，活該，得到了報應！」「肯定是被人下了毒手，扔進去的。」

通常人淹死，七天才浮起。他的臉模糊難辨。人越擠越多，員警來了，有人扶起那個可憐的妻子，員警在對她做口錄。

她從人堆裡抽身出來，慢慢往山坡上的家走。天氣悶熱，汗水爬滿周身，特別不舒服。

她不再喜歡這個城市的男人，以後離開那座城市，這個習慣也沒改。那天，河水流淌的聲音並不大，無法掩蓋她不再是一個處女的真相，那個時刻的喊叫沒有消音，真相太殘忍，她只能拒絕承認。但從此，夢中家鄉河水流淌的聲音讓她害怕。

算起來，那應是一九九七年，她是少女之煩惱，既不是失戀，也不是遭受命運重大挫折，而是覺得這樣的生活，繼續朝前，沒有什麼意思。她在長江大橋上走來走去，本打算從橋中心翻欄杆跳下，但天上一輪紅月出現了。她看得渾身熱血沸騰，變了主意——我都還沒有好好活過，不行，得給自己的生命一個活的機會。她走到路的中間，身邊全是呼嘯而過的汽車，把她的一頭長髮吹得四散飛揚。她朝前走，喇叭聲震天響，但是卻繞開了她。

二〇〇八年五月，她參加了一個汶川地震救援隊，跟隨一輛卡車送捐助的物品和藥，前往都江堰災區。滿目皆殘垣斷壁，到處是驚魂不安，尋找的人群絡繹不絕，呼喚的聲音此起彼伏……卡車經過一個救援中轉站，這兒混亂不堪，帳篷和簡易篷布房裡的人在打電話，在登記，有大大小小的車輛，還有好多工作人員。有一個人正在埋頭點數物品，用筆在本子上記錄，他抬臉來擦汗，那神情跟多年前那個站在溪水中穿花格子襯衣的男人很像，瞇著一隻眼睛，只是老多了，頭髮灰白。他不該在此，大概跟她一樣，是自發參加民間救援隊的。

卡車下貨後，她跟著車子走了。但願是他，還活著。

# 第十一章　羅馬正南，偏東

伴郎安吉洛小時與皮耶羅是鄰居，後來又在同一所大學，皮耶羅是漢學專業，而他學的是考古。安吉洛在米蘭工作，每回回家看父母，都要和皮耶羅見面。他從米蘭坐火車來，與皮耶羅在火車站相遇。他個子高大，穿了一件格子襯衣和牛仔褲，看起來十分俊朗。皮耶羅提了他的行李，放在後備廂，待他坐好，繫上安全帶後，才發動車子，開到了位於納伏納廣場邊上的小街。皮耶羅停了車，兩個人一前一後到達他們常去的一家酒館。他們和老闆是熟人，這兒雖不大，壁櫃裡全是酒，放著打擊樂，有幾個客人坐在外面。

他們坐下後，老闆過來與他們寒暄，告訴皮耶羅，他們為婚禮準備了好酒，讓他放心。

安吉洛要了一個披薩，皮耶羅要了一份沙拉，二人邊吃邊聊。

他們聊到以前的約定：若結婚，彼此當對方的伴郎；若生子，彼此當對方孩子的教父及負責洗禮。

「沒想到，我先當伴郎。」安吉洛說。

「你不也求婚了？」

「求婚是求婚，結婚恐怕得等等。」

「怎麼啦？」

「現在經濟不景氣，你在學校工作若能轉成正式，也是不錯的，有個生活保障。」

皮耶羅搖搖頭。

「那你找份別的工作？」

「沒有。你知道我並不想做這份工作。」

安吉洛看了一下進門的地方，直截了當地說：「你有心事。」

皮耶羅點點頭。燕燕一個人去見父親，他覺得她父親不可能參加婚禮，心情不好。出門前，奶奶就掉淚了，他是她一手養大，捨不得他，他理解。

但這談話被中止了，幾個朋友推門而入，他們大都是他的大學同學。大家擁抱、握手，要了啤酒，兩張桌子湊在一起，碰杯喝起來。他們談了下婚禮要辦的事，開了一陣皮耶羅的葷玩笑，說以前他喜歡一個女同學，大家都以為他和她會結婚，結果跟一個中國女孩結婚了。當時，那個女孩追他，給他寫了不少情書。有一次，他和一幫朋友在一個酒吧，那女孩來了，向他表白，而旁邊有個喜歡女孩的男同學，不知為什麼，跟皮耶羅拉扯在一起，女孩居然一個酒瓶子扔在那傢伙身上。她是真的喜歡皮耶羅啊，安吉洛說。另一個穿花襯衣的說，要以皮耶羅為榜樣，到中國去留學，娶個中國女孩回義大利。

他們舉杯祝賀他要結束單身生活。看到皮耶羅興致不高，他們說起笑話，一個朋友說：「明天婚禮時，會把三親六戚都叫去助威。」

另一個朋友說：「蹭吃蹭喝吧?!」

「對，對，跟好萊塢電影《婚禮傲客》一樣，我們再編一段黑皮耶羅的笑話。安吉洛，你的伴郎演講詞準備好了嗎？」

安吉洛點點頭，伸出手，與對方掰手腕，邊掰邊說：「我從一個星期前就在想怎麼說這新郎倌，在火車上也在想。不需要問他細節，我全知道。」他大笑，把對方掰倒，把手伸向皮耶羅。

皮耶羅力氣並不大，卻掰倒了安吉洛。這讓大家感到意外，輪著過來與他掰。差不多與每個人打個平手，皮耶羅自言自語：「你們讓著我。」他喝了一口啤酒，與安吉洛碰杯，對方不喝。

「為什麼？」

「這不明擺著，這兒完事了，我得把你和你的車開回去，不然你媽媽會找我麻煩。」

皮耶羅點頭不語。大家在討論時局問題，以及頻頻出現的恐怖分子襲擊無辜平民的事件。一個朋友說：「看看吧，什麼時候開始，我們偉大的羅馬，尤其一些重要的街口，萬聖殿前，都會站立著荷槍實彈的員警。」

「持槍自保，義大利應跟美國一樣允許公民持槍……」

皮耶羅情緒變得焦躁，他打斷對方的話：「持槍解決不了問題。經濟危機並不是這個世界最大的問題，人類的信仰危機才是。」他點燃一根菸，又馬上熄掉，「只有宗教，才能拯救人類。」

皮耶羅招手要再叫一杯金巴厘苦味酒，被安吉洛阻止了，他找了一個理由說：「我還有點事要辦，我們結束吧。」

「那我們晚上見吧？」一個朋友說。

「晚上看看皮耶羅安排吧，如果他困在家裡，就明天婚禮上見。」安吉洛說。

朋友們都喝多了，都接著安吉洛的話說：「明天見，新郎！」

皮耶羅酒喝得並不是太多，但安吉洛的話，他聽明白了，他把車鑰匙扔給安吉洛。

兩個人開車回到家已近七點，安吉洛停好車，把車鑰匙還給他，擁抱他後，看著他進了樓裡。母親聞到他身上有酒味，看他臉上有腫塊，臉色不好看，搖搖頭。他回房間，準備沖個澡，取衣服時看到新郎倌的全部家當，站在櫃前，他崩潰了。

家宴剩下不少啤酒，皮耶羅拿了兩瓶去自己的房間。才喝半瓶，他的眼睛看東西就不清晰了，腦子也沉重起來。他找相冊，可是找不到，找了好久，才在書架下端看到它們，厚厚的一疊。他坐在地上，一本一本地翻開。小時他像是父親的尾巴，父親在哪兒，他就跟在哪兒，他的眼裡含滿淚水。

父親牽著他的手，跟著一隊穿著中古時期服裝的隊伍走。那是父親的家鄉福祈，一個從羅馬開車三個半小時路程的中世紀古鎮。一到復活節，他們全家都會回去，在那兒、在聖保羅街上他們家有一所不大的度假房。他喜歡那些巧克力彩蛋。他們唱著聖歌，抬著聖像雕塑，舉著牌子從廣場上端走下坡來，繞過那個咖啡館。咖啡館有好些透明玻璃、牆上掛著碩大的球鞋，店主是一個老嬉皮，他有Chairman Mao的小紅書。他們唱著歌曲，穿過整個鎮子，樂隊訓練有素地奏樂，窗前都掛出彩旗綢帶。他們唱著歌曲，一起祈禱。禮花漫天散開，禮炮隆隆響起。又像是火車行駛的聲音，沒錯，是火車。他在等父親回家來。等呀等呀，火車停了，父親下來，一把抱起他。他高興地叫：「爸爸！」

一個女人的聲音傳來：「皮耶羅。」他的回憶被打斷，回過神來，那個喊他的聲音，十有八九是卡拉。

他手拿啤酒瓶打開門，果然是堂妹。卡拉穿了一件藍裙子，臉紅紅的，她看上去很焦慮：「你不出去跟你的朋友們吃一頓飯？今晚是你最後自由的一夜。」

「你怎麼知道我沒跟他們在一起？真是！」皮耶羅說完，想把門關上，結果碰著頭了，他叫了一聲。

這一天上午方露露拍片，下午是街拍她個人的廣告，幾乎沒有休息，中飯也只是一個三明治。終於收工了，她讓李蘋將明天需要拍的服裝乾脆帶回來。她累壞了，心跳加速，頭痛得厲害。回到酒店，李蘋放下方露露的手提包，還有大包小包的衣服袋，兩人在門口說再見，李蘋朝外走，關上房門。

方露露倒在床上，睡了五分鐘，才感覺喘過氣來，她按亮了電視。義大利電視台在報導今年全球五十強公司風雲榜慈善活動的新聞，鏡頭中，燕燕與王侖在一起，與義大利總理說著話，燕燕握著馬可・瓦利的手。

方露露一下子跳到電視機前，但新聞已變成別的了。她生自己的氣，把腳上的高跟鞋踢到了床上。她有種被他算計的感覺，他早有人了，才那樣淡淡地邀請她，就知道她拍片不會去。

她走進衛生間，洗淋浴。我可以不憤怒，因為走到這一步，不會是一個人的錯。好吧，不要怪他。淋浴可以讓人糾正方向盤，她愛他，從看見他的第一眼，宴會裡所有的人都在喝酒、吃精美的牛排，她這個跳舞的人，並沒有覺得有什麼意思，因為接下來會有一段蘇格蘭舞，人人都可以跳。當然，在一年一度的英國大詩人彭斯的盛會上，不跳舞、不吹風笛、不吃哈吉斯怎麼成呢？她陪男朋友來，他有頭有面，好些人跟他打招呼。她想要到外面透透氣，上衛生間。回來時，發現有間房有一個男子在那兒抽菸，他的神情好憂傷。她走過去，問他要了一根菸，兩個人抽完菸，他問她，你會跳蘇格蘭舞？她點點頭。他說他會亂跳，他的樣子很認真，不知為什麼她想笑。她並不知道他是誰，他也不知道她是誰。之後他們見面，倒是他先來真的，他把手放在她的胸部，說他這幾天都在想她，她不相信。她跟他並不是那麼快上床，她不喜歡那麼快就把整個程式走完，她喜歡與他玩遊戲，但一開始，他就被她強烈吸引。男友給了她兩個耳光，說只有我可以說分手，你們女人沒有資格。這是個渣男，早就該分手！她讓那個傢伙滾。那天晚上，她與王侖在城中心最高的一家餐館看北京夜景，聽Lady Gaga的歌，一杯酒喝完，她對他說起自己的生活，尤其是在故鄉重慶的生活，一瓶酒喝完，說她的身世，說到餐館打烊，兩人接著到一個酒店的酒吧繼續說。這之後，他們決定在一起生活。什麼時候，你會訴說你的從前，跟一個才認識的人，那麼這便是上天的安排。原諒他吧？她關掉水。

她裹了條浴巾沖出來，便聽到門開的聲音，一分不差。她將手機裡的音樂打開，是一首義大利老情歌。她的聲音甜美，對王侖說：「你看，我換了一首音樂。」

王侖看著床上的高跟鞋，淡淡地說：「這個音樂好聽。」

「我看了電視，你有了新祕書？」她不該說，可是她真忍不住了。以前他倆那麼交心，無話不說，現在怎麼啦？羅馬讓人變了，是她或是他？

王侖不接這話，他解下領帶，放在椅子上：「今天的慈善活動很成功，捐助了不少錢給非洲的兒童。」

方露露把床上的高跟鞋拾起來，放在地上。她走到酒櫃前：「我以後有錢，也捐給兒童。」然後話鋒一轉，「親愛的，你這兩天很神祕。」

「此話怎講？」

方露露給自己沖了一杯杜松子薑汁酒，加了幾塊冰，轉移話題說：「別擔心，我不會喝醉。」

「給我也來一杯吧！」

方露露給他沖了一杯，加了冰塊，用心地攪拌，然後遞給王侖。

王侖接過來，抿了一口說：「酒太多了。」

「要不要給你加點薑汁？」她問。

王侖搖搖頭，放下酒杯，走到窗前看著天空。天上星星閃爍，襯著紫藍的夜空，他猛然記起什麼，叫了起來。

「怎麼啦？」方露露端著酒杯走近他。

「今天一睜開眼，我就提醒自己要做一件事，可是我居然忘掉了。」

方露露緊張地問：「什麼事？」

王侖歎了一口氣說：「今天是金星凌日，我一直夢想能看到太陽面上一個小黑點緩慢經過。我居然忘了。」

方露露鬆了一口氣：「無聊。」

「你要對這種事感興趣，羅馬都要成為中國的首都了。」

方露露不屑地一笑：「星星多的是，這顆沒有了，會有另一顆。」

「我只在乎這顆星星。我要再活一百二十八歲，才能與它相遇。」

「還有比星星更重要的東西呀，比如你的錢。」她看著他說，「是你開掉不聽話的人，或是任他們踢你出局？」

他笑了起來，轉過身，看著桌上酒杯裡冒著的氣泡說：「都不重要，相比金星，我的生命虛度了。」

方露露拉著王侖坐在床邊，吻他：「其實我比一顆傻星星更有意思。或者說，你可以把我當成一顆比傻星星更傻的星星，就有興趣了。」

王侖冷冷地回親了她。

她知趣地起身，取了枕頭，一邊往外走一邊說：「我把大床讓給你睡。」這話說出，她立即後悔了，我是在做什麼？我為什麼要和他對著幹？但話已說出，覆水難收。前天在哈利酒吧，她對著他幹，是他挑戰她，她當時當然站在馬可一邊。王侖扔下錢走後，她心裡很難過，那天足足喝了三杯咖啡，馬可一直轉移她的注意力，後來，他說離拍片還有一些時間，建議去附近走走。他們走下坡路，沒走多久，就到了西班牙台階頂上，背靠雙塔的聖三一教堂，俯瞰熱鬧起來的廣場，汽車、馬車、遊客和當地人魚貫而出，台階前是「破舟噴泉」，人最多，如過節一般。奥黛麗・赫本在電影《羅馬假日》裡是在這兒吃霜淇淋，和格利高里・派克談情說愛，成為一道傳世的愛情美夢。派克與馬可長得並不像，但是性格像，細心而頑皮，內心像一個善良的大男孩。她覺得羅馬好，一條路斷了，命運又在另一條路上打開一條路來。她是從那天真正愛上羅馬的。她和馬可從石階上走下去，她數了一下，一百三十八級，每一級都是決心。王侖經常數他走過的石階，現在輪到她了，生活就是這麼不可思議！她抱著枕頭，又從櫃子裡取了一條床單，走到沙發邊。

王侖看著她把枕頭放在沙發上，扯開被單鋪上。他站起來，很想過去勸阻，可是他走了幾步，便停住了，彷佛有股力量吸著他的鞋底。她明明難過，也可能後悔，但不表現出來。內心的驕傲是他們過不去的坎，兩個人都硬撐著，他不過去攔下她，她繼續往前走。他取了酒杯，喝了一大口酒，倒在床上，睡意馬上襲來。

有意思，如此狀態下還能睡著，真不是尋常之人！

說這話的不是他，朦朧之中，他看到方露露的臉，是她在說，她居然走回來了，居然站在床前看著。她拿了床櫃上的眼藥水，走開了。那輕悄悄的腳步聲，一步步遠去，他閉上了眼睛。

與王侖那樣分開，還不如不去他的宴會。她受不了他的欺騙，但回來的路上，她回憶，確實是她弄錯了，人家壓根兒就不是記者，是她腦子出錯。一錯再錯，她居然險些愛上這個人。還好，他向她承認了，他和她不可能。

羅馬城的路況好，沒堵車，二十分鐘不到，便回到皮耶羅家樓房大門前。燕燕準備按門鈴，正巧有人出公寓大門，門開了，燕燕順勢走了進去。穿了一晚上的高跟鞋，腳趾有些痛，上樓時，她把高跟鞋脫了，提著鞋子走樓梯。

還好，走幾十步樓梯，沒一個人看見。到了他家所在的樓層，燕燕趕快穿上鞋，走到樓梯口，便聽到門內有爭吵聲。皮耶羅的母親哭訴著，奶奶的聲音加入進來，堂妹卡拉也在說什麼。聽起來，皮耶羅像是在解釋什麼，聲音壓得很低。

皮耶羅的母親高聲說，語速很快。

燕燕雖是聽不懂義大利語，但心裡猜到是些什麼問題，他母親的話裡夾有好多「NO」，明顯是反對。她不想聽，又覺得不能再站下去，猶豫中，把手放在房門上，停頓了一下，敲了門。

皮耶羅打開門，一見她，有點不好意思，對她說：「燕燕，快進來。」

燕燕站在那兒，瞧見屋子裡都是人，正想把皮耶羅拉到門外，卡拉一下子跳過來，將房門關上，對燕燕很不屑地叫喊了一句，滿臉生氣。

燕燕沒理她，看到皮耶羅額頭上的腫塊，急忙問：「怎麼啦？」

「沒事，不小心碰了一下。」

卡拉本來站在門前，幾步轉到燕燕右側，火氣沖天說開了，說都是因為燕燕，家裡長輩害怕皮耶羅結了婚去中國生活。「她們只有他，唯一的兒子、唯一的孫子呀！」她指著自己，「我也不願意他離開。我們從小一起長大，我要看他，還要跑到什麼鬼中國去，哼！」她的眼睛紅腫得厲害。

皮耶羅生氣地瞪了卡拉一眼。

卡拉說：「我不管，我就是要告訴她。」

他拉開卡拉，卡拉打掉他的手，賭氣離開。

燕燕問皮耶羅：「那你一定會留在義大利？」

皮耶羅卻對她說：「現在不早了，以後我們有的是時間商量。」

燕燕想說什麼，卻止住了。

他們往裡走了幾步，客廳裡只有卡拉，其他人都回自己的房間裡去了。客廳房間的玻璃窗上都是紅色的中國喜鵲剪紙，還掛了幾盞紅燈籠。看得出來，她不在時，一家人都在為婚禮忙碌，她心裡五味雜陳。

房間裡的電話刺耳地響了起來，卡拉接的電話，聽了一下，叫燕燕接電話。

燕燕接過電話便說：「王侖嗎？」

電話裡是一個女人好聽的聲音：「我是他的女朋友方露露。明天上午有空嗎，我們喝個咖啡怎麼樣？」

燕燕沒想到，心跳加快，馬上轉過臉去：「喝咖啡？」她為難地說，「明天不行。」

「如果我到你家最近的咖啡館見個面，十分鐘？」

燕燕皺了一下眉，然後說：「我為什麼要見你？我們不必見面。」

「明天早上八點半我會在那裡。晚安。」對方說完掛掉電話。

燕燕放回電話，抬頭發現卡拉和皮耶羅看著她，她說：「一個中國女朋友，明早來見我，喝個咖啡。」

燕燕看到卡拉盯著她看，她對皮耶羅說：「我受不了，她的眼睛老盯著我看。」

皮耶羅說：「我家裡每一個人都是好心腸。」

燕燕看著沙發和卡拉，她想一個人待著。這個方露露，像根魚刺在喉嚨裡，讓她不舒服，她不知道該不該見，最好不見，沒有任何意義。

皮耶羅看了看她，商量地說：「今晚你睡我的房間吧？我睡沙發。」沒等她說話，他走進自己的房間，將大燈關了，開了檯燈，接著聽到關窗的聲音。

她站在那兒，心裡有種說不出來的滋味，今晚他會不會給她一個親吻或是擁抱？明天，明天她將舉行的婚禮，他是她生命的另一半嗎？他走出來了，拿著一個枕頭和毯子。他對她說晚安，就直接朝沙發走去。她無語了。不管明天如何，今夜，我必須睡覺。她去廚房倒了一杯水，邊往臥室走邊在心裡對自己說。

長江每隔幾年漲一次大水，在她八歲這年，江兩岸好多地方都被淹了。附近貧民窟的人在江裡撿了好些東西，有吃的，也有用的，桌子、木盆，甚至床鋪，他們說是天上掉下的橫財。大水並不像以往那樣來得快去得快，好多工廠都不上班，好多學校也是。可是她所在的學校卻是正常的。正上小學一年級的她，入了隊，戴上了鮮豔的紅領巾。她每天都要經過一條有長長石階的街道，一個邋遢的長白鬍子老頭，在那兒擺小人書攤。

一分錢看一本。

她有這錢，相比別的同學，她的家境稍好，經常放學不回家，在老頭子那兒看。有一本小人書，說的是一群鴿子的故事。有隻小鴿子在颳大風時，不小心與全家分散了，牠很開心，從此以後，可以按著自個兒的性子生活。時間過得很快，小鴿子去了好多地方，歲數也大了好多。有一天，小鴿子在一座城牆上看見父母，飛過去，發現是牠認錯了。牠開始想念牠們，決定去尋找，可每回快到目的地，都有大風，很大的風，逆向吹著，牠害怕，只能一次次放棄。為此，成天悶悶不樂，直到有天，另一隻鴿子對牠說，風有什麼可怕？葉落歸根，你走過千里萬里，最後還是得歸故里呀。牠聽進了，又往故里趕，大風颳起，風力比以前更大，這回牠不怕了，咬著牙，繼續向前飛。奇怪，不怕了，逆風就成順風。沒多久，小鴿子就到達了故里。可是牠發現，這兒只有別人的父母和兄弟姐妹。不僅如此，一切全變了，牠找不到家人，家人也找不到牠，牠傷心而亡。

她看得淚眼婆娑。長白鬍子老頭看見了，急忙遞給她另一本書，並且不收她的錢。她打開一看，還是一個鴿子的故事。在長江一帶，有一隻鴿子一出生就具有超常的魔力，牠會發出奇妙的叫聲，讓人死而復活。

所以，會有一些失去親人的人來找牠幫助。但理由不好，牠不會幫。這天，一個臉上長了雀斑的小女孩來找，告訴牠，因為爸爸對媽媽不好，有一天媽媽想不通，走入江裡了。他們找遍所有的地方，都沒有她的媽媽。小女孩淚水長流，鴿子同情她，叫她帶路，牠飛在她的頭頂，一同來到江邊。

鴿子飛在江面上，咕咕咕叫，又咕咕咕叫，聲音像給掛鐘上發條，不好聽，但人聽了，神經會繃直。沒一會兒，小女孩的媽媽被一股大浪打回到沙灘上。小女孩急忙跑過去，媽媽閉著眼睛，被推醒後，看到自己的女兒，一把抱住，再也不願鬆開。媽媽記不得跳江的事，但回到家裡後，對丈夫像變了一個人，不僅不怕他，反而讓他受氣，他要動手，她比他先動手，他居然打不過她，反而規矩了。

小女孩看完這本小人書，問長白鬍子老頭，發現他早已收攤走了。

她問路邊的人，老爺爺走了上山的路，還是下江邊的路？

所有的人都搖頭。

她只好回家，告訴媽。媽說，你說的事，跟我小時經歷的一樣，說著就去翻箱倒櫃，找出一本小人書來。可不，跟她手裡的書一樣，封面上的鴿子，眼神清澈，在盯著她看。

這雙眼睛想對她說什麼呢？那天晚上，江對岸朝天門碼頭、解放碑和臨江門、一號橋等地，焰火串線般炸開，炸得高高的，無邊無際，漆黑可怕的夜空瞬間美如天堂。她記起來，那天正是共和國的國慶日。

# 第十二章　第四天

咖啡館的櫃檯前有一個考究的玻璃花瓶，插了一束紅百合花，環繞著四枝粉紅帝王花。門口只有一個客人在吃早飯，他前面的桌子上擺著一杯卡布奇諾、一塊麵包和一份報紙。方露露一襲藍色超長連衣裙，戴了一頂紅色的齊耳短假髮，為了不要人認出她來，還戴上了大墨鏡，顯得非常前衛。落座之後，她看了手表，差一分八點半。

門吱嘎一聲被推開，燕燕走進來，是褲子外套了一件棉布紫花衫，腳上還是一雙羅馬平跟皮鞋。她張望了一下，沒看到人，卻先看到了百合花，花開得正豔。窗外的陽光照射進來，打在她的臉上。對面的鏡子裡的她個子顯得小小的，眼睛裡蒙著一層灰。她昨夜睡得出奇的好，居然是這樣一個精神不振的狀態。

方露露站了起來，向燕燕舉舉手，又坐下，像個老朋友一樣微微一笑：「怎麼樣，我已叫了兩份卡布奇諾。」

燕燕沒想到方露露是如此裝扮，走過來，把手提包放在她和方露露之間的椅子上，沒完全關上，邊上是方露露的ＬＶ手提包。這時有人推門進來，直接坐到她們對面的桌前。

方露露站起來，走到裡面一個位置，向燕燕招手：「這兒安靜。」她與燕燕坐下來，看著侍者端來咖啡。

燕燕直截了當地說：「請問找我有什麼事嗎？」

方露露直勾勾地看著燕燕，上下打量著，淡淡地說：「我們對彼此都有好奇心，所以才來了。」

「我並不想來……」

「不管怎樣，你還是坐在這兒了。」

「每個女人，都是一個未知的星球。」

「你是年輕的星球，我對你充滿敬畏。」

燕燕沒想到她這麼說，只得照實說：「我不是挑釁你，那句話是費里尼說的。」

方露露一聽費里尼，眉頭皺了，口氣淡淡地說：「知道了，你就是靠幾句費里尼老頭子的台詞搭上我的王侖的，他很吃這一套。那就直話直說，你們上床了吧？他花花事不斷，最多兩個月就會結束。你們在一起多久了？」

燕燕一下子火了：「你腦子有病。」一站起來要走。

方露露騰地一下站起：「蘇燕燕，你心裡有鬼就走。」

燕燕一下子愣住，定在那兒。

方露露看了看燕燕，突然伸出右手來，像要打燕燕耳光的樣子，燕燕偏開了臉。方露露一把抓住燕燕的胳膊，說：「王侖說要來羅馬，我以為他會向我求婚，昨晚我在他的衣服裡找到這個。我好奇，想知道……」她鬆開燕燕，遞給燕燕一個黑絲絨首飾盒子。

燕燕打開一看，是空的，一臉詫異地放回方露露的手上。

「他把裡面的東西給你了？」

「沒有。」

方露露看看燕燕，疑惑不解，不過兩個人都坐下了。

方露露的目光移到燕燕的左手指上，中指那兒有一枚戒指，但不是鑽石。她說：「王侖才不會這麼小氣，他會給你一個大鑽戒。」她任首飾盒滑落到桌上，眼淚突然掉下來。

燕燕的心一下子軟了，從桌上拿出紙巾給方露露。

方露露接過紙巾，擦淚，說道，「我想起小時候了，那時好想有一個愛自己，自己又愛的人。」

「露露姐姐，你比照片上可愛多了。」燕燕嚴肅地說，「不瞞你說，今天我就當新娘，我請王侖代表我家人陪我去教堂。」

方露露大感意外，竟一時反應不過來。咖啡上的白色泡沫澆了一個心形，兩個人都看著對方，方露露說：「哇，大喜日子！聽你口音像是重慶的？」

燕燕點點頭。

方露露的眼睛亮了：「這麼巧！我也是重慶人，長在南岸，你呢？」

燕燕也一驚說：「上大學前我都住在重慶。」

她們可以談重慶，談那條流經她們生命的江水，可以談上大半天。她們面前這個黑首飾盒，雖被有意忽視，可是有另一樣東西，比這個盒子更能將她們連接起來，更被她們有意忽視，那就是重慶。她們看著，不敢靠近，卻又想深入其中，最後還是放棄，任它化為烏有。最後，兩個人都如釋重負。

方露露微微一笑，意味深長地打破沉默：「生活呀，真是有意思。你的人生是男人，我的人生是我自己，我沒有辦法，從小就是這樣長大的，連王侖有時也需要我來裝飾他的面子。」她看看腕上的點綴著鑽石的手表，喝了一口咖啡，站了起來，說：「正好十分鐘，我告辭了。義大利的咖啡就是好喝！」她在桌上放下二十歐元。

燕燕也起身。方露露走到外面原來放手提包的那張桌上，發現她的助理李蘋坐在那兒。

方露露回頭對燕燕說：「男人靠不住，你好自為之吧，小老鄉！」她挺直了腰杆離開，李蘋跟在她的身後，快步走到前面，去給她開門。咖啡館還是很安靜，外面陽光很好，方露露看了一眼，停了腳步，微微側身，口氣輕柔地說：「燕燕，人跟人不同，我敢打賭，你是例外。你我如同不同的星球，此次相交，以後難有如此幸運。」她說完，搖了搖頭，神祕地一笑，走出咖啡館。

咖啡館裡太清靜了，任何一種聲音都聽得見，雖然兩個人離得並不近，但是方露露那一番話，前面的話，後面的話，一起扔過來，燕燕站在那兒，完全蒙了，眼睛盯著桌上的咖啡，心裡堵得難受。她端起咖啡，又放下了，朝門口走去，走到門前，才發現自己忘記東西了，又走回來，看到手提包是敞開的，馬上拉上拉鍊，從外側的小袋裡掏出一張紙條，那是母親給她的紙條。她的眼睛盯著上面的字，飛快地讀著，目光最後停在那把藍雨傘上。

她重新拉開手提包的拉鍊，取出手機，想給母親打一個電話。正在撥號碼，手機響了，她接起來，吃驚地問：「媽媽，你好嗎？我正想和你說話。」

「我擔心你，你馬上要嫁人了，你爸爸到羅馬了嗎？」

燕燕的眼淚嘩地一下湧出，她竭力控制自己，告訴母親說，她見到父親了，讓母親放心。她說會把婚禮的照片發過去的，她好想母親。

比蜜還要甜，比夢還要鹹
淚，嘩啦啦掉下來
藍雨傘順風撐開
星星漸漸暗淡
睡吧，寶貝
一年又一年
媽媽日夜陪伴
……

她想唱，和母親一起。那次大雨中，母親急匆匆舉傘沿著石梯而來，她站在學校大門前的一坡石階上，抱著書包，正狼狽地躥到一戶人家的屋簷下，冷得渾身發抖。母親先脫下自己的衣服給她穿上，緊緊地擁抱她後，才牽著她的手往家走。

母親在電話那一端說：「燕燕，四天前，你離開家時，請原諒我那樣和你分開，我怕自己會哭，不吉利，結婚是大喜事。」

「我明白。我愛你，媽媽！」

媽媽說：「你的聲音不太對，你在哭？」

「沒有。媽媽，我很好。」

「我愛你，燕燕，媽媽最最愛你！我從今天開始，不穿黑衣了，我要沾沾你的喜氣。」

她看見母親，應該說是有記憶開始，母親就穿深色衣服。後來父親不回家，母親直接穿黑色。從今天她的婚禮開始，她要脫下那黑色，這是多麼了不起的事！她望望頭頂的天，好燦爛呀！母親遇見父親之前，是怎樣的生活，童年如何度過的，她一無所知。現在，她馬上要步入婚禮殿堂，突然異常渴望知道這一切。但母親這樣，都是裝給她這個女兒看的，她怎麼可以和以往的痛苦和解呢？她早就是一個進入地獄深處的孤獨靈魂。

從十一歲那年開始，她學著手繪花朵，到現在已十一年了。每年她不管多忙，都要抽出時間來再畫一些，雖是不同時間所繪，花朵種類各異，但始終鮮豔妖媚，尤其是朱紅色，有風暴那樣的氣勢。每回畫完後，便將畫高高地擱在立櫃上端。時間久了，會沾有灰。這地區氣候潮濕，陰氣重，畫表面會浮出一股淡淡的霉味，那朱紅輕了一些。

她看了看時間，從櫃子上取下畫，坐在一張矮木凳上，用濕布輕輕地揩上面的灰和霉點，再用乾布擦一遍，以免畫布破裂。她的眉低垂，睫毛黑黑的，嘴唇蒼白，整張臉很安詳，卻是那麼美。

做完這一切，她關上窗，儘管外面一派陽光燦爛。

她穿上黑蕾絲連身內衣和皮靴，戴上一頂黑禮帽，對鏡抹了口紅。在暗黑中，她把最喜歡的那幅梅花的畫鋪在地上，盤膝坐在上面。

一個黑衣男人推門走進來，將門掩上後，看了看她，掏出一支菸和火柴，點上後遞給她。他走到房中央一隻頂燈前，開始說話。

她坐著，男人的臉一半在陰影中、一半在光亮裡，顯得陰森莫測。男人講了一個男人虐待女人和不忠的故事。不，慢慢地，故事變了，男人不僅玩弄女人，也玩弄男人，最後把這些人折磨虐待後殺害。這是本著名小說，被一個著名的導演拍成電影。電影上演前，他被人殺死了，而那部電影在很多國家遭到禁映。

她手一擺，男人停止，咳嗽了一聲。她伸直背，盤上腿。她朝男人點點頭，男人說起一個殘酷青春的故事。兩個女孩與同一個男同學的性冒險，他們犯下的錯誤，在一連串的衝動下，因為年輕，因為出賣了靈魂而遭到背叛。男人說：「卓別林說，人生近看是悲劇，遠看是喜劇，關鍵是你怎麼看。那麼，當一個從來不說真話的男人，來到一個曾被他拋棄的女人面前，女人要他脫下褲子。男人膽怯地脫下褲子，下面發生了什麼？」

男人抬頭看天花板，那兒有一隻蜘蛛在爬。他望著。

女人問：「怎麼啦？」

男人不語。

「君子之言。」

「可以讓他穿上褲子？」

「如果他肯洗女人的內褲。」

男人不明白，望著她：「洗女人內褲？」

「或是倒痰盂？」

男人皺眉頭。

「做這種活，你們男人就認為不吉利，還不如去殺一個人，變性生孩子，對吧？」

男人不言語。

女人冷笑，然後說：「接著講吧！」

男人說：「這個男人知道，黑暗中，有很多可以懲罰他的方式，他非常痛苦，他沒有時間思考，但他決定穿上褲子，不管這代價是什麼。」

「故事講完了？」

男人點點頭。

女人吸了一口菸，看了看他。他在原先站的位置的正北方，移動了一步，轉了三十度。那頭頂燈射下光來，投下奇怪的影子，像他長了一根尾巴。

她笑了。

男人不自然地看了女人一眼，走過去，給女人打開窗子。外面和屋裡一樣黑，只是天邊有一線白光。不知不覺，時間就這麼迅速地過去了十二個小時，兩個人都不吃不喝。

女人說：「一個人不能兩次涉入同一條河流，因為河和人都與之前不同。這是偉大的赫拉克利特說的……」

男人歎了一口氣。

女人停止說話，房間裡空氣遲重，彷彿劃根火柴就可引爆。男人突然跪下說：「我在這兒了，你要做什麼都可以。從前，那是從前，我承認那一切。」

他說著從上衣袋裡掏出一把尖利的刀。「你要我自己切，我便切。」他看著她，可憐巴巴。

女人沒想到，喉嚨裡直冒酸氣，她沒有看他，說道：「你走吧，不必再來。」

男人閉了一下眼睛，站了起來，迅速穿上褲子，走到門前，跨出去，將門很響的一聲碰上。

女人盯著門，熄了菸頭，動了動身體，察看那被自己坐過的畫。畫上的折皺，是她的身體湧出的汁液，點點梅花，不再是濃重的朱紅，反倒像初潮之血，如此的青春，正在凶猛地盛開。

女人也歎了一口氣，站起來，披了一件藍色衣袍，把口紅擦淨，走進裡面一個房間。那兒三面是書櫃，一面是床，很小的床。床邊是一個木雕男人，臉上蒙了一層紗布。她走到小床上躺下，輕聲說：「明天可以把你燒了，父親，我不再需要你。」

那個木雕男人自個兒倒在地上。一分鐘不到，豎起來另一個木雕男人。她看了一眼，揮揮手，「明天也把你燒了，管你是誰。我可以一個人在這個房子活下去。」

第一次莽撞寫下一個故事，便寫成這樣，以後會寫什麼？青春年少，心已近滄桑！這樣的書寫，對她並不是一件有趣的事。好玩，辛苦才可行；不好玩，便無意義。還不如去看別人的書寫。她合上本子，放下筆。趁早打住。女人向男人算帳與女人睜眼看清男人，哪一種好？

# 第十三章　還是同一天

走到街口就遇到了卡拉，燕燕不由得懷疑，自己與方露露見面，是否被她跟蹤。卡拉穿了一件花襯衣、破洞牛仔褲，臉上還掛了一副墨鏡，顯得狂放不羈，但身體語言是晦澀的。她注視了燕燕幾秒，掉頭朝前走，走得很慢。也許是發現她真跟一個中國女人見面，便放心了。西方人一般不這樣行事，除非卡拉別有用心，直到現在她才感覺到，這個堂妹喜歡皮耶羅的心思過了。燕燕加快步子，與卡拉一同回家，路上卡拉問燕燕，是否需要她幫忙準備梳妝打扮。

燕燕想了一下，點點頭。相信人善，比相信人惡好，那樣你的心不累。

可是回到皮耶羅的房間，她卻是沒了主意。打開箱子，將衣服抓到床上，穿王侖贈的婚服，還是從北京帶來的那件白色繡花旗袍？讓她頭痛。

皮耶羅敲門後進來，還是穿著便裝，關切地問：「你父親還是要去西西里島？」

燕燕難過地點點頭。她看著他，指指床上的衣服。

「我覺得你還是穿那件好。」

她順著他的眼光，當然知道他說的是哪一件。王侖送的婚服更適合她的氣質，從這個方面來看，他是個善良人，不嫉妒。

「我父親那樣，我也沒想到。」

他歎了一口氣。

「不過，不要擔心，我昨天請了王侖帶我進教堂。」她不得不告訴皮耶羅。

「王侖？」皮耶羅不太高興地說，「為什麼是他？」

「在整個羅馬，我只有他這麼一個中國人朋友。」

皮耶羅勉強地點點頭。

「沒准他下午不來的。」

皮耶羅沉默一會兒說：「那樣的話，我找一個叔叔代替。」

教堂的主禮拜堂布置得很講究，吊燈和壁燈點亮，殿台前點了很多蠟燭，中間道兩側椅子背上繫了白色的綢帶和紫色、藍色的鮮花，顯得喜氣。椅子坐滿了家人和朋友，男士西裝革履，女士衣裝華麗，不少人戴著禮帽。還有一些位子空著。站在殿台上的皮耶羅看手表：下午兩點。

他穿了一身黑色燕尾服，打了一根漂亮的黃絲綢暗花領帶，胸前別著鮮花。鬍子刮了，整個人看上去很精神，昨日的陰霾一掃而空。神殿上，神父白衣白袍，繫了紅帶，也在朝外張望。

伴郎安吉洛頭髮修剪齊整，穿了一身黑色燕尾服，淡綠色領帶，與皮耶羅很搭。他從外面門口走到神父的身邊，和他道對不起，說坡下面正在拍電影，還有一些重要的客人沒到，需要再等一些時間。神父歎了一口氣，點了點頭。

卡拉穿著藍色小禮服，跟別的伴娘一樣，頭髮上插了一朵白玫瑰，顯得年輕、利索，也漂亮。

她現在跑上跑下的，倒是盡心盡力，不過看燕燕的眼神，還是跟之前一樣複雜，彷彿在說，不是不喜歡燕燕，而在於燕燕是一個不合時宜的闖入者，把她的家庭弄翻了天。如果燕燕不結婚，想必她會歡天喜地。

燕燕搖搖頭，為什麼我會這樣想？卡拉今天中午給她化妝時，很仔細，把她變得比以往任何一個時候都美。看到燕燕照鏡子時高興的樣子，卡拉才說，自己本來就是一名化妝師。皮耶羅都沒告訴她，也許說了，但她沒有記住。

卡拉的頭又伸在教堂門口，看外面的情況。很多衣冠楚楚的客人踏上石階，往教堂走。

燕燕穿著費里尼電影裡那件乳白色手工釘珠絲綢婚服，頭戴皮耶羅母親的古典手工繡紗，手握龍膽和白色康乃馨組成的花束，姿容清秀，楚楚動人。誰是新娘，上天必把所有的光傾灑在她的身上，讓她在這一天成為世界上最美的人。母親帶著七歲的燕燕，去廟裡點吉祥燈時，正巧有結婚的隊伍經過，母女倆盯著一身紅衣的新娘說過這話。今天，燕燕當然是羅馬城裡最美麗的新娘。三個伴娘、兩個花童都身穿藍色小禮服，他們手舉鮮花束，在燕燕身後站著。沒過多久，燕燕著急起來，王侖完全可以不來，他沒有欠她的。她看手表：兩點半了。

卡拉站在教堂的小門前，著急地朝燕燕攤開雙手，意思是問誰帶她進教堂。燕燕對她說：「等等！」

說出口她才知道，自己說中文，卡拉哪能懂。不過這種十萬火急的時刻口型發出的意思便能準確表達，果然身邊的另外兩個伴娘跟卡拉喊話。

卡拉點點頭，轉回教堂裡去了。

時間又過去了十五分鐘，教堂的鐘聲敲響，氣勢恢宏。

憂苦之慰聖母堂前的坡度並不高，但是大太陽下，一路走上來，就不輕鬆。王侖一身是汗出現在教堂前，一身黑色中山服，襯得他的臉色發白，不像是參加婚禮的，整個人毫無喜氣。但是看到他，燕燕鬆了一口氣，對教堂小門探出腦袋的卡拉比畫，她指著王侖，向卡拉點點頭，卡拉也鬆了一口氣，她又跑進教堂裡去了。

王侖走近，喘著氣對燕燕說：「對不起，堵車，我爬坡來的。你好嗎？」

燕燕點點頭，一臉嚴肅。卡拉跑到伴娘隊伍中，燕燕把自己的手提包遞給她，她給教堂裡的人打電話。

王侖把手臂遞給燕燕，讓她挽著他的手。他拍拍燕燕的手說：「新娘子，開心一點，笑一笑。」

燕燕勉強地笑了，教堂的大門突然打開。

王侖馬上皺起眉頭，神情嚴肅。昨夜很難入睡，躺在床上看夜空，他想到了貝托魯奇的電影《夢想家》，少年馬修獨自一人來到巴黎，他熱愛電影和音樂，與一對同齡雙胞胎經歷了一段如夢的時光。這部電影溢滿青春和情色之美。馬修的內心有點像他，如果他的人生往藝術這邊靠，會快樂得多。從沒有一個人像燕燕昨天那樣與他暢快地談電影、談從前那麼多。多少年了，他的生活與藝術背道而馳。舊時代會打破，新時代必來臨。記得剛決定下海從商時，他坐地鐵到西直門外大街的北京天文館看星空，看得脖子痠痛，索性坐在地上看。他出生的金牛座，在星盤上是六合冥王星，思想即是一切，意志力引導想像力。這種人會調和自己的物質現實與精神生活，會把生活中糾纏不清的結解開。他以為他解開了，他以為他做得不錯，但現在來看，未必如此。

他從天文館出來，整個北京下著雪。

那是一個下雪的北京。他的眼睛慢慢合上，是的，他會去那個婚禮，把他一生最看重的一個朋友、他的知己帶進教堂。

沒錯，他必須帶領她朝前走。他神情嚴肅，這是他從未經歷過的一個考驗，他完全失去了主心骨。

這一夜，她與他在床上，兩個人靜靜躺著，沒有說話。草草做完那事後，他馬上入睡。她望著黑暗中的天花板，全是向日葵，還有牡丹，碗那麼大。她難以呼吸，透不出氣，想推醒他，卻又不敢。她輕手輕腳打開窗，大口大口呼吸新鮮空氣，才緩過勁兒來。看著床上那個男人，她和他的生活真相在這個夜展現出來，一張床上躺兩個人，還不如一個人、甚至自慰快樂。

黑暗變得如此猙獰，她再也無法入睡。第二天清早，她的眼睛紅腫，與他一起吃早餐。她說，我們不能這樣下去了。

他有些驚訝，不過馬上點頭同意。

她要他的照片作紀念，他把皮夾裡一張登記照給她。然後送她回她的酒店。走到街口，一棵老樹，掉了一地花瓣，新花苞卻依然在怒放。她看著，他拉過她的手握著，抬頭凝視片刻。

兩個人牽著手走到她的酒店前，他鬆開了她的手，她忍不住大哭。他居然沒走遠，聽到了，沒有回頭，而是扔回一句話：會打電話給你！

他走了。

那是五月，在一個有運河的地方。他是一個畫家，祖籍在重慶。他天生是個不快樂的人，曾有幾度差點在酒中斃命。

她跟他相識，純屬巧合。她無意間走入一個畫展，那天正是開幕式，當時他也剛送人出來，在門口遇到她。因為他的樣子像從前的某個人，當他與她搭訕時，她沒有走開，反而與他交談起來。

一來二去，兩個人成為無話不說的朋友，她才知道，這個男人小時在重慶南岸彈子石住過相當長一段時間。她被他吸引，漸漸生情，沒多久她和他上床了。兩個月後，她發現月經沒來，去醫院檢查，她有了身孕。關於孩子，是個大問題，她決定做掉。猶豫了一個月，她變了主意，想把孩子生下來。有了孩子後，她倒是見過他，以後不見，是因為他有了別的情人。他死在耶誕節，不是酒精，而是中風。一口氣沒接上，就閉了眼。她不知道。過了一年，她接到一封電郵，是他的妹妹發出的，告訴她這件事。

因為她曾迷失，孤獨得要命，以為有他便能活下去。得不到他，有他的孩子，她也能活下去。真的，她是靠他的孩子活著，她幾乎每天都給孩子拍照片，洗好，放入相冊。基本上是黑白的，她在照片邊上批註時間、地點，擔心有一天自己失憶，擔憂孩子長大了，對經過的歲月一無所知，那才是一個災難。

當孩子入睡時，她總和他說話，說得最多的是過去。有好幾個星期，她都在說一個小學同學。小學同學生得很秀氣，眼睛有著海水的藍。她倆是新年級重新編班才到同一個班的，然後就一下子成為朋友。她們彼此住得不遠，早上一起上學，放學後一起玩耍，形影不離。有一次在江邊玩水，女同學的哥哥來了。他在讀高中，成績很好，都說他是北大、清華的料。他教她倆游泳。結果哥哥教她時，女同學游到了深水區，一個浪吞沒了女同學。女同學被哥哥救起來，哥哥給她做了人工呼吸，倒出好多江水，可是沒用，妹妹仍舊閉著眼。哥哥生氣地將妹妹扔回江裡。

他們的父母及親朋來了，反問哥哥，如果小妹沒死，你怎麼可以把她扔回江裡？後來在江裡和下游都找過，沒有屍體。

她帶孩子去那個出事的地方，指著江水告訴孩子，江水是什麼？它可以將你的命和魂吞沒。她那天失去的不是一個女同學，而是兩個朋友，她重新回到孤獨的黑暗裡。女同學出事後，她再也沒有見過她的哥哥。有人說在成都見過他開居酒屋，有人說在重慶歌樂山瘋人院見過他，一見到女孩就嘻嘻笑個不停。

當然他不知道這一切，包括他的孩子的存在，他沒有資格。

她站在那個酒店房間的窗前，一直看到他經過橋上，到他消失為止。她的臉上掛著淚珠。

他也不知道，女人的狠心，是跟內心燃燒的愛情相關。

我想你，我像是在宇宙那邊。我不想你了，因為我已從宇宙那邊回到你的身邊來了。恨，已漸漸淡卻，記憶封印在講述結束時。

故事結束，別人的生命體驗，如此怪怪的男女之情，恐怕只有她這樣的人才會喜歡，並摘抄下來，放在豆瓣個人小站上。

幾天下來，豆友留言增多，說她在寫自己。也有人建議，希望她為之寫一個結局。

結局都是老天定好的，凡人改不了。

她回了一次重慶，站在兩江匯合處，從華燈初放時，看到星星們怒放。這真是一個好天，在家鄉能看到這麼多星星。如果星星沒有愛情，是不會在黑夜裡閃爍的。她朝山坡走去，纜車沒有了，穿過好些小街巷子，一抬頭，發現那幼稚園半圓形的石牆沒有了，當年小小的她，好不容易從音樂課裡溜出，用力搬來一個高凳子，借助凳子，爬到牆上。剛在牆上小心地踮著腳走幾步，對著高高的院牆下灰壓壓的一片房子高興地喊，我要當媽媽，我要有三個，不，五個孩子！這時她捂著嘴，在她左邊，隔著十幾步的距離，站立著一個白袍人，他那麼高大，吃十個大肉包子也不會飽的傢伙。他走近幾步，對她輕聲地說，即便身後有手風琴和歌聲，也一樣清晰。她聽了，搖了搖頭，但馬上露出潔白的牙齒笑了起來。

# 第十四章　婚禮

憂苦之慰聖母堂的石階乾淨得可以穿白裙坐在上面，也不會有灰塵。唱詩班的孩子們身著白衣，站在上面，個個如油畫中的天使。他們列隊進入教堂，分別站在殿堂兩側。

燕燕挽著王侖的手，互相對視，給對方鼓勵。如果不是這樣，如果不是緊緊拉著他的手，她不知道自己是否能繼續往前走。正在這時，普契尼的歌劇《賈尼・斯基基》片段「我親愛的爸爸」響起，這無疑是救了她。她吸了口氣，望向王侖，王侖也正在看她。她點了點頭，徐徐步入教堂。

卡拉牽著燕燕的婚紗，另外兩個伴娘跟著，再後面是皮耶羅親戚家的兩個八九歲的小花童，一身白裙，頭戴白花、紫花裝飾的頭冠。

所有人起身，向新娘燕燕注視。

一行人走上神殿，伴娘們退去，王侖握著燕燕的手，緊緊地，生怕她會跑似的，她的嘴角動了動。他希望婚禮早點結束。燕燕是可恨的，給他的這個角色是對他的折磨，真是的！恐怕他是上輩子欠她，這輩子才來還，不然，怎麼解釋他正在做的一切？他鬆開手，慢慢把燕燕的婚紗揭開，禮節性地，在她的左右臉頰上各親了一下。注視她片刻，他的眼睛濕了。不行，得控制住情緒！僅僅幾秒，他做到了，把內心的火焰熄滅，然後給了她一個擁抱，然後把她的手慢慢地放在皮耶羅的手裡，退後一步站立。

皮耶羅看著燕燕，臉上什麼表情也沒有。他不知道這時的他是不是他。主啊，幫幫我吧，我該往下進行嗎？

音樂結束。

神父清清喉嚨，用義大利語叫了皮耶羅的全名：「皮耶羅・凱魯比尼。」停頓了一下，再次說著他的名字，說了一串義大利語。

為了讓燕燕聽懂，王侖在她耳邊譯成中文：「你是否願與這名女子締結婚姻關係，共同生活？」皮耶羅看了看燕燕，燕燕也看著他，他又看看神父，隔了一會兒，用義大利語說：「Sì, lo voglio.（我願意。）」

神父的目光轉向燕燕，說著義大利語，王侖替燕燕翻譯成中文：「蘇燕燕，你是否願與這名男子締結婚姻關係，共同生活？」

燕燕看著神父，張嘴半晌說不出話。

王侖擔心她沒聽懂，用中文重複了一遍：「蘇燕燕，你是否願與這名男子締結婚姻關係，共同生活？」

燕燕還是盯著神父不回答，全場空氣緊張。

王侖在一邊急了，輕聲說：「說YES。」

燕燕聞聲，朝王侖看去，王侖說：「說YES。」

跟電影似的，為什麼輪到自己？她的眼睛濕了，不，一定不要這樣，不要再看王侖。可是，她沒辦法移開視線，這個才認識五天不到的男人，她與他萍水相逢，為什麼卻像認識了一輩子一樣？

這時，神父咳了一聲，她的目光轉向皮耶羅，他仰望著十字架，手在畫十字，神情黯然。

她掉轉臉來，閉上眼睛，然後睜開眼睛，對神父說：「NO！」

皮耶羅身邊的伴郎安吉洛誤以為是王侖之錯，他讓新娘說不，氣炸了肺，一拳打倒了王侖。動作太大，燕燕也跟著王侖倒在地上。

王侖彈起來，反手一擊。

整個場子一片混亂，更多的人加入進來。燕燕抬起頭，正好與神父的眼光相遇，神父眼光轉向教堂門口，盯著那兒，什麼表情也沒有。

燕燕明白了，別無出路！她把手花扔給皮耶羅的堂妹卡拉，卡拉一愣，條件反射地把手提包扔給燕燕，她接住了，拉起王侖的手就往教堂門口跑。

教堂外的遊客們，看稀奇似的瞧著這對男女，以為他們是新娘新郎，全都在拍手歡迎。

燕燕和王侖狂奔下長長的石階，皮耶羅的親友們也衝出教堂。好些人不知道發生了什麼，跟著別人跑。

石階下，廣告片《我愛你羅馬》正在拍攝，攝製組一班人馬各就各位，正在緊張忙碌。有一輛藍色摩托車停著，明顯是二十世紀六〇年代式樣，精緻小巧，超酷。身著白色拖地婚服的方露露，正在與馬可•瓦利站在石階前深情相擁，他們扮演的是一對愛侶，已舉行完婚禮，正在互訴衷腸，攝影師在移動機器，想用中景拍攝。旁邊是單行線，有員警維持交通，遊客基本不讓進出。

皮耶羅一個人衝在前面，不停地大叫：「燕燕，停下！」

前面兩個人跑得更快了。

經過那輛藍色摩托車，燕燕稍一遲疑，隨即跳了上去，一下子發動起來。她騎得歪歪扭扭，險些掉進溝裡。王侖也來不及多想，跟著跳了上去，在她身後，握著車把，試圖幫她調整方向。摩托車橫衝直撞，眾人閃開一條通道。

攝像機對準他們。

方露露一回頭看見了，扔掉馬可，朝攝影師吼道：「我才是新娘！」

王侖踩油門，摩托車載著他們往坡下駛去，路面不平，他們沒經驗，像在騎馬一樣顛簸。他們沒有說話，來不及說話，只想趕快駛出這塊地，離開這兒。

方露露朝坡下追，馬可往坡下追，一大幫義大利親友跟了上來，所有圍觀的遊客都以為這一切是在拍電影，驚喜地看著他們。

王侖與燕燕在摩托車上相視而笑，一下子放鬆。摩托車正拐彎，她看見追來的人群，邊笑邊把頭上的紗冠取下，扔給跑在前面的卡拉，卡拉撿到，扔掉，方露露撿到，不知是什麼，傳給皮耶羅，皮耶羅又傳給下一個人，但馬上回過神來，重新搶回來。突然，一隻狗掙脫一個義大利女人，也朝那摩托跑去。「費里尼？」皮耶羅看到，嘴裡嘀咕了一聲，跑上去。

方露露看著漸漸遠去的藍色摩托車，停了下來，連連說：「怎麼啦？光天化日之下！」她揉揉自己的眼睛，不相信所看到的一切。

她的助理李蘋托著她婚紗的拖尾，跟著一路跑來，喘著氣說：「露露，我們得教訓這個小賤人。累死我了。」

馬可跑得比她倆更快，站在她們的面前，叫她停：「露露，最親愛的，不要傷心，你有我。」

「真的？」方露露不敢相信地問。

馬可點點頭，方露露眼淚嘩地下來。攝像機轉向他倆，方露露馬上破涕為笑，對馬可說中文：「這下，我自由了。」

「什麼？」

「我在教你說中文。」

馬可嚴肅地說：「那再說一遍。」

「親愛的，沒有結束，也沒有開始，只有生命無限的激情！費里尼說的。」她的樣子很陶醉。

馬可的眼神無限迷醉，伸手攬過了她的腰。露露順勢把頭靠在他的肩膀上，從這裡可以看到助理李蘋，在激動地對著電話說著什麼。

大鬍子導演對著喇叭用英語生氣地喊：「馬可，露露，馬上回到石階前來！重拍！」

方露露挽著馬可的手，走過去。她說：「我們是在拍一個婚禮廣告片，但是應該帶一些喜劇風格。」她說完，身體一歪，帶著馬可的身體倒下去，馬可心領神會，與她往相反方向轉動身體，帶著她，雙雙倒在地上。攝影師靠近了，兩個人你拉我、我拉你扯在一起。

他真的走了，再見，王侖！她眼淚掉下來，同時又笑了起來。導演說：「好極了。」

天突然堆滿了雲團，燕燕和王侖騎著摩托車，沿著河邊的小道飛速前行。前面拉著黃線，路封了，他們只能停下來，但是沒有站穩，跟著摩托車倒在地上。他們沒急於爬起來，而是把頭轉向了對方。

「你一定後悔了。」王侖深情地看著燕燕說。

「絕對如此！」燕燕很嚴肅。
這時河邊停靠的船上傳來音樂。
王侖向她伸出手：「我敢打賭，在羅馬，不管什麼人，聽見這音樂就想跳舞。」
燕燕把手交給他，說：「哈，原來在羅馬做夢，是這般的美！」
她的頭靠在他的肩上，沉醉地閉上眼睛，兩人跟著音樂移動著舞步。他們越抱越緊，丘比特的箭射出，兩個人的呼吸越來越急，互相尋找對方的嘴唇，他們親吻在一起，感覺整個身體在燃燒，天地在戰慄，閃著光亮，彷彿整個羅馬旋轉起來，台伯河兩岸的天使朝他們轉過身來，彈奏起豎琴，為他們歌唱：

這條路上我走了多少遍，都沒有看見一個神。
今天波浪打斷了雷鳴，你乘船離開。呵，你的眼睛清晰而堅定，呵，岸邊的勇士都知道，
終有一天你會回頭，回到我身邊。

這時，從他們身後駛來幾輛摩托車，幾個義大利員警走了下來。領頭的員警擺手，讓部下等等，可是王侖和燕燕還在親吻，沒有要停下來的意思，他倆變得好輕好輕，渴望融合在一起，成為一體。領頭的員警只好走到兩人面前：「有人報告你們偷了摩托車，給我你的護照。」
這不帶任何感情的聲音，一下子讓王侖和燕燕在極度快樂的時刻定格。他們回到現實，看到面前的員警，鬆開身體。員警看著他們，重複了一遍剛才的話。
王侖從衣袋裡取出護照，遞上去。

燕燕撿起摩托車邊的手提包，但是沒找到護照。她急得把包裡所有的東西都倒在地上，全部翻找一遍，也沒有找到護照，這太不可能了。員警用英文說：「你是非法進入義大利。」馬上要帶走燕燕。

「你們弄錯了吧。我是合法進入義大利的。」

王侖給員警說：「我證明她與我坐同一班飛機來義大利的。」

這時皮耶羅坐計程車追來，他激動地對員警解釋，說得語句都顛倒了，但是意思很明確：他不要燕燕被抓走。與此同時，員警也說著什麼，還在不斷地搖頭。

後來，員警取出手銬，要銬燕燕，燕燕抓起自己的手提包砸過去。另外幾個員警全部撲上來，王侖和皮耶羅用身體擋住。這時幾輛計程車到達，卡拉和叔叔等人趕到了，他們加入攔著員警，把員警推開撞倒。有一個被擊倒的員警吹響了哨子，十多個員警如臨大敵，迅速圍攏在一起，事態顯然是升級了。但是他們哪是員警的對手，王侖和皮耶羅相繼被打倒在地，燕燕也被抓住。員警馬上控制了場面。

燕燕對皮耶羅的叔叔說：「你們該恨我才是，可是你們卻什麼都不顧地來救我。」

他們朝她搖頭，又點頭，卡拉朝她豎起大拇指。

燕燕對皮耶羅說：「我得跟他們走。」

王侖說：「我跟你去。」

燕燕看著他，馬上決定了：「不，我不要你和皮耶羅的親友為我受到牽連，我一個人去。」

員警頭子用手點著燕燕和皮耶羅，兩人被帶到警車前。

這個早上燕燕醒來時，怎麼也沒想到，自己的羅馬婚禮會是這個局面。山河拱手，為君一笑，她呢，為自己一笑，絕不後悔。警車鳴笛行駛在羅馬街上，下午時分，羅馬的熱鬧才剛開始，很多遊客不明就裡，站在兩邊看這陣仗。可不，這排場可真大，警車鳴笛開路，身後是十多輛摩托車列隊跟隨。警車裡，燕燕往後看，邊看邊說：「皮耶羅，現在，你看我像《羅馬假日》裡的公主一樣，有警車護送。」

皮耶羅也往後看，感歎道：「美國的總統來羅馬，嘿，也一樣。」

燕燕掉回頭來，笑了：「皮耶羅，我第一回發現，你還很幽默。你的中文突然上了一層樓。」

皮耶羅突然不好意思了起來。

燕燕輕輕抓過他的手：「皮耶羅，我非常抱歉！原諒我，我不能嫁給你。你看你的家人對我那樣好，我欠你！」

「不不，不要這樣想。我得到了解脫。」

「你真的這麼想？」她很意外。

「你知道的，我想當神父，我的奶奶、媽媽和卡拉，她們都不願意我離開義大利。這下，她們都高興了。用你們中文說，叫作『兩全其美』。」

燕燕摸著脖頸上的十字項鍊：「皮耶羅，你是我見過的最好最好的人！」

皮耶羅的臉紅紅的，真誠地說：「我們在中國，你和我——睡覺了。」

「你覺得和我睡覺了，就應該和我結婚？」

皮耶羅點點頭，然後說：「我也愛你，我必須對你負責。」

「我答應了你的求婚，因為喜歡你，真的喜歡你！而且你住在羅馬，費里尼的羅馬。」

他們哈哈大笑起來。

前面的幾個員警回頭看了一眼，不住地搖頭，彷彿看到兩個瘋子。

現在似乎有些想起來，那小小的照片上的男人是誰。他跟那個照片上的人有點像，穿一件西服，還打了根領帶，經常開車去城外一個朋友空著的房子度周末。她喜歡看電影，她在路邊攤上選電影盜版碟時不止一次遇到了他。兩人關於電影，交談了一下，他有好多碟，都是她期待觀看的。他請她跟他去看碟，她可以帶走它們。

她猶豫，看著他走遠。他突然停下來，朝她偏偏頭。她想了想，便朝他的方向走去，靠近他時，她停下，但只是幾秒鐘的猶豫，沒一會兒就與他並肩而行，交談起來。

到他的這個地方，還是第一次。

他頭髮亂亂的，個子在這個城市裡的男人中間算是高的，也並不年輕，戴了一副眼鏡。她梳了一條辮子，身上的白裙皺巴巴的，裡面有條打底褲，還有幾處小洞，手腕上繫了一根黑色橡皮繩，整個人乾乾淨淨的。他和她走在樹林中那條似有似無的小徑上，空氣很清新。他說，一個人活著沒勁兒，很高興有她做伴看碟。然後他轉移了話題：「你會愛上我的，我可以四個小時不停。」

「什麼意思？」

「我不想浪費時間，你不是對我的碟有興趣，而是對我。」

「好自信。」她沒看他。

「不信，我們可以打賭？」他補了一句，「生命或是金錢？」

「生命是上天定的，金錢都是假的。」

「難道你不想交一個男朋友，你不想結婚？」

「結婚絕對屬於封建時代，結婚前男人對女人好，結婚後女人討好男人，弄得自己什麼也不是。」

他聽了，加快腳步，把她丟得遠遠的。當他們進入那座房子後，她看了一眼滿牆放著的碟片，發現屋裡沒有傢俱，木地板上只有幾個疊在一起的靠墊和一台超大的電視。他問：「看碟或是——」

她拉著他的手，在木地板上坐了下來。

她說：「這個房間在我的夢裡出現過，我記得有音樂，是在潮濕陰冷的雨天，有一張溫暖的床。」

可不，的確有音樂，從遠處傳來。也有床，按牆上的鍵，一張隱在牆上的床放了下來，白色的床蓋上有軟軟的枕頭。天突然暗下來，閃電頻頻閃現，雷悶聲悶氣。幾匹棗紅色的馬，穿過成片的樹林而來。她一步步走向他。她脫掉他的衣服，把他推倒在地板上，說：「我等待這一天已經十年了。」

他拒絕與她親吻，一把抓著她的脖頸說：「你必須告訴我，你是誰？」

她不說。

他發火了，把她推倒，看著她，還從地上跳了起來。

看到他在屋子裡像頭雄獅，走到門口，又折到她面前，完全失控，她說：「好吧，我告訴你，我是從電影裡偷來的台詞。你不覺得剛才我那麼說，比我說喜歡上你，還酷嗎？」

他不信，說：「可是你說了十年？」

「十年只是強調感情的深度，與一天沒有本質的不同。一天喜歡上一個人，真正喜歡，完全可能會為之付出一切，包括生命。我說的是大實話。因為至今為止，我還從未有過一個正式的男朋友。我所有談情說愛的本領都是從書本和電影裡學來的。」

男人看著她，還是不信，以為她要逗弄他。他要她講講，口氣比剛才柔和多了。

火車轟隆隆的聲音是那麼好聽，她在去丹東的火車上。從丹東可以去管轄嚴格的朝鮮不是一般人可去的。那晚軟臥包廂裡只有她和一個中年男子，他長得平平淡淡，但穿著一件灰色高領毛衣，一雙咖啡色半高皮靴。他一直沒有理她，盯著窗外發呆，眼睛裡似乎有淚沁出來。她一直在看一本米蘭・昆德拉的小說。音樂響了，很快樂的有節奏的音樂，那個人站起來，突然轉過身，向她伸出手，邀她跳舞。她接受了邀請，他們在軟臥車廂裡跳舞，一曲又一曲。後半夜，兩個人都擠在窄小的床上。服務員每隔一段時間來查包廂，故意與他倆為難。天亮火車進站，分手時，那個人要了她的電話，說要打電話給她，說非她不娶。那個人第二天死在丹東的酒店裡，報紙上有他的照片。

「他不是你，但有些像你，因為你倆說話的口氣一模一樣。」

這是她走出那座房子最後說的話。雨水停了，不時有微風吹過臉龐，冷冷的，她打了個噴嚏。

走了許久的路，才到大路上，好歹搭上一輛車，車子向前行駛，她回望身後：天邊現出紅霞，像一枝枝花朵，醒目地怒放。這時，被時間埋葬的一段記憶清晰地浮現出來，那幀小小照片上的男人，他在她喜愛的一部電影《殺死一隻知更鳥》裡。沒錯，那是格利高里・派克扮演的一名律師、一個好父親芬奇。對人無害的知更鳥，只知為人唱歌，遭到殺害，好心幫助人的人，卻被冤枉致死。芬奇對他的孩子說，這世上的有些事遠比想像的複雜，如果可能，我希望你們一輩子都不用知道，但是，那是不可能的。芬奇寬大的西服好比一座山可依靠，透過那鏡片，他可以看到你的心，安慰你。那是她心裡父親的樣子。

當年，她好不容易找到他的照片，印製下來，每次看電影，他，作為照片人的他，就被她放在身邊的位置上。

## 第十五章　這樣的結果，是命定的

王侖在套房裡收拾行李。他取出黑色行李箱時，無意刮倒了方露露的ＬＶ手提包，裡面的梳子、地圖和口紅掉了出來。他將它們放回去時，發現了燕燕的護照。

他打方露露的電話：「露露，你馬上給我回到酒店來。」

「現在不行。」

「你讓馬可聽電話或是我直接打電話給他？」

那邊沒有聲音了。

王侖擱了手機，取了一根雪茄，夾掉頭，含在嘴裡，點上火。

他打開手機，點擊網址，點擊電影，螢幕上出現費里尼的《八又二分之一》的電影封面。但是他不需要看。

透過雪茄繚繚繞繞的白煙，他看到自己在一個噴泉裡，在雕像間穿梭。他渾身濕漉漉地走在廣場上，呆立在清晨一個人也沒有的西班牙台階上。那隻頭頂有黑毛的灰鴿子出現了，像一個人一樣在石階上踱步，轉頭目光犀利地盯著他看。突然，一排槍在朝牠射擊，但無一射中。那隻鴿子只是傲氣地昂了昂頭。他一揮手，一支槍出現在他手裡，他向牠瞄準，他的父親出現了，擋在他的面前。

「你怎麼可以？」

「每個人都必須這樣做。」他說。

「你出生時，牠也出生，在我們屋頂上。那是在四川農村，有民兵拿著獵槍，鴿子母親不捨得飛走，用身體護著小寶寶們。牠們都死了，只有那隻命大，是你母親將牠救活。」

他聽過這隻鴿子的故事，但不曾知道父母救下的那隻鴿子頭頂是否有黑毛——這和他有什麼關係，一個人和一隻鴿子同一天出生。

「爸爸，你想說什麼？」

父親笑了，說：「讓牠走。」

他問：「你以為我會怎麼樣？」

「我以為你想要牠結束。」

「不，」他說，「爸爸，你不了解我。」

「最了解你的人並不是你自己，你知道嗎？我們的世界，如果不是夢境，那便是罪惡。如果成為夢境，那現實就會搶先一步，將我們的心腐蝕，吃掉。懺悔不難，但人都不會做。」

父親說著，手裡突然出現了一把獵槍，他對準自己，槍響了。父親成碎片散開，鴿子飛上天空，飛得很高，飛過台階上面的教堂，直到他再也看不到牠。突然，天上有數不清的鴿子收起翅膀，垂直掉在他面前的石階上，撲棱棱的一片，都沒了性命。動物這樣自殺的行為，他沒看見過，倒是聽方露露說過。她小時，看到過受傷或飢餓的貓往江裡或池塘裡跳。他蹲下去，看牠們的屍體，突然發現，流血最多的一隻，睜著絕望的眼睛盯著他，頭頂有叢黑毛。

他醒了，發現自己從椅子上倒了下去，手上燃著的雪茄已快到頭。他走進衛生間，看見鏡子裡的他，臉上全是汗珠。他用清水澆在臉上，然後像要把剛才夢到的一切扔掉一樣，拼命再把那些水珠甩下去。

房門響了，方露露穿了一件綴滿亮片的套裝和高跟涼鞋走進來，氣宇軒昂。她看見地上的行李，神情輕鬆了一些，過來搭訕說：「親愛的，原來是你要走，怎麼不早說？」

王侖從褲袋裡拿出燕燕的護照，扔在她面前的桌子上。桌子上有水杯，插著的粉紫色相間的繡球花已開始枯萎。

方露露抱歉地說：「對不起，我早上去見她了。」

「真丟人！」

「的確如此！當時我好絕望，是為了你才去的。」她的目光移到桌上的護照，「是我的助理幹的，我讓她把護照給我，可以交給你。」

「我會相信你的鬼話?!員警帶走了她，現在你高興了吧？」

這的確令方露露深感意外，她不相信地搖搖頭：「被抓了？這怎麼可能？我的助理告訴我，拍攝公司已撤銷對偷摩托車的指控了。」

王侖生氣地說：「你們知道偷了摩托車，又沒有護照，員警查到是什麼結果？太過分了！」他一拳捶在桌上。

方露露一下子爆發了，把桌子上的東西全部掀到地上，花瓶碎了，地上一片狼藉。她像一隻泄了氣的皮球，後退一步，蹲下來，撿起一朵半衰的繡球，握在手裡，傷心地說：「你才過分！你從來不這樣！你一向低調，這回得上全球頭條了！」隨後，她馬上調整了語氣，站起來後問，「王侖，看著我的眼睛，回答我，你是不是愛上燕燕了?!」

王侖把地上的護照拾起，放入褲袋，看著她說：「露露，我倆沒辦法……」

方露露打斷他：「對的，我們沒辦法繼續了，那麼我們以另一種方式繼續——看看有什麼辦法可挽回我們彼此的面子？」

「我讓燕燕當我的小情人，可是不要公開？行得通嗎？」

方露露看著他，搖搖頭說：「你總是低估我！你知道我不是這個意思！」她突然生氣地奔到窗前，打開窗子，跨上窗台，站在那兒，氣憤地叫道，「我要死！死給人看！」她看窗下，修剪整齊的花園很安靜，她的聲音平緩地說：「哎呀，一個人也沒有。」

「所以我沒必要叫當地媒體？」

方露露跳下窗台，說：「好吧，你這時還在幽默。」

他指指屋頂說：「就算是天塌下來了，我們還是需要幽默，對吧？」

「你說得太正確了！」方露露回答道。地板上都是花瓶碎片，還有水，她毫不顧忌地走過來，差一點踩在碎玻璃上，王侖有點擔心。果然，一小片水讓她打了一個踉蹌，他急忙伸出手，想去扶她，她擺擺手，狼狽地自嘲：「我該懲罰自己，這下你該高興了吧？」

「我不想你受傷。」

「我相信你的話。」方露露難過起來，「王侖，你聽好了，你愛我時，你說了算，你不愛我時，我說了算！」

她走到門前，打開房門，側身站在門前，冷冷地說：「有人許諾過我，婚禮的預算。」

王侖拉著行李經過她時，停頓了一下。他雙眼潮紅，聲音僵硬：「我欠你的都會給你。」方露露沒有看他：「王侖，早上我見燕燕，心裡感覺，她會使你快樂！」現在她才明白，自己為何破天荒地要去見燕燕，是心中有鬼，她已感到和他不會有未來。她愛他，愛是什麼，這麼讓人辛苦？馬可走入她的生活後，她不知道如何安放面前這個男人。她看見她與燕燕之間的那個黑盒，她害怕它的存在，卻是它，讓她在那一刻感覺到燕燕的全部生活——她是個可以讓王侖信賴一生的女人。而這個男人，此時正在她面前走過。

王侖沒有想到她會這麼說，他的肩膀抖了一下，鼻子發酸，但沒有停步。

方露露聽著他的腳步聲遠去，站在門前，像小時一樣，咬著嘴唇，握緊拳頭。過了一秒鐘，她輕聲說：「我不要哭。」她長長地吸氣，然後把門安靜地關上。羅馬拍片結束後，也許她該返回重慶去看看生病的叔叔。街上的人都說，她的親生父親是跳重慶長江大橋自殺的。一九八〇年大橋建好。之前，施工時即有人失去生命，之後也有不少人命喪於此。她對父親沒有記憶，叔叔甚至一張照片也沒有給她看過。她倒想問叔叔，那是不是她的親生父親的遺書。在那張牛皮紙包著的紙上，寫下影響她一生的三句話。母親在她心裡更是空白，雖然她憑想像編織母親的形象，希望母親還活著，說不定，有一天會願意被她找著或來找她。算起來，離開那個家，已整整二十年。她在江邊跳舞，五歲開始，還是更早。江上輪船移動，陪襯她的舞蹈，她信心十足。她可以原地旋轉，十個，十五個，甚至更多。那時她那麼瘦，一陣風就可以將她颳倒。她倒下了，又爬起來。二十年前那天黃昏，她離開重慶南岸，坐了一艘大輪船順江而下。

她五歲時，親眼看見一個女人，穿著牛仔褲和黃色高跟鞋，外套一件紅風衣，站在江邊岩石上，往江裡撕紙。風把紙片吹捲過來，她撿了一片，看到上面寫了好多字，全是肉麻話，是女人寫給男人的情書。

字寫在紙上，說的卻是人心，大都是祕密。如果不想保留祕密，就把它們扔了。扔到江裡，它們會去另一個世界。

江對面殘存的低矮的房子和吊腳樓都不復存在了，取而代之的是摩天大廈、大橋，還有歌劇院。她離開這座城的時候，拿著一疊寫得密密麻麻的小本子，來到江邊。這些記錄，全是雁過留聲。她不知道，是否該像當年那個紅風衣女人那樣，往江裡撕紙，讓紙片順江流走。那個穿紅風衣的女人十八歲就墮胎，離家出走，跳集體貼面舞，男友最多，在重慶城內城外是出了名的壞。她的母親壞，新中國成立前嫁袍哥頭子，新中國成立後敢生私生子；姐姐也壞，生了三個孩子，每次都是跟人私奔，把自己和男人弄到無路可走的地步，她們家就沒一個好人。可是，她們的鄰居是一個孤老頭，在一九六八年八月九日那天，放了一把火，把自己的房子燒了。

消防隊趕到，那水使火更大。那火撲不滅，燒了一天才熄。他們抬出孤老頭，發現他周身上下如臘肉般發出肉香。他的雙手合十字放在胸前，沒有被燒，他心臟的地方也沒被燒。他家隔壁，就是紅風衣女人的家，也沒被燒。孤老頭一向邪門，他對生活絕望了，卻沒有毀掉鄰居。

那個紅風衣女人寫了好多書，她讀那些書，讓她更知道自己要什麼。

命運就是如此之巧，十一歲，她居然在紅風衣女人的野貓溪小學讀五年級。她沒有比別的孩子少一個鼻子或多一個耳朵，但老師就是不喜歡她，因為她總說真話，挑戰老師。她不合群，個性孤僻，但考試永遠第一。當然，他們也看家庭，她不幸的家庭永遠往她的身上投下一道陰影，讓他們另眼相看。學校表演節目，每次都不可能有她，她只能在台下觀看，雖然他們都知道她的歌唱得好，舞也跳得不錯。有一回大合唱表演，與別的學校比賽，她加入了合唱隊，最後還是被老師當眾挑出來，不讓她參加，不說原因。在學校，她沒有一個朋友，也沒有一個同學喜歡她。

如果以後，她有孩子，最好是一個女兒，很想她的生活與自己完全不同。如果能做到，她此生便無須遺憾。

她將從前撿到那個紅風衣女人的紙片，扔進江中。眨眼間，紙片漂遠。猶豫再三，覺得手裡這些小本子，應該留下，起碼可讓未來的女兒看，她曾經是如何在長江邊長大：有一頭怪獸存在她的內心。那個紅風衣女人、那個在江邊跳舞的女孩，內心都有一頭怪獸，於此，才能與過去背道而馳。

她從來不是一個有決斷意志的人，只是跟著直覺走。她的生活是怎樣的，幸或是不幸，真的重要嗎？一個人的生命是如此的短暫，短暫到你無法回望和重建。

虛構是為了不敢正視的真實，每次靠近這真實是為了再次虛構，重獲夢境。在非真實的世界裡，他是她，她也是他；他也是你，你也是另一個她。你認識與不認識，了解與不了解，都不是問題的核心，而是面對你自己。在鏡子前脫下衣服，時間已經在你的身體上寫滿字。當生命離開這個身體前，交合另一個人的身體，存在才有了延續，記憶才屬於他者。

二十世紀七〇年代，重慶南岸名噪一時的花癡，短短的頭髮，大大的眼睛，臉上總帶著微笑，每到春天肚子會鼓起來，每到夏天孩子會自然流產。胎兒頑強的，堅持到冬天會鑽出肚子，但統統被花癡高高興興地送入江裡，一起一伏漂浮在江面，生死由天選擇。男人們酒足飯飽後，會對孩子們說起，花癡還不是花癡時的美貌，她的眼神勾人，天生是個肉彈！甚至吹牛說，她曾對自己有意。也有人說，哪怕自己找不到婆娘，也不會去睡她，一個神經有病的女人，碰了，帶霉運。

她小時，花癡老了，還是有更老更病的男人要睡她，只是她的肚子再也不會鼓起來。在小石橋上，在江邊，花癡赤身裸體地走來，背也伸不直，臉、脖頸和肚皮都是皺紋，乳房像個縮水的小絲瓜袋子吊著，乾瘦得不行，可臉上從來沒有一點兒悲傷，在陽光下總是笑吟吟的。她可以拉著任何一個男人在沙灘上躺下來。躺下來，人就有力量，看這個世界的角度更寬，不信，你試一試。

# 第十六章　第五天

史彬對王侖說，他有預感，沒有聽到王侖訂婚之事，接了一個瑞士的案子，事情辦完後，他便訂了張機票來羅馬。當王侖打電話給他時，他說他的飛機「半個小時後起飛」。

王侖聽了頓時鬆了一口氣。算算，他倆認識十年了，知根知底，作為國內知名律師，史彬外語極佳，又熟悉國際法，有他在羅馬，再合適不過了。他問了史彬的航班，就對他說，他有事脫不開身，讓祕書安妮去機場接他。

安妮穿了件領口繫帶的連衣長裙和高跟皮鞋，提著一個棕色皮包，到機場接到史彬。他個頭不高，推著一個四輪小旅行箱，人顯得疲憊，頭髮卻整整齊齊，穿了一身西服。安妮向他簡單地介紹了燕燕被員警帶走的情況。

羅馬城中心，每隔幾條街就有一個報亭，也售觀光客地圖以及一些羅馬旅遊小紀念品。車子在一個報亭前停下，安妮與史彬走下來。他們走到亭前，購了一疊報紙，急切地打開，那些標題，有義大利語，有英文：

羅馬上演中國新娘逃婚滑稽劇

配有身著婚服的燕燕與黑色中山裝的王侖跑出教堂的照片。

中國地產大亨與情人在羅馬偷車被員警抓走

配有警車及河邊打鬥的大照片。

史彬大致看了看，說，問題比他想的嚴重。

「所以，我們王總才要請你親自出馬。」安妮說。

史彬抬頭看了一眼街上說：「邊上有個咖啡館，我們進去喝點東西。」

司機把車子停下，他們下車後，走進咖啡館。史彬要了鮮榨橙汁，安妮要了檸檬汽水。所有報紙攤在桌上，史彬仔細地看，所有的報導都未超出他的預料，也未超出王侖的預料。安妮小心地用手機拍報紙，給王侖發過去。她喝了口水，查看手機，看到中國網路上一片嘈雜：

好多王侖和燕燕的照片，尤其是他倆在羅馬街頭飆車的照片，頓時成了網紅情侶。

安妮的手指拂動網頁：

王侖被抓

王侖被他的董事會踢出局

王侖所在的財富集團股票下滑

王侖的情人被員警抓走，將在義大利坐牢

名模方露露在羅馬拍片，拒接記者的電話

每看一條，她都轉發給王侖和史彬。史彬打了一個電話，給義大利的合夥人，說一會兒見。

兩人喝完飲料，又分別叫了一杯咖啡。

安妮看了看窗外蔚藍的天空，對史彬說：「史律師，我到羅馬這幾天，永遠是這好天氣。」

他看著窗外，感慨地說：「真羨慕生活在這兒的人！希望我有機會在羅馬過一個夏天。」

「我也這麼想。」安妮高興地笑了。

兩人正說著話，這時，一個西服革履的義大利男人走進來，朝史彬微微一點頭，史彬和安妮馬上站起來。祕書小姐雙手飛快地給王侖發微信：「王總，我們馬上就到。」

燕燕被關在移民局的小房間裡，待了一夜。奇怪，這回她非常鎮靜，被關前也沒給母親打電話。母親沒等到她的婚禮照，肯定會來電話問她的。沒准母親早和皮耶羅通過電話了，已知道發生的事。父親會打電話到皮耶羅家，也會問母親，也可能西西里島的美景讓他暫且忘記了她這個女兒，他此時要麼與情人在遊艇裡，要麼在海水中暢游呢。父親這回說不定遇到了真愛，不知為什麼，她為之釋然。蹲移民局小房間這件事，不必做任何努力，是怎麼樣，就該怎麼樣，她等著命運給她的結果。移民局讓皮耶羅把她的行李送來，帶來羅馬的禮物占了一口箱子，禮物送出了，只剩她的衣服和鞋子，她便大箱子套小箱子，成了一個行李箱。他們沒能見面，只是通了個電話。他在電話裡安慰她，沒事，不必著急，也不必請律師。因為護照神祕失蹤，她想不起來，是在哪裡丟的。皮耶羅在家裡找了一遍，沒有。床下？夾在給家人的禮物裡？所有的地方都找過了。她相信，這個護照，導致她非法在義大利滯留的最大罪狀是上天給的。

「我看見費里尼。」皮耶羅說。在警車上，他對她說：「就是你的小狗。」

「在哪裡？」

「我看見費里尼在追，追你們的摩托車。」

「這麼巧。謝謝你告訴我。」

她沒往下問，費里尼一定是被主人抱走了。

皮耶羅知道說什麼會讓她心情改變，從這點講，她當初選擇和他結婚是對的。雖然一切都過去了，但她想念他。幸虧她的箱子裡有好多書，她找出一本艾米莉・勃朗特的詩集，隨便翻一頁：「睡眠不能帶給我力量，我只是在一個更狂暴的海中航行，滑入更黑暗的浪濤。」

睡眠像浪濤襲來。

女人不結婚會早死。放屁，女人不嫁人，會更快樂。快樂與長壽哪一樣重要？你找死呀，這傻子都懂的理，你與我爭什麼？兩隻老鼠在吵架，牠們占據她的夢。從未這麼近看老鼠的鬍鬚，跟貓一樣，她伸手去摸，卻沒有力氣，她困呀，困得雙腿蜷曲。

她睡得香極了，早上換了一件棉質藍花連衣裙。中午，門突然被打開，移民官員向燕燕招手。移民官遞給她一本中國護照和飛機票。燕燕滿臉疑惑，接過來一看，是她的護照，不是新補的，就是她的老護照，最後一頁有她的簽字和留有她母親的名字和電話。她本想問這是怎麼一回事，但她忍住了，記憶擠開一道縫，當然是老護照！除非，是在皮耶羅家之外的地方！這個念頭，比護照掉在他家要強烈得多，而且頭腦也變得輕一點。這個思路是有跡可循的。

移民官用手指著大門方向。燕燕知道自己自由了，可以離開這兒了。她拖著黑色行李箱，背著包，拿著手提包走出來。以為來接她的是皮耶羅，沒想到是王侖，她心裡明白了，是他把自己弄了出來。她對他說的第一句話：「我的護照找到了。」

王侖說：「你不認識我，你的護照就不會丟。」

燕燕苦笑。對了，她記起今天早上去咖啡館見了這個男人的女友。不，她不是這種人。

王侖看出她的心思，說：「偵探小說看得不多，對吧？」

「看多了，才會糊。」

誰拿了她的護照，現在已不重要了，她之前想弄清楚，現在卻覺得沒有意義。

他們往門口走，走到外面。他沒有告訴燕燕，史彬和義大利律師如何進入法院，如何與法官依法力爭，包括律師遞上燕燕的中國護照，法官查詢了簽證真假以及他們等在門外的過程。他讓安妮陪史彬看看羅馬，兩個人分開道再見時，他對史彬說：「我要好好謝謝你。」史彬調侃他：「還記得我在廣州給你打的電話，高僧是如何說的？」

他記得，婚嫁可沖掉他身上的晦氣。他搖了搖頭。

「走神在想什麼呢？」燕燕問。

他清了清喉嚨，回過身去看著移民局，然後說：「羅馬真是奇怪，想讓我們記得它的每一個地方，連移民局也不放過。」

「沒錯。」燕燕笑了，充滿感激地說，「我以為我會坐牢。」

「律師與法庭交涉，雖然取消了幾項指控，但你打員警還是有罪，你本來是三個月簽證，現在必須馬上離開義大利，以此方式代替坐牢，最短一年後才可返回。總之，一切都結束了。」

燕燕點點頭，眼裡一片茫然，和他往前走，走到一幅羅馬鬥獸場景色的大廣告前。

王侖幫她推行李：「行李很輕了。」

燕燕點點頭：「帶來羅馬的禮物都送掉了，行李當然輕。」她站在機艙行李艙前，她請他將重重的行李箱放上去。

那是他們相識最初的一幕。時間是個風火輪，把人飛速轉向，那時他們在那兒，怎麼會想到今天會在這兒，他們眼前一片茫然，彼此都不明白該如何進行下去。這回王侖說話了：「你餓了嗎？

要不要找個地方吃點東西？」

燕燕搖搖頭。

「燕燕，想好下一步怎麼辦了嗎？」

燕燕搖搖頭。

「讓我來照顧你，或讓我——」他向來強勢，突然語塞，想用一個她可以接受的形式表達。

燕燕不接茬，直接打斷他：「王侖，我必須謝謝你，因為你做了兩件好事：第一，你讓我自由了；第二，你讓我看清我自己。」她歎了一口氣，「但是你和我不可能在一起。」

王侖抓著她的手，急切地問：「為什麼？因為方露露嗎？」他難過地說，「我和她，分開了。」

燕燕顯得很意外，問：「是因為我？」

「我和她一直有些問題。」他看著燕燕，「知道嗎，現在我自由了。」

「我也自由了。」她說的是事實。

「現在……蘇燕燕，我心裡有個地方，真的沒有讓別人進來過，連我自己也不敢。現在，我想請你與我一起進去，可以……嗎？」

「我要愛情，真實的愛情，像長江水長流，天荒地老終不悔。」

王侖拿起燕燕的手，放在他的胸膛，看著她的眼睛說：「真實的愛情，虛幻的愛情，長江水，不悔藥，我這兒都有。」

燕燕抽回自己的手：「我想要一個家，過實實在在普通人的生活。」

「我可以給你一個家，我可以給你很多的孩子和小貓、很多的費里尼。這都是因為羅馬。」

「什麼意思？」

「羅馬，五又二分之一的羅馬，改變了我。」

「五天半，怎麼可能？」

「傻瓜，我愛上你了！我以為我不會愛上人的。」他看著她的眼睛，「山河拱手，為君一笑。」

燕燕笑了起來，把王侖笑蒙了，她止住笑說：「我最近老說這句話，沒想到你也說。」

「如果你說，我當然會說。我早感覺到，你和我有好多共性，蘇燕燕小姐，答應我……」

「可我還沒確定是不是愛你。」燕燕取出衣袋裡的母親的紙條，給他看了一眼，收起來說，「我媽媽一生受婚姻的苦，她找男人找錯了。我剛錯了，不想再錯。而且你是王侖呀！你不是一個完人，我也不是，我們生活在不同的世界裡，你會有圓露露、尖露露的，你的氣場太強，我怕丟失我自己。」她想到與方露露的見面，雖然受氣和委屈，但是現在想來，方露露很獨立，很要強，她說什麼，她的人生是自己，燕燕的人生是男人。她必須冷靜，「我需要一個人……」她指指自己的頭，意思是要好好想想，「對不起，王侖，我得離開。」

王侖敲敲自己的腦袋：「上帝，怎麼回事，我淨遇見鋼鐵般意志的重慶姑娘！我需要做什麼，才能讓你改變心意？」

燕燕搖搖頭，悲傷地看著他：「你不能，你是王侖。」她鐵了心拒絕他，否則會有一個不能接受的結局來臨：她將陷入與他的感情漩渦裡，不能自拔，她會把自己淹死，也會把他淹死。

「哎呀，燕燕小姐，不必傷心。」王侖調整了方式，想說服她，「我敢保證，如果你我相遇是一部電影，在飛機上，大半的觀眾在那時都能猜到結局。」

燕燕沒想到，王侖會這樣調侃地說事，她笑了，說：「所以，我們更不能讓他們猜到結局。」

「其實觀眾也分好多種：一種是不動腦子，想當然，認為一對男女相遇，結局就必然在一起；一種認為不相愛的人總能在一起，相愛的，反而難在一起；一種呢，壓根兒就認為男女相遇如浮萍，命將他們這兩粒微塵颳在一起，隨時也能分開他們。電影裡的愛情故事都一樣，其實命能決定，相愛的人更能決定在一起，還是不在一起。」

「說得好，不過，我喜歡第一種觀眾，也想那樣；我也喜歡第二種觀眾，覺得有道理；我也不反對第三種觀眾，但誰能扭過命？」

「你的意思是？」

「儘管天下愛情電影是同一個故事，但我覺得你我是個例外。」她顯得輕鬆地說，「王侖，我們不是那種可以按照別人的模子生活的人，你得對你自己負責，我也得對自己負責。」

「我們得對自己負責。」王侖皺著眉頭，邊想邊說。

「對不起，我得走了。」她抱歉地看著他說，拖著行李離開。

王侖注視著她，自言自語：「當我對世事有興趣時，我就不會想起你，不會想起你在這個世界的某個地方生活著，存在著，我就不會覺得很安心，就不願意忍受一切。」

燕燕停下，低頭說了一句：「如果不反著說，就是電影《美國往事》的著名台詞。」

王侖一驚，這時聽到她說：「每個人都有自己的選擇，我們都是如此，放棄一些特別重要的，換取一些不太重要的，值與不值，不足為外人道。」

「電影《美麗人生》台詞，你顛倒了它們的重要性，佩服。停步吧，燕燕！」

燕燕聽到王侖的話，腳步停了一下，她想回頭，但還是努力控制住了，咬咬嘴唇，朝前走。

皮耶羅站在一個角落看著，他不放心燕燕。今天打過電話，要給燕燕請律師，可是移民局告訴他，燕燕有律師，而且今天會來。他大致猜到是怎麼一回事，趕來時，看到燕燕出來。雖然離得遠，但從她和王侖的形體語言，已猜到發生了什麼事。想了想，他決定走過去。

兩個男人相互打量，王侖西服革履，整個人的面貌卻潦倒不堪。皮耶羅更是瘦了一圈。面對這個中國男人，皮耶羅說：「從一開始，我就感覺燕燕心裡有你，她要請你代替她父親進教堂，我就知道她愛上了你。」

王侖一愣，說：「抱歉，皮耶羅。」他的態度奇怪，就是說抱歉，並沒有達到那地步，口是心非。

「哼，抱歉什麼？」皮耶羅氣憤地朝王侖當胸一拳，王侖呆住了，用手掩護自己的頭，並不還擊，等著挨第二拳。

「還擊呀！」皮耶羅叫道。

王侖不相信地退後一步，對方朝他揮出第二拳。他本能地用頭和整個身體撞向皮耶羅，趁他踉蹌之際，對著他的臉上就是一拳。皮耶羅痛得動了動嘴，一股血淌出來，他用手抹了一下，借勢又揮出一拳，卻被王侖的腳起勢一鉤，鉤倒在地上。王侖也被帶倒在地上，但並未就此停手。二人繼續扭打。王侖掐著皮耶羅的喉，皮耶羅抓他的臉，很用力，但突然雙方都鬆開了手。皮耶羅彈起身，舉起雙手，淡淡地說：「現在我倆兩清了。」

王侖從地上爬起來，看不懂皮耶羅，對方一派認真地看著自己，兩個人都鼻青臉腫、嘴角流血。王侖突然明白了，伸出手來，一把握住了皮耶羅的手。

皮耶羅與他分道揚鑣，兩個人的神經都從剛才那場搏擊中得到舒緩。男人搏擊得到的快感與性交相比，完全不同，都是釋放，但這個更本能。

現在王侖明白為什麼燕燕會到羅馬來與他結婚。這女孩眼光沒有錯，人只能深入挖掘，才知他是什麼人。如同羅馬，你在夢裡看過它，一次次將這影像重疊，重新抹上色彩，把你知道的關於它的歷史放入，都不如你腳踩在它的街道上，手摸著它無處不在的古老磚石，注視一座座巴洛克的雕塑，仰望一片片精心鑲嵌的馬賽克壁畫，那文藝復興璀璨的穹頂，當你完全和這不可複製的城市一同呼吸時，你才會知道它的奧妙和神奇，它的不可替代和豐腴絕美。那個四河噴泉，中國至少有一半的女人不會知道，也很少有人真正懂得巴洛克藝術，所以，那天假裝說未弄清哪個神代表哪條河，的確是想看燕燕知道與否。燕燕還真知道貝爾尼尼那個傢伙，他一直是他的所愛，是他的雙手創造出那種氣度：每條河通向每個神，每個神通向每條河。奇怪，他的腦子裡馬上出現了那些聖靈鴿子、石頭百合花和四河噴泉前人們的歡聲笑語，遠距離凝視納伏納廣場，人間一個個最美的瞬間被定格，他的心突然安靜下來。

燕燕在機場，刷信用卡，給母親掛了一個電話。母親像等在電話邊一樣，電話響了一聲，就聽到母親的聲音。果然，她從皮耶羅那兒知道了所發生的一切。她告訴母親，她馬上要上飛機回中國。母親沒說燕燕不對或是讓她感到壓力，也沒像以前那樣三句話不離就繞到父親身上，嘮叨他的不是。母親只是耐心地聽著燕燕說話，待她停時，才問她：「是不是想我做的麻辣手撕雞塊和泡菜？」

燕燕的眼淚頓時嘩啦嘩啦流了下來，她哽咽地說：「媽媽，我真的好想你做的飯，我想吃中國飯，米飯，雞湯，雞塊，泡薑，泡辣椒，泡豇豆炒牛肉絲。」

「哭啥呀，快笑。」

燕燕止著眼淚，想笑，反而淚水奔湧得更厲害了。

「媽媽現在看清了，也放下了好些東西，人也輕鬆了。」

「媽媽，你真的這樣想？」

「真的。」電話那邊，母親高興的聲音在說，「燕燕，我的好女兒，我的寶貝，我心裡還真捨不得嫁了你，真捨不得你不在我身邊。不說了，我會在家裡等你，祝你一路平安！」

機場廣播在催飛北京的乘客，趕快到六十八號登機口登機。燕燕擱了電話。母親在電話裡讓她快笑，隻字未提父親，真是少見，母親變了。

大行李箱托運了，手邊只有一個提包，看看手表，還有些時間，便輕鬆地朝登機口走去。

進機艙時她順手取了一份中國報紙，走入機艙，空姐讓她進右手邊。她邊朝前走，邊找座位。飛機裡人並不多。走了二十多步，她對一對登機牌，在一個靠過道的位置坐了下來。她放下提包，手裡拿著報紙，傷心地望了一眼窗外，羅馬的天空飄浮著朵朵白雲，深藍得透徹。她掉轉頭來，無精打彩地打開報紙。報紙遮擋了她的臉，這時她聽到一個男人的聲音說：「勞駕！」

男子穿便裝，戴著一頂巴拿馬白禮帽，站在她面前，要進去。

燕燕沒看他，站起身來，待男子進去坐好後，她才坐下。

「太幸運了，因為晚了，值機時沒有我訂好的頭等艙座位，補償我一個最好的經濟艙座位。」他問邊上的燕燕，「你也是一樣的吧？」

燕燕看著報紙，沒有說話，只是抬了一下頭。

男子坐下後，看看周圍，乘客都已坐好，空姐在檢查安全帶繫好沒有。他搓搓手，又來搭訕：

「嘿，我看你有點面熟，你是不是清華大學畢業的？」

燕燕點點頭，臉上還是沒有表情。

男子高興地說：「我也是清華大學的。認識一下，我叫王侖。」他向她伸出手來。

燕燕不得不伸出手，說：「蘇燕燕。」她與他握完手，繼續看報紙，並把報紙抖了抖。

「嘿，告訴你吧，五天前我也坐這家航空公司的飛機，從北京飛羅馬。在飛機上，有個女孩跟我說話，我告訴她，我不喜歡和陌生人說話。你猜她怎麼回答我，她說，人和人不同，從小她就不怕和陌生人說話。她說得對呀，人需要和人說話，人需要信任人，是不是？」

燕燕拿著報紙的雙手，動了動，以示回答。

「老校友，即便在美麗的羅馬，也並非是完美世界，有時是悲傷的，有時甚至是危險的，可它充滿神奇，沒有什麼事不可以發生！離開羅馬，我心裡好難受。我會再回來的，你呢？」

燕燕把面前的報紙放下來，她的眼睛含著淚花。絕不要理他，一切都翻篇了，可是她控制不了自己的心，脫口而出：「深有同感，老校友。羅馬，是一個可以做夢的地方！我也會再回來的。」

她把臉輕輕地一偏，看王侖，王侖也正好轉過臉來，看著她，肩膀輕輕地朝椅子一靠。

她手裡的報紙滑落下來，正是財經一頁，上面有王侖的照片，還有幾行字：

**昨天財富集團創辦人兼董事長王侖力挽狂瀾，併購重組，股票上漲一・四六%，卻突然辭職，原因不明。**

那是什麼？她不想弄明白。她與他已經在進行下一章了。

飛機駛入跑道，越來越快，他們兩個人不看對方，目光盯著前面，肩並肩，突然笑了起來。舷窗外，有隻鴿子在飛，開始並未真正注意到。牠的速度與飛機的速度成正比，並行沖上天空，化為一片白影。突然，他心裡咯嚓一下，在牠消失之前，他看到牠頭頂的一撮黑毛。

從北京飛羅馬是十一個小時二十分，回程呢，會是十個小時三十分，相差近一個小時。她撫了撫頭髮，盡量讓身體放鬆，這一次，她不必禱告，「老天，拜託，不要讓飛機掉下去，不要掉下去，因為留下我，可以讓別人不開心，可以讓自己開心！」她看見那個她把雙手放在胸前，她當時是自嘲，現在呢，她覺得她怎麼如此可笑也可愛。飛機在爬高，爬高，氣壓上升，搖搖晃晃如同太空船在跳舞一般，正在進入一個魔法的氣流。整個天空在顫抖，整個耳朵在炸裂般轟響疼痛。放心，放心，睡吧，飛機向地球另一邊而去，她對自己說，十個小時三十分鐘後，你會在飛機落地的那一刻醒來。

# 算作後記

## 1

那是四年前發生的事了，當你讀到這本書時，該又加了一年。

一切都跟羅馬有關，她這麼說。一切都凝結為很多一瞬間的美麗。

皮耶羅發來電郵，他已成為神學院的一名學生，偶爾也會寄一兩張羅馬的照片來，說春天的羅馬與秋天不同，冬天的羅馬與夏天不同。他發來一張下雪的羅馬，哈德良神廟前堆了一個雪人，繫了一條紅圍巾。

真是非常美。她盯著電腦喃喃地說。

但她沒有再返回羅馬。如果生命在今天結束，她不需要回去，因為她睜開眼便能看見皮耶羅拉著他的母親的手，和親友們在家宴中跳動物咕咕叫的舞；美麗的台伯河，閃著光在流淌；那隻名叫伊萬卡的黑貓，在銀塔廣場四座神廟遺址裡獨自邁步，像一個思想者；她的那隻叫費里尼的小狗，蹲在一個樂隊前，陶醉在樂曲之中。而大師費里尼呢，從他的家裡走出來，打了一把雨傘，撐開，走在馬古塔街迷人的細雨裡，朝她折過身來，微微一笑。羅馬偏西的西班牙石階上品嘗的霜淇淋美味堪稱世上之最，甜蜜難忘如母親的乳汁。她的手機螢幕用了一張在羅馬的自拍照：側身而立，默默地注視道路，冷峻不凡，陰霾的背景裡飛舞著成群的螢火蟲。

## 2

方露露吃早餐時打開報紙，看到她的照片，還有王侖的照片，說這個著名演員方露露前男友在歐洲某大學做訪問學者。她喝了一口咖啡，這個主意不錯。她繼續讀，報導談到她捐了五千萬元鉅款給羅馬病殘流浪貓中心。

網上、微信上全在討論她這一舉動的動機，弄不明白為何不把錢捐給中國的動物收養中心。有讚她的，也有罵她的：「捐給貓？」「那孤兒院呢？」「聽說她也捐給家鄉貧窮地區的學校……」

她用英文Google了下自己的名字，不僅亞洲，美國，整個歐洲都在談這件事。哼，你們看扁了我，我才不要他的錢。她看著網上一張照片——她和義大利明星馬可．瓦利相擁沉默著。她所演的喜劇電影《羅馬情人》入圍奧斯卡最佳女演員獎。邊上有鍵，一按，正是她在電影裡演唱的一首歌：

我只在乎那顆星星，那顆小小的、寂寞的星星。
它在黑暗中一閃一閃，無所畏懼地發著光芒。
這個世界早已分崩離析，你在何處，你遭遇了什麼，
難再和我相遇，對你的記憶被時間擊毀，皆成碎片。

當我仰望那顆星星，我的內心獲得鎮靜。

她看著螢幕，眉頭挑了挑說，嗨，知道嗎？是羅馬，打開一道道本來朝她關閉的命運之門，最難得的是，她不再隨波逐流！從她的腳踏入羅馬的那一刻，她便被它強大的磁場所左右，不斷地回到過去：她站在江邊，站在那些腐爛的野花邊，江上成群的鴿子在飛舞，像光點，一閃一閃，驅趕著她內心的黑暗和孤獨。

另一張照片，是她大著肚子，一副幸福的孕相，身邊環繞著三隻小狗，分別叫費里尼、戴安娜公主和詹姆斯・邦德。雙胞胎，還有一個月就要出生了，日子過得真快。

天空瞬間變成夜晚，星月滿天。她轉過臉來，指著自己的相片，像說著另一個人一樣：她是方露露，五年後，她演了六部電影和一部電視連續劇，二十五年後，孩子們結婚，而她有可能與馬可分手，各自有了新人。這並不是他們的錯，而是生命到了每一個階段，都有不同的使命。她愛王侖，但與他如同行駛在不同軌道的行星，難再交會。

一切都是因為羅馬。

在羅馬，那天分手時，其實時間還在他們之間稍稍停留了幾分鐘，他們都知道緣分盡了。

當時方露露輕聲問：「你到底喜歡燕燕什麼？」

王侖想了一下，才回答：「自由，她像一陣風捲走了我。」

方露露聽了，臉色變得很蒼白，更沒想到的是王侖會問：「你呢，那個馬可，你看中他什麼？」

方露露也想了一下，才回答：「他和我在一起是閃電暴雨，如長江水涓涓不息。」

王侖的反應她看不到，因為她把房門關上了。

3

她的眼睛看到的地方全結冰了，江面、輪船和岸上山坡，像一個巨大的立體變形鏡子，反射著各式各樣的人，還有高大的馬、矮小的烏龜和更小的螃蟹，在結冰的江上相互看著，不知所措，做夢一樣。有人拿來各種木器和鐵器，在冰上玩，也有人在掘冰，想撈魚。

一個瘦瘦小小的黃毛小女孩，穿了一件白衣，戴了一頂遮耳帽，在朝她看。那是幼年時的她。天穹暗黑無邊，如同末日，人們驚駭不已。突然巨大的光束，從黑暗深處射下來，人們尚未反應過來，急忙遮擋自己的臉。

她望著光束，突然拍了一下自己的腦袋，記起來什麼，從褲袋裡掏出一個阿拉伯數字纏在一起的青色小盒子。她撫摸盒子，然後彎下身，把盒子放在地面的光束中心，退後站著。周圍的人看到這個光束中的小盒子，弄不懂是什麼，既觀望光束，也觀望盒子。光束漸變成金色，如萬箭齊發，浮起人影和動物、發出金屬的回聲。有老人的咳嗽、有嬰兒在牙牙學語，數不清的鴿子飛來。那些人，有的她認識，有的她不認識，他們繞著光束順時針走著，循環往復。

披黑紗的女人說，如果真遇到麻煩，想知道你生命中什麼最重要時，才打開它。

她分開人群，走近光束，彎腰取走小盒子。她握著盒子，沒錯，現在我想知道。她打開盒子一看，僅僅一秒鐘，她抬起驚奇萬分的臉來。那個小女孩把手放在她的手上，一起握著盒子，一股電流傳遍彼此身體，小女孩露出一絲匪夷所思的笑容，後退著。

那個披著黑紗的女人慢慢走來，不對，是那個巫婆，她的衣服好鮮豔。她不是一個人，而是好幾個，從江北走過來。小女孩後退，走得並不穩，但經過之處，恢復正常，冰化掉，是江水，在靜靜流淌。

當然，那只是錯覺，四下全是冰，一片冰的世界。

小女孩對她說，白天他們不能傷我，夜裡他們也不能害我。因為她希望自己既是石頭，也是無形無色之水。

二〇一八年九月二十八日改定

↑ 重慶常見的石階路

→ 重慶的吊腳樓

↑ 嘉陵江邊
→ 嘉陵江

↑→ 嘉陵江邊

↑ 江上索道
→ 溝通南北岸的橋

↑ 復原後的南岸區彈子石老街
→ 下浩老街的歷史文物建築

# 羅馬六章：往事隨風飄來

## Rome Ⅵ：Past Comes with Wind

# 一、中世紀小鎮福祈

一切得從威廉姆斯先生在福祈的房子說起。他從小的夢想是成為一個小說家，很小就出版了一本薄薄的幻想小說，也格外用功地考上牛津大學英文系。畢業後，他做過幾年記者、周遊列國的水手、軍火商，後來作為英國怡和公司的首席代表在中國做了幾十年生意，有一天猛然回首，再不寫作，恐怕夢想就是空想，他利用周末和假期，辛苦寫了家族四代人與中國緊密相關的長篇小說「中國三部曲」，當時以其梗概拿到一筆高達七位數的預付金，轟動英國出版界，之後他的小說在英國成為暢銷書。因為一直著迷義大利，他想用這筆錢在那兒購一幢房子寫作。

他在米蘭做新書宣傳，順便看了一下周遭城市的房子，發現威尼斯水城是世上房價之最，寸土寸金。返回中國後，一次到上海，遇到英國老朋友本，一起去了一家印度餐館吃飯，席間說起不久前在義大利購房的事。

本的妻子卡拉，在義大利北方長大，說一口流利的漢語，父親過世後分到一筆遺產，就在位於義大利中東部馬爾凱省的福祈購了一幢位於山頂面朝大海的粉色房子。房子不是她找的，是本。本是個寵妻狂魔，細心周道，他的足跡踏遍義大利這隻靴子，被一座中世紀小城福祈的奇美風光迷住，福祈位於錫比利尼山脈，周遭山頂終年積雪，白雲和星星碩大，處於地中海氣候，冬暖夏涼，在錫比利尼山脈國家公園邊上，打開自來水管，從山頂流淌下來的水就是暢銷世界的聖碧濤（San Benedetto）藍瓶氣泡水；這兒還盛產火腿、黑松露，有大大小小的葡萄酒莊，漫山遍野的橄欖林、向日葵，紅土加上多雨陽光，水果蔬菜新鮮豐富，牛羊肉全無羶味，各種乳酪，令人目不暇接，又臨近大海，駕車三十多分鐘，就是一個個由石頭自然堆積而成的天然游泳池，深藍的海水之上，隻隻白鷗輕輕掠過，整個海岸線海水清澈，沙質舒適，海鮮肉質細膩，尤其是燈塔餐館的迷迭香、洋蔥粒、檸檬汁、自釀的白葡萄酒燜海虹，令人流連忘返，家家餐館閉著眼睛點菜便是美味，這兒尚未像法國南部和義大利北部被有錢的英國人、俄國貴族新富們盯中，房價樸實，被義大利人叫作「祕密花園」，到處皆是原汁原味的中世紀古蹟、每個小鎮都有大大小小的教堂，珍藏著古老繪畫，如好萊塢大片《英國病人》裡印度籍的拆彈手基普帶護士漢娜夜晚去的教堂，掛吊繩點火把看的壁畫，甚至午夜，廣場都是喝酒聽音樂聊天的大人，小孩子們在踢足球。每年夏天，整個七月，全義大利人不工作，享受藝術和美食，到處是歌劇節、各種宗教節、美食節。作為義大利女婿的本，當然對此並不陌生，他問了粉色房子的價格，恰好夠那筆遺產，馬上購了房。他沒有多餘時間，得回上海工作，便把房鑰匙交給了一面之交的同街鄰居退休工程師菲力普、羅阿米夫婦，請他們幫忙找裝修的人。

威廉姆斯先生聽到這兒，對福祈興趣濃厚。巧的是他又有去義大利的機會，辦完事，便直接開車去福祈。福祈不大，市中心，就是一個小鎮，這兒果然如本所言，是他心中嚮往的義大利。看了好多房子，都不滿意。他打電話給本，本讓他找菲力普、羅阿米夫婦。他敲了這對夫婦的門，他們熱情地接待了他，聽完他對房子的要求後說，有一幢房子，就在同一條街上，可能他會喜歡。於是聯繫了仲介，仲介說，對不起，那房子有人要了。

威廉姆斯先生沒辦法，準備第二天上午就離開。

第二天一早，他還沒醒，手機響了，是仲介，告訴他，那幢房子現在可售，因為那個購房人有了問題。

當天他被帶進房子裡，房子有主樓側樓，有四層，帶花園和露台，在山頂上，面朝大海方向，雖然這麼大的房子，卻一直只有十六世紀建房時的一個衛生間和浴室，房子屋頂和壁畫是十七世紀的，側樓是晚一點時間建造的，屬於這個地區一個貴族家庭，在十八世紀，斯巴賴吉家族買下了它，並在樓上大廳裡豎起了以獅子為標誌的家族盾形紋章，那也是威廉姆斯的母親家族崇尚的獅鷲。威廉姆斯先生到地下室裡，發現那兒堆了好多膠帶及剪輯電影的機器，便好奇地問。菲力普告訴他，住在此的最後一個斯巴賴吉，在羅馬做醫藥生意，二十世紀九〇年代初去世前，把大量的資金花在電影製作上，把這幢度假房的地下室變成了電影剪接室。他預感生命快結束時，趕三個多小時的車程回來，可惜還沒進入房子，就落氣了。之後房子空了好一段時間，直到出售。他們一席人回到房子的大廳，威廉姆斯先生知道這幢房子需要維護，也需要大改造，他注視著古老的大理石樓梯，對仲介點了頭。因為他喜歡的房子是有寬綽的台階，他的女神瑪麗蓮・夢露好從那兒穿著長裙走下來。

塵埃落定，威廉姆斯先生開始張羅裝修。他記得那是福祈的一個特殊日子，瑪利亞・雅松達・巴勞達土生土長在此，從小信主，做了修女，一九〇〇年竟然去了中國山西，當時山西有瘟疫，她在那兒做善事、幫助病人，不幸染上傷寒，死在太原洞兒溝，還不到二十七歲。

梵蒂岡花了一百年的時間來確認瑪利亞・雅松達・巴勞達充滿奇蹟的一生，封她僅次於聖人的真福（Beata）稱號，這對福祈是一件大事，開大派對慶祝。

一個來自山西的中國修女，住在瑪利亞・雅松達・巴勞達從前在福祈的房子裡（這兒成了一個女修道院）。她代表教會當街出售彩票，開一輛菲亞特熊貓車。街道上各種手工藝者設置的小攤，有啤酒帳篷、食物帳篷、兒童遊樂場，酒店邊上是這兒的中心廣場，設置了一個大舞台，供樂隊表演。其中一個樂隊是海盜伊・皮拉蒂，他們扮成海盜，彈著吉他，唱的都是二十世紀六〇年代著名的搖滾歌曲"Johnny Be Good"和"Rolling Stone"等。之後是一場穿著帶有大羽毛比基尼的巴西異裝癖者的歌舞表演。市長是個共產黨黨員，在頒發彩票中獎者之前發表了精彩幽默的簡短講話，說羅馬天主教對促進義大利的旅遊業貢獻巨大。

整個小鎮沉浸在節日般的喜慶中，狂歡到凌晨。可是第二天，一個參加了大派對很受歡迎的年輕人突然死在了他的床上。整個小鎮充滿了悲傷，在前一天舉行盛大慶祝活動的地方，全鎮人又聚在一起參加葬禮。

在大派對前一天下午，威廉姆斯先生在還沒有裝修的房子的花園裡為自己辦了一個生日聚會，邀請了建築工人、油漆匠、建築師、電工、水管工和所有將為房子工作的人以及其他義大利朋友。人太多，他不得不從市政廳借椅子，市長也被邀請了，他的風衣披在肩上，像個軍章，所有的建築工人都聚集在這個重要人物的周圍，食物是由鄰鎮一家出了名好吃的餐館的老闆帕培提供的。他們唱了很多歌，喝了好多酒，聊了好多有趣的話題。

從那天起，他就感到自己被接納，成為福祈的一部分。

這一天是二〇〇四年七月十日。

我還不認識威廉姆斯先生。*

*亞當・威廉姆斯（Adam Williams），作家虹影的丈夫，小說家，商人，旅行探險家。出身香港洋行大班、香港賽馬會會長之家，少年時期長在日本，後來回英國，自牛津大學英國文學畢業，在香港、台灣學修中文。曾在有一百八十年遠東歷史的英國怡和洋行中國有限公司任首席代表。二十八年來在北京工作生活，為家族中第四代在中國生活的人。中英商會會長，獲英女王頒大英帝國騎士勳章（OBE）。

已出版的小說有：以中國歷史為背景的三部曲《天樂院》、《帝王骨》、《龍之尾》及《煉金術士之書》。其作品被譯成世界上十五種主要語言出版。《乾隆的骨頭》於二〇一三年五月在中國大陸出版。

## 二、親愛的，你去過羅馬嗎？

時間是二〇〇五年六月中旬。我在北京家中，接到義大利出版社Garzanti總編輯的電子郵件，祝賀我的長篇小說*K. L'arte Dell'Amore*（《K——英國情人》）進入六年一次的羅馬文學獎短名單，雖不能確定是否獲獎，出版社當成大事，要給我訂機票和酒店，到羅馬去。

那時我的個人生活一團糟，有五年時間我一個人住在北京，我的腦子停止思想，決定放棄寫作，舉目看去皆是石壁，對去羅馬，甚至任何一個地方，哪怕有可能得獎，沒有感覺，我在坑裡越陷越深，不能自拔。

我如僵屍，在六月三十日飛到羅馬，羅馬文學獎的組委會成員的兒子來接機，他在大學當研究生，因為他的妻子是一個中國人，他們在機場出口熱情地接著我。飛機上沒睡好，在車上我便昏昏入睡，感覺沒多久就到達我的酒店，酒店在羅馬城偏西臨海的地方，這兒有個著名的古老鬥獸場，通常演歌劇或話劇，而羅馬文學獎頒獎儀式第二天晚上也將在這兒舉行。

兩口子與我道別時，周道地問我：親愛的，你去過羅馬嗎？

羅馬？我重複著，我知道，他們是指羅馬城。我搖搖頭。的確，在義大利我出書多種多年，前後有好幾次免費遊羅馬的機會，因疊合別的出行而推掉。

兩口子對我說，那我們明天一早帶你去。

第二天一早我們三人開車出發，二十分鐘不到就進入了羅馬城中心。有地道的羅馬人領著，還有一個懂義大利語的中國姑娘，像急行軍似的，我們去了羅馬鬥獸場、真理之口、威尼斯廣場、萬神殿、許願池、西班牙廣場和台階頂上的教堂，去了納沃納廣場、聖天使堡，記得是在沃納沃廣場吃的中飯。每個地方停留不長，前後左右看看，拍個照片，真正的走馬觀花。

傍晚回到酒店，我的義大利出版人到了，西裝革履，叮囑我要穿漂亮一些。我沒帶禮服，就穿了一件綠絲綢改良旗袍充當。這個晚上，整個鬥獸場隆重而神聖，台下各種媒體電視台，參加者多半是出版界文化界名流，黑壓壓一片，台上坐了一排赫赫有名的評委，評委會主席是義大利前總理。羅馬文學獎，有「義大利的文化奧斯卡獎」之稱，以六年為期，涉及領域包括文化、政治、文學、歷史、醫學等，影響力覆蓋全歐洲。這屆獲獎短名單上，除了義大利本國卓有建樹的文化人士，只有我和這年四月剛剛謝世的教皇保羅二世是外國人。

晚上九點半頒獎會開始，有軍樂隊奏樂。教皇保羅二世獲得終身成就獎。當電視台的女主持人唸到小說獎是我的名字和小說時，我愣了，我的出版人高興地跳起來，帶著我上台去領獎，並臨時充當我的翻譯，從義大利語譯成英語。評委會認為「虹影作品撞擊人心，具有不畏世俗的勇敢精神和高超的藝術手法」。領獎時主持人問我：「你對中西方的看法？你作品中的情愛描寫，尤其是房中術的祕密是什麼？」我記得一些回答，「如果研究道家房中術，就會發現，西方人談論的女性中心主義在中國由來已久，不是西方的新近產物……」

主持人還問了一些問題。我用英語回答，我的出版人譯成義大利語。每個評委起立來給我握手祝賀，獎品除了獎金，還有一個古羅馬花瓶，美輪美奐。出版人比我還高興。他兩次重複對我強調：「虹影，你是和教皇保羅二世一起得獎的唯一女性！」他幫我抱著花瓶，「這是一七五〇年的花瓶，它的價值超過獎金，好好放著。」他的話，讓我至今也不敢把花瓶放出來，只好雪藏。突然一陣風把主持人手裡的稿子吹在台下台上，眾人幫著撿，大家一起笑。這是義大利，他們隨隨便便。

也是在那次認識德國歌德學院住羅馬的院長、譯了張潔等作家的小說的著名漢學家米歇爾・阿克曼，他也在台下，結束時他跟太太過來向我祝賀。

晚宴是在義大利王室的一個別墅花園進行，一個大派對。我一直暈頭轉向，帥氣又不老的王子拉我到邊上聊了好久，關於中國文化和中國女人。他最後誇我的衣服，誇我的長相，那時我四十三歲，真的顯得很年輕，外貌跟三十歲無異，他說對穿旗袍的女人情有獨鍾。義大利的男人，對你說什麼樣的話，你都不必完全當真，除非你也想浪漫一番。我眼裡放光，整張臉嬌媚動人，可哪怕喝再多的香檳也沒用，我內心的浪漫指數是零。凌晨三點多宴會還沒結束，我請人送我回酒店，倒在床上就睡著了。

第二天的義大利大小報紙，報導了這次文學獎，我與教皇保羅二世的照片最大。一個傻姑娘，撞運氣撞上了。我的寫作，我以後的生活，會是怎麼樣的，我沒有想過。

飛機脫離跑道，升高後，回望那越來越遠的羅馬、蔚藍的海浪像花邊一樣繞著這個地中海中的亞平寧半島，我往許願池，還有西班牙廣場石舟都扔了硬幣許了願，可還是沒有奇蹟發生？沒一個人真正愛我。羅馬你的迷人就是人人都相信虛構的奇蹟。我明知，還是要去許願扔硬幣的。

我閉上眼睛，飛機突然遇到強大氣流，廣播和空姐要乘客繫好安全帶。邊上的乘客都害怕，整個身體在不停地顫抖，我這種置生死如糞土的人，同樣也感到害怕。

自己的左手緊緊抓著右手，突然想到了一段已忘懷的往事：

好久之前，有個喜歡我的男人，每次給我寫信，都要提到羅馬，不是要去羅馬，就是在羅馬，或是去過羅馬。他的信寫得很短，很有詩意，很有男子氣，很有故事，記得他說，羅馬城有一種舊舊的棕黃色，將整個身心沉浸其中，我整個人都放鬆了，我會站在這兒，與你相遇。

我迷上他的信，因為我喜歡情書裡有羅馬，羅馬是什麼？羅馬是比愛情本身強大十倍的絕美、永恆的存在，是足以讓我這麼一顆敏感又理性的心，感受到一種神祕的力量。羅馬，這兒會有一個懂得愛的男人，還會有一個天天期待得到愛情的女人，會有一段多麼催人心肺的愛情，一個全世界最性感的城市，最嫵媚又浪漫的城市，誰靠近它，誰就會上癮。

愛屋及烏，我若愛羅馬，我也會愛他。

可我不愛他，因為我的心一次次夢遊羅馬，並沒有相遇他。

雖然沒有相遇他，可我仍舊愛羅馬，這是命定的，我的手伸入真理之口，我就是那個在西班牙台階前吃霜淇淋的姑娘，走向萬神殿，一揚頭，注視頭頂光芒耀眼，我要一段又一段驚世駭俗的愛情，良辰美酒，不怕最後釀成悲劇，我要俯視整個羅馬城，我要掀起那天上美麗的藍來，給那沉沉駛去的馬車一鞭快意情仇。

我剛剛去了羅馬，一共三天。我真的去了羅馬，這不是做夢。

我看見長江邊成片的吊腳樓下，一個五歲的小女孩，在細雨中奔跑，去尋找自己在船廠做苦力的母親，救自己被纜車壓傷腿的五哥。她摔倒了，又爬起來，一直沿著江岸跑，直到把母親找到。

她就是我，我居然站在那個鬥獸場的中心，沉睡了幾千年的歷史正呼嘯而來，好多被時間抹去的身影和臉在廢墟四周顯現！我的小說在羅馬得到它應得到的認可，羅馬的星星紛紛朝我身上墜落下來，我整個人在光亮之中。我的痛苦，我的悲傷，我的失敗，我的男人，滾蛋吧！我不需要去相信奇蹟，我自己在創造奇蹟。

回到北京家中，我拿起我的筆來，我必須寫作，我必須像那些鬥獸場的角鬥士一樣堅強，將羅馬的力量和精神輸入我的身體和寫作。羅馬，如同那個會寫信的男人，他用這個城市之名組合他的情書，向我表達情感，他只有表達，卻未賦予行動。所以，我們不會有好結局。

二〇〇五年之後，又過了十四年，有一天我坐在羅馬的一家咖啡館，正對著古老的鬥獸場，那個當時可裝下五萬人的圓形建築怪物，這個城市的象徵，正在穿越我的生命歷程：兒時受到的傷害、一次又一次逃離家的決心、消失的青春激情、受損害的愛情和成長中不可預測之難。

我想用文字記錄這次穿越。

我寫了兩個女人，為了愛，在羅馬相遇。我再一次看到曾經的我如何一步步爬出坑來，站在我的面前，說起那些遺落在記憶深處的故事，那些發生在重慶、北京、倫敦的故事，當然還有我最愛的羅馬的故事。

羅馬對我意味著什麼？

讓我來回答你，羅馬對我意味著一切。

# 三、羅馬，令我最愛的是什麼？

那是個夏天。

整個羅馬城都是雪，我穿著短裙從火車站裡出來，沒走多遠，見好多人抬著聖母塑像唱著聖歌經過我，我不由自主尾隨他們。雪越來越大，隊伍走進聖母瑪利亞大教堂，人更多了，有紅衣主教、有佩劍的衛兵、唱詩班清一色的男孩，羅馬教皇出現，做大彌撒，空中飛舞著白玫瑰花瓣。

他們注視我，目光好神祕。我小心地走上前去，撲通一聲跪下，畫十字，感恩主，領吃聖餅，薄薄如紙的餅融化在嘴裡，頓時一股暖流傳遍周身。

我夢見進入聖母殿，至少三次，而在現實裡，我一個人穿著長裙背著背包獨自在羅馬小街上閑走，被遠處洪亮的鐘聲吸引，循聲而去，近了，被唱詩班的歌吸引，推門進入，大殿人山人海，教皇正在做大彌撒，許多紅衣主教佇立邊上，殿頂射下來好多燦爛的光，一切宛若夢中。

那是二〇〇六年夏天。

這座聖母大殿，傳說是聖母托夢給教皇利伯略，讓他在下雪之處建立一座修道院，顯示主的榮耀，結果第二天早晨埃斯奎利諾山丘下了雪。由此，教皇下令建聖母殿，它僅次於聖彼得大教堂，千百年來歷經多次改造，有閃閃發光的馬賽克鑲嵌畫，後來建築師費迪南多・福加又專門設計了巴洛克風格的立體面，之後又建了羅馬最高的鐘樓，可以俯瞰全城。大殿祭壇上方的華蓋有精緻的鍍金小天使守護，放著聖馬太（St. Matthew）和其他殉道者的遺骸。祭壇右邊那塊飾板下是貝爾尼尼和父親彼得羅的安息處。這兒還有一間安放聖物的告解室，有一尊教皇皮烏斯九世的跪像，面前是一個聖物匣，匣裡是耶穌誕生馬槽的一塊碎片。

我曾在耶路撒冷，也見到如此的聖物。而這一次，是現實重疊夢境。

我的生命充滿奇異，不時會發生不可思議之事，也許在於我從來就是一個虔誠的信者，在主的面前我信，在佛的面前，我信，在別的神面前，我信。

羅馬九百多座教堂，隔一條街便有一座，座座不同，我喜歡信步走入，有的令我驚歎，有的令我喜悅，有的令我靜穆、深思。有的讓我一進再進，看不夠，僅僅注視著，心境便寬敞無比，回回到羅馬，都想進去，進去後，出來便是一個新我。

但都不如那天在聖母殿的奇遇，記得當時，聽著教皇的布道聲，我躁動不安的心幾乎毫無察覺地平靜下來，人海中一個小女孩的身影模模糊糊。為了看得更清，我努力地在空隙裡向前走了好些步，她似乎也有感覺，向我側過身來，我不認識她。又隔了一會兒，我再看小女孩時，覺得她一瞬間長大，她的臉是那樣的清晰，分明就是我的母親，尤其是那雙亮亮的眼睛。再看她時，她已不在了，可一分鐘不到，她的聲音響在我耳旁：「孩子，想著好的，壞的就會遠去。」

母親叮囑我，像我小時一樣。

母親是在這一年的秋天走的。

從未有過孩子的我，在這之後不到一年有了一個女兒。謝謝主的恩典。

從羅馬到福祈，需要開車三個多小時，福祈那幢在山頂看海的房子，成了我的第二個家。女兒一個月後，帶她去那兒。她的名字西比爾來自希臘、羅馬神話，是一個幾萬年，甚至更久的預言家，以各種面貌、情節出現在傳說中的人物。她燒掉自己幾卷預言，預言總是成真。在義大利的傳說中，她就在福祈周圍的山峰間，偶爾才得一見。她站在那兒說話。

沒人信她的話，但我信。是否如此，她才走近我？

從那時開始到今天，有十二年時間，每到夏天有近三個月住在福祈，以此為中心，足跡遍及義大利每個角落，有時從中國飛威尼斯，有時也直接從英國飛到安科納，但都沒有比從羅馬飛讓我高興。條條大路通羅馬，有人一出生就在羅馬，而我這個生長在重慶的人，卻要走很多路，繞很多圈，才能到達羅馬，雖然一直心嚮往之，真正走近它，則需要幾十年時間。

真正認識它，還需要更長的時間。羅馬的奇特，你已把它熟稔在心，還會發現它的新。

有一次我住在西班牙台階上面的酒店，要去看一個住在萬神殿邊上的朋友，我看看地圖，不是太遠，走路可能需要三十多分鐘，我決定走路。

這路程不會覺得無聊，沿途全是景點，走偏會遇到掛紅色旗子英國詩人濟慈的故居，走歪了，會遇上法國作家司湯達、巴爾扎克、匈牙利作曲家李斯特、英國詩人勃朗甯夫人，甚至德國作曲家瓦格納的故居或是常去的咖啡館，走對了路，恰好會走在《羅馬假日》電影拍攝過的石階上，一個個巴洛克的雕塑會讓你喘不過氣來，停下仰望片刻。

我一路走著，中間還到路邊小店喝了一杯檸檬蘇打水、吃了一個霜淇淋。古老的羅馬，下午的陽光投在臉上，是那麼讓你周身上下懶洋洋的，舒舒服服，投在房子和街上，是如此明媚耀眼。

這一路上，總有手攬紅玫瑰的男人經過，總有拉手風琴的藝人的曲子挽留我的腳步。這一天總遇到攝影師給新娘新郎拍照，中國新娘新郎居多，在台階上或是爬上古石牆、在廢墟上拍新婚照。羅馬恐怕最受歡迎的職業就是馬車夫，加上攝影師。

巴貝里尼廣場上的特里同噴泉依然美如往昔。在貝爾尼尼酒店的邊上，那三隻蜜蜂是貝爾尼尼家族的標誌。好多個世紀這廣場就是擺放無名屍體的地方，讓人們來辨認。如果新婚照片在此，是否會帶上幾個鬼魂？想想都令我害怕。中國新娘新郎喜歡在古老的鬥獸場拍照，那麼多沉睡在此不安的靈魂，因你們的歡叫而甦醒，殘酷的血如一道光濺起，會不會沾上幾滴？果真有一次我在酒店讀報，看到一個新娘子因為拍照從那兒跌下丟了性命。

扯遠了，拉入正題，我那天像一個貪心的孩子，玩心大發，本該走三十多分鐘的路，卻走了雙倍多，一個小時還沒到目的地。朋友打來電話。我說不是迷路了，而是被下午的羅馬迷住了。她放心地擱了電話。

雖然朋友沒催我，可我不好意思了，加快腳步。可是經過一個廣場，我就止步了，廣場裡有一個樂隊，就在萬神殿前的方尖碑旁，正在吹小號，樂隊演奏義大利作曲家埃尼奧・莫里康內（Ennio Morricone）的電影音樂〈黃金三鏢客〉，我隨手拍了一個視頻，正要走，又來了好幾輛馬車，馬車裡的人不是遊客，而是扮成戲子的男男女女，可能就是戲子。

整個廣場上，百分之九十九都是外來人。

事實上沒有哪一個歐洲城市，甚至巴黎、倫敦，有羅馬這麼多外來人。兩千年前羅馬便有一百萬人，大多是非羅馬人。想想這是什麼概念。那時羅馬就是世界中心。到過羅馬的破罐山，你就知道，破碎的陶瓷罐子堆積成山，那時羅馬不會有橄欖油，義大利也沒有橄欖樹，而是從北非、西班牙海運到台伯河，用雙耳大罐子裝著橄欖油，用來吃，用來洗頭擦身體，用來點燈，同時為了這麼多人的生存，還需要進口大量的糧食和生活所需。那時羅馬到處是建築工地，建的都是幾層樓高的房子和氣勢宏偉的宮殿，就像咱們中國的二三線城市一樣，大修土木。然後對於一個外來者來說，當你融入這座城市，雖然文化背景和信仰都不同，但要不了多久，你所有的觀念都得重組，羅馬的多元，並不是寬容的，外來人的恐懼和擔憂，會加重，但羅馬可重塑自我，你從哪裡來不重要，重要的是你的生命可以在這兒重新開始。

我在一塊碑石上讀到這樣幾行字：「陌生的旅行者，不管你從哪裡來，請停下，請你注意到碑石下安葬著我。我是一個好人、仁慈而寬容，在羅馬，我從不後悔。請你千萬小心，不要弄壞我的墓。」

這個死者是一個首飾商人。

我朝朋友的家走去。她曾送了一本寫羅馬的紀實小書《隨鄉入俗》給我，想讓我知道，在羅馬，真正的羅馬人怎麼生活。那本書是美國人艾倫・愛普斯坦寫的，我讀了，沒留下多深的印象。這一路走來，之前讀的文字，一點一滴重新在我的腦子裡激蕩。好像有些懂得羅馬和生活在此的羅馬人，做生意那麼精明算計；做藝術家，那麼唯美、充滿詩意；做哲學家，那麼智慧善辯；做作家那麼會講故事，不可一世；做朋友時，是親人；做敵人時，就是黑手黨，要你的命。羅馬人好像重慶人，儘管重慶人的藝術感覺差點，卻不缺詩意。

拐入右邊小街，再向前走幾米，已可看到朋友那幢棕黃色宮殿一樣的房子。

按門鈴前，我腦子裡鑽出一個問題，寒暄後，我想問問她，當初從義大利中東部搬來羅馬，住在此二十年，羅馬令她最愛的是什麼？

如果她反問我，羅馬，令你最愛是什麼？

我得想一想。

這個問題看似簡單，實則難回答。赫本的痛苦是失去一個真心愛的人，於電影或電影外，她歷經的城市最難忘的是羅馬，她告訴我們：「無疑是羅馬，我會珍惜在這裡的記憶，直到永遠！」我呢，母親是對的，想著好的，壞的就會遠去。我是一個永遠信的人，負面的東西難在身體內生存，羅馬之美，滋養正能量，讓我心情愉悅。這最是我所愛。真的，羅馬就像一面神奇的鏡子，讓我迷失後總能找到自己，它傳遞給我的資訊是，有一天我會在這兒住很久很久，久過我的生命。

# 四、以心相印：羅馬神祕雙心

關於羅馬古城的創建，有很多傳說，其中一種說羅馬國王努米托雷被其胞弟阿姆利奧篡位驅逐，其子被殺死，女兒西爾維婭與戰神馬爾斯結合，生下孿生兄弟羅穆盧斯和雷莫斯，被拋入台伯河，卻被一隻母狼叼上岸來奶大。兩兄弟長大後殺死了阿姆利奧，在七座山丘之地建都。羅慕洛斯殺死了弟弟，以自己的名字命名都城為羅馬，這一天是西元前七五三年四月二十一日，並將「母狼乳嬰」圖案定為羅馬城徽。

好了，現在，請你閉上眼睛一秒，再睜開。

讓我來學學我的偶像，俄國作家納博科夫，描寫他的性感尤物洛麗塔名字的好玩，說羅馬吧，注意，舌尖得由上顎向下移動三次，到第三次再輕輕貼在牙齒上，不僅如此，眼睛還得明亮地注視前方，還得穿一雙好走路的運動鞋，最好是白色的，女生穿白裙，長短皆好，男生一身舒服衣服，背一個輕便的隨身小包，朝太陽升起的方向站立，來，與我一起說：羅馬（Rome），是的，這麼一個熱情、浪漫、充滿愛的名字，彷彿來自久遠的過去，甚至從廣袤的宇宙邊緣，帶著一股從鬥獸場裡沖出的英雄氣概。

說出它，你心裡才可裝下它。現在我給你一張地圖：

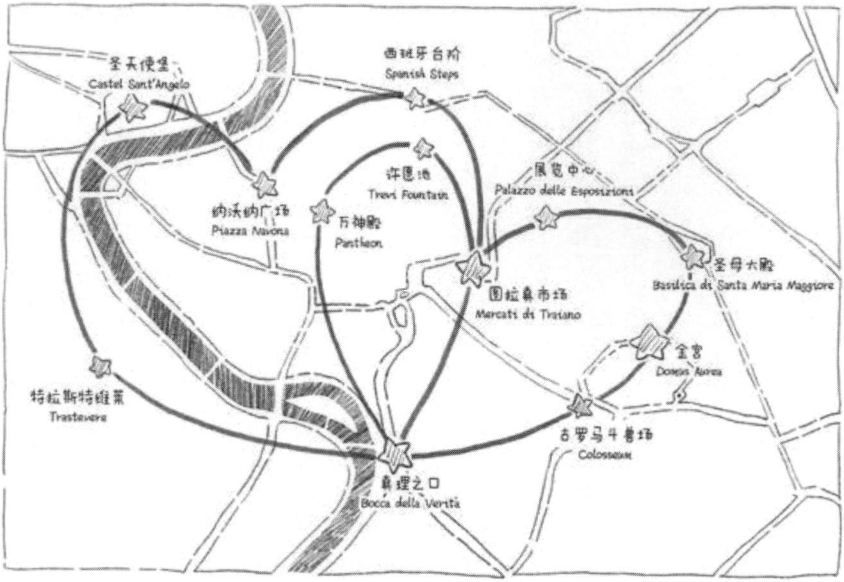


這是一個神祕雙心。一天可草草走完，但兩天走完，仔細，深入，涉及周遭，會讓你更有收穫，就像一個真正的旅行者，獨自一人，或與人結伴而行，她／他可是朋友、情人和家人。

不管你從哪一顆心開始行走，最好先做做功課，了解每個相關地點的來歷和背景，這樣到達每一處，以心做印記。

比如俄彼安丘的金宮（Domus Aurea），是羅馬皇帝尼祿為自己建造的，他十七歲執政後廢除了血腥的鬥獸場競技，深得人心。他把自己和別人的生命當成一本本精彩的恐怖小說寫，滅掉親哥親媽，酷愛音樂和戲劇，親自上台演主角，讓奴隸扮演死囚，並統統殺死。他覺得人生無趣，命人燒了羅馬城，當時羅馬城有十四個區，燒了十個區，尼祿不叫救火，而是興致濃厚地站在皇宮最高處觀賞火焰中的羅馬城，還詩興大發，詠唱特洛伊毀滅詩篇。西元六八年，這個不到三十一歲的皇帝玩行為藝術，命人拿刀刺進自己的咽喉，扔下一句「一個偉大的藝術家就要死了」，走下地獄。當時這座金宮尚未完工。之後無人續建，圖拉真皇帝建造公共浴場時，僅僅用了這個金宮的牆壁和拱頂，作為浴場的地基。直到一四八〇年左右，這個宮殿才被發現，除了有金碧輝煌的天花板、華麗壁畫，還有長長的柱廊，一大片公園和人工湖。有些牆壁、拱頂天花板用微量黃金覆蓋，其中一個八邊形房間裡，藝術品琳琅滿目，奢侈到極致！金宮之前一直可參觀，二〇一〇年部分天花板崩塌，不對外開放。我去年去時，還封著，說是在維修。

比如，特萊維噴泉（Trevi Fountain），也叫許願池，大理石海神雕像不僅精美，還栩栩如生，海馬們拉著碩大的貝殼彷彿朝你而來，你得趕快閃開。它曾是古羅馬人將貞女泉引進羅馬城水道的終點。記著，丟一個錢幣，只要背對許願池，右手拿硬幣越過左肩拋入池中，便有機會重回羅馬；丟兩個錢幣，會遇上一段浪漫的愛情；丟三個錢幣，和意中人一起許願，愛情就會永恆。最好是夜深或是清晨去，人少，整個噴泉在燈光映射下波光粼粼，古老而氣勢磅礴，尤其是池底許願錢幣在閃閃反光，真像進入夢境之中。別忘了去附近看看電影《羅馬假日》的理髮店，雖然已改為義大利皮具店。街邊有人搭爐售賣義大利板栗，看上去香甜可口，可我還是購了一個蛋捲霜淇淋。平日我不會吃霜淇淋，但在羅馬，我每天至少吃一次，當然也愛披薩，火腿肉、芝士、香腸、脆餅，周圍的餐館和小酒館，大都百年老店，好廚師遍地都是，菜做得恰到好處，在那片餐館吃，從來沒失望過，哪怕叫一個最普通的馬蘇里拉乳酪（mozzarella caprese）番茄沙拉，上面有片片綠綠的羅勒，一吃到嘴，馬上想再叫一盤。

比如，在鬥獸場之南的卡拉卡拉浴場，你得了解古羅馬人是多麼愛洗澡，浴場建得跟宮殿一樣講究，用大理石鋪地，有氣派的圓拱門、壁畫和雕像，金碧輝煌；兩座大噴泉，飛舞著鴿子，還有超大的健身房。整個場子占地六英畝，能容下一千六百人，設有冷熱水蒸氣，各占一所澡堂子。想想我的成長背景，在二十世紀六七〇年代，重慶南岸貧民窟，是靠江洗澡，夏天可以，冬天只能在家燒一盆熱水，抹澡。而古羅馬人不僅如此懂得身體的享受，同時也是把澡堂子當作社交場地，邊洗澡邊聊天，邊商量買賣、邊和解訟事和婚宴喪事。我有一次無意間看了日本導演武內英樹的《羅馬浴室》，這穿越的喜劇，非常日本，非常現代，也很羅馬，我即刻便記著阿部寬這個演技一流的演員。有時間，你不妨看一看，俊氣的阿部寬的身體一覽無遺。

比如，你去天使城堡時，再走一會兒，就是梵蒂岡，世界上最小的「國中之國」，僅〇・四四平方公里，相當於北京故宮五分之三大，事實上那兒半天看不完，因為聖彼得堂大得離譜，人們習慣說那兒「天使像巨人，鴿子像老鷹」。因為遊客太多，若想登頂聖彼得大教堂請起個早，大教堂內外宏偉巨大，幽深，有雕塑大師貝爾尼尼設計的紀念碑和巴洛克式華蓋。教皇祭壇往上一百一十九米高處的中央圓頂，則是米開朗基羅的設計。登高看遠，俯瞰鑰匙形的聖彼得廣場和羅馬全城，最好和心上人一起，記住你們在此如此相愛。大教堂圓場外有一道彎彎的白石線，便是梵蒂岡與義大利的分界。教皇每年復活節站在聖彼得堂的露台上為人民祝福。

比如當你走入萬神殿前，你要知道這是兩千多年前，羅馬帝國首任皇帝屋大維的女婿阿格里帕建造，以供奉奧林匹亞山上諸神。萬神殿是古羅馬精湛建築技術的典範，一個寬度與高度相等的巨大圓柱體，上面覆蓋著半圓形的屋頂。拉斐爾等許多著名藝術家就葬在這裡，葬在這裡的還有義大利國王翁貝托一世和他之後的十幾位皇帝。

每次到羅馬，我的胃都異常飢餓，用嗅覺靈敏的鼻子嗅周圍，到處是美味，到處是誘惑，去哪兒？不著急，我辨別著空氣中的各種味道，決定先去哈利酒吧（Harry's Bar）喝一杯貝里尼。

一九三一年朱塞佩・齊普拉尼在威尼斯聖馬可廣場邊上開了第一家，很快便門庭若市，大文豪海明威，打獵後經常來此喝上一杯。他常常喝醉，醉後照常寫小說，難怪他的《穿過叢林的河流》會差他別的小說一大截，大概是酒精含量太大所致。

而開在羅馬的哈利酒吧，位置更好，就在著名的威尼托大道上，背靠羅馬老城牆，以誘人的雞尾酒和美食引來義大利國內外的豪門和好萊塢明星、文豪、藝術家們，像奧黛麗・赫本，奧森・威爾斯，田納西・威廉姆斯和可可・香奈兒和導演費里尼等，成為當時他們最愛之地。

費里尼的電影《甜蜜的生活》（*La Dolce Vita*）取景威尼托大道，改編自Marcello Rubini原著，以記者馬切羅的生活，展現一代義大利人精神苦悶、迷失自我的故事。這部電影在一九六〇年的坎城電影節上榮膺金棕櫚獎，也斬獲了同年奧斯卡最佳化妝與髮型設計獎。

在這條街上有Doney餐廳，大廚James Foglieni的地中海菜肴充滿誘惑，大都配合本地時令原材烹製。這家美味還有牛肉韃靼、煙燻茄子魚子醬和黑松露菌、迷迭香烤牛排，在離它幾百米外，心便怦怦直跳，真丟臉，我完全抵不住它的誘惑。

Casuccio e Scalera有精美的義大利傳統鞋店，它家的鞋，穿上既舒服又有格調。

威尼托大道另一端通向羅馬古城門（Porta Pinciana）和花園群（Villa Borghese）。這些十七世紀的遺址仍是世界上最美麗的花園，在那兒拍照，最好低頭沉思，做出一個哲學家或是詩人的樣子留影。人能嘲諷自己，便容易快樂。當然你可以跳起來，按快門。

如果把聖天使堡當成雙心圖的最後一個地點，你會發現已是台伯河西岸，你可順路去越台伯河區（Trastevere），那兒全是古色古香的中世紀小巷、工匠作坊，比如可做馬賽克拼圖，我最喜歡那兒的一座由修道院改建的酒店，好幾年到羅馬，都在那兒住。酒店裡還有一座玲瓏可愛的老教堂。

順著那條街往下走，就是美國導演伍迪・艾倫的《愛在羅馬》的外景取景點。他最早的電影《安妮・霍爾》深得我喜愛。二〇一二年，已是七十七歲的他，懷著對羅馬之愛，拍了《愛在羅馬》，講了來自不同國家的人在羅馬經歷的四個故事。相比他的《午夜巴黎》和《午夜巴賽隆納》，我很難不喜歡這部表現羅馬的電影的輕鬆氣質、幽默對話。但是義大利人並不高興，認為伍迪・艾倫是一個不懂羅馬、不懂義大利的美國佬，義大利人怎麼會只有洗澡時才能唱歌劇的詠歎調呢，讓吉安卡羅登上久負盛名的史卡拉歌劇院的舞台一展歌喉，居然得洗澡，真是侮辱義大利人！我們義大利人絕不這樣，我們任何時候都能唱，喝高了、做愛高潮時，唱得更好。

Osteria der Belli（地址：Piazza di Sant'Apollonia，11號）是薩丁島風味，有新鮮的義麵和海鮮菜肴，侍者很周道，烤的麵包鬆軟有筋道。家庭經營的Da Enzo al 29（地址：Via dei Vascellari，29號）和Viale di Trastevere餐館，都是地道的羅馬菜，如環形香腸，選用豬後腿碎肉填入腸衣，製成環形狀，煙燻呈朱紅色後，稍加煎烤，用雉雞紅酒湯汁調味，撒上一點小茴香。平常不喜帶生的米飯，但那道墨魚汁飯，混合美滋滋的墨魚汁和野山菌，真是滿口快意，吃這道菜，最好叫一個炸洋薊，香的脆的，酥酥軟軟。事實上越台伯河區的餐館，沒有哪一家不是母親的味道，甚至是廚藝大師的作品，想到那裝飾著新鮮的檸檬塊、薄荷葉、極品魚子的地中海生蠔，我便不能自拔，生蠔一向是法國品種美味，但義大利的生蠔也絲毫不差。那兒有好多羅馬甚至歐洲小眾設計師的衣服店、家居飾物，都物美價格合適。我女兒每次都要在方塊小石塊鋪就的小街中溜達，她喜歡一家小古董店，淘美麗的琉璃珠子和玉石，用來做項鍊和手環。

在越台伯河區，吃飽了，喝足了，千萬別錯過多里亞・潘菲利別墅。這兒最初是潘菲利家族的，一七六〇年該家族絕嗣，一七六三年教皇克雷芒十三世將這座園林授予多里亞親王，也由此叫多里亞・潘菲利別墅。這是羅馬最大的風景園林，有一個美麗的巨大噴泉，別墅氣派似王宮，河邊甚至爬著曬太陽的海龜。一直往山丘上走去，有塊區域是東方園林：有修剪整齊的松樹，和鋪有白石子、有一片竹林和假石山的庭園，非常日本、非常中國。一路風塵，走遍了羅馬雙心圖後，面對這一角宛若故土的美景，無疑令我驚喜萬分。

## 五、羅馬人鹿易吉・塞拉菲尼

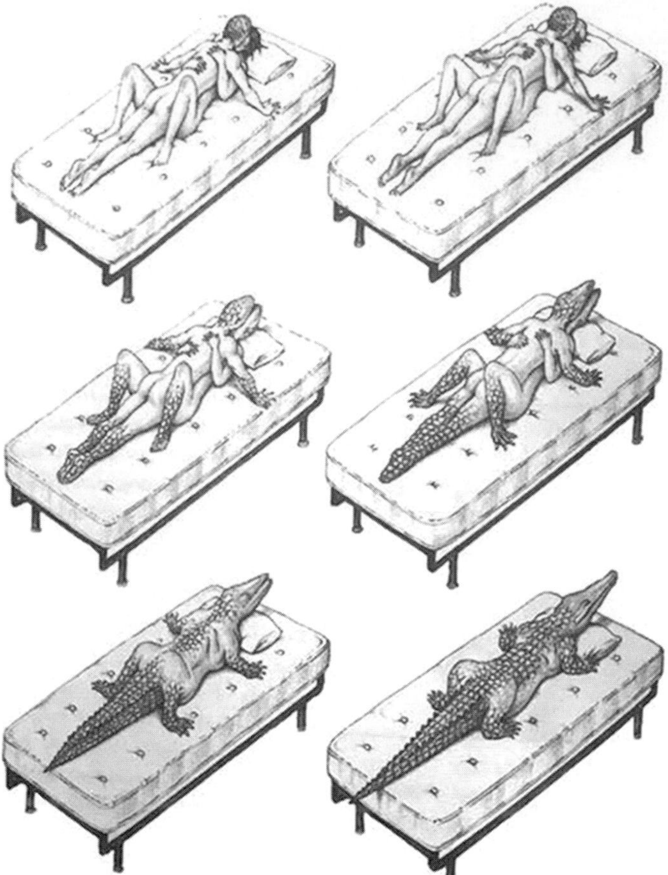

豆瓣上有人摘這圖，點評：居然沒有人摘抄這一頁！

今年網上扒出好幾個國內藝術家抄國外藝術家的醜聞。難怪豆瓣網的豆友會如此諷刺。當然沒人抄襲鹿易吉・塞拉菲尼，因為他自一九八一年出版《塞拉菲尼抄本》天書後，一炮而紅，在歐洲搞藝術的，沒人不知道這位大藝術家，你抄他，不是自掘墳墓嗎？

鹿易吉・塞拉菲尼在中國未出這本天書之前，一個夏天的午後，他提了一瓶馬爾凱省自產的紅葡萄酒，來到我在義大利福祈的家，直接進了花園。他的頭髮長長的，亂亂的，穿了一身舒服的休閒裝，整張臉很喜慶。很睿智，像達・芬奇時代的怪人，這是他給我的第一印象。

介紹他的人，是離家半個小時車程佩達索海邊燈塔餐館的老闆賽門，他把我在義大利出的書給鹿易吉看，改天又把他的天書給我看。而且他把我倆的電郵和電話做了一個交換。沒隔多久，我收到鹿易吉的電郵，商定了見面時間，我們這天便坐在福祈的陽光下吃午飯。就是那天他拿出好多中文名字，我幫他敲定了「鹿易吉」。

這個生於二十世紀四〇年代末的羅馬人，整個童年，大半時光他都在馬爾凱省佩達索海邊叔叔的一個特大別墅裡，那兒距離利瑪竇的出生地馬切拉塔只有幾公里，叔叔的房子有一間面朝花園的圖書館，得朝下走樓梯，那兒四壁皆是書。他在那兒閱讀了不少關於中國的書籍，並在叔叔的圖書館裡翻到一本中文舊書，看到一幅韃靼的食草羔羊圖。叔叔過世後，他得到了這張古畫，一直掛在他在羅馬萬神殿邊上的古老房子裡。

九歲打球時，他摔倒在玻璃上，割傷了手，就此決定畫畫，他的第一幅油畫是佩達索叔叔的花園，畫面裡出現了大海。這幅畫也一直掛在他在羅馬的工作室廚房裡。

鹿易吉的父親是一個工程師，在電視機尚未普及的年代，就在家裡搗鼓出了一台電視機，後來又在家裡造出了一艘潛水艇。其父如此，其子便更上一層樓，改造和重構現實。

他的祖母跟鳥對話，祖母去世後，他一直幻想著她有一天化身為一隻鳥。在他羅馬的工作室裡，一直擺放著一把祖母的椅子，時不時會有一隻鳥飛到這椅子上。我日後有幸坐在那椅子上，感覺他祖母的超能力：鳥兒把各種神祕的事源源不斷地講出。

少年時鹿易吉的家族還出了一件奇事，他和羅馬市市長一起去他的姑媽家。那是盧多維西區台伯河岸，姑媽家出了一個宇航員，是指令艙駕駛員。如今那棟房子掛了名人牌子並有文字說明：「就在這所房子裡誕生了邁克爾・柯林斯（Michael Collins），勇敢的阿波羅十一號飛船的宇航員，登上月球的第一人。」

二十七歲這一年，在一堂以裸體半機械人為對象的寫生課上，鹿易吉用彩色鉛筆畫畫，幾具人體皆有鉗子、自行車軲轆和自來水筆形的肢體。他發現要完成這幅圖還得配上一些文字，創造一套全新的字母表成了他的當務之急，於是他想到要發明一種喜歡的文字。一天下午，大學同學喬治打電話問他要不要一起出去玩、找些樂子，打發這漫漫長夜。鹿易吉告訴喬治，他不要出去，因為他正在搗鼓一本百科全書。說完這話，他茅塞頓開，對呀，他是要做一本百科全書。

還是這一年，他把自己關在一間房子裡，決定寫完這本書。整整用了三年時間。記得有一年，我與他閒逛羅馬時，走過西班牙廣場後，拐入幾條小街，站在聖安德列德拉弗雷特街上，突然他停住腳步，指著三十號五層樓上的閣樓，對我說到件事，他說到有一天他在街上撿到一隻流浪白貓。他通常坐在兩扇窗之間的桌子前繪製書稿，這時候白貓就爬到他的肩膀上，蜷在那兒呼呼入睡，他說，是白貓給他靈感，創造了那本天書。他有那樣的祖母，當然就會有這樣的奇遇，並相信這奇遇。

孤獨的青年藝術家和一隻找到家的流浪白貓、充滿魔力的白貓，在羅馬城中心的一間閣樓裡，不管天寒地凍，不管酷熱難忍，他們相依為伴，一日三餐他去萊昂奇諾路上的披薩店，他喜歡那兒的番茄乳酪披薩餅、卡普里喬薩沙拉和煮雞蛋。

我問他之後去過閣樓沒有。他搖搖頭。

他告訴我，不遠處是聖安德列教堂的回廊，種有柏樹和橘樹。院中央有一個大池子，裡面養了些肥碩的紅色魚兒，幾乎總是一動不動；還有一座假山也矗立在院中央，上面覆滿了苔蘚和鐵線蕨，不斷有水滴從中滲出。在梅賽德路和普羅帕甘達路交叉處是貝爾尼尼的住所，大門附近就是貝爾尼尼優雅的大理石半身雕像。而就在幾米開外，貝爾尼尼永遠的對手——博羅米尼的兩件傑作也聳立在那裡，令他無法回避。

這本天書出版很艱難，沒出版人懂得此書的價值，出版這樣一本玄奧難懂卻又頗為昂貴的書，會讓出版社陷入岌岌可危的境地。一直到弗朗哥・馬里亞・里奇的出現，而且他是利瑪竇家族的後裔，他堅持認為這本天書是這世界上不計其數的壯舉和幻想之一，後來的事實證明了他的判斷。該書後來被評為「世界十大神祕天書」之首。義大利著名作家卡爾維諾生前曾為這本書寫下長篇推薦序，他寫道：塞拉菲尼的語言被賦予了一種權力，它將要喚醒的是一個其內在語法完全顛覆的世界。書中的圖像就像奧維德和他的《變形記》一樣，在所有存在的事物之間，都存在著一種相互滲透的關聯性。而卡爾維諾最愛的圖像，就是本文開端那幅圖，人們看到一個男人和一個女人做愛的連續階段，目睹他們如何慢慢地融合變成一條鱷魚，一個形體向另一個形體轉化的段落中，這是鹿易吉最絕妙的視覺創造之一。

二〇一五年這本書在中國出版，受到著名藝術家徐冰、熊亮、戲劇導演孟京輝等人及媒體的追捧。也是那一年，我在北京，又和他見面了。我身邊的朋友都成了他的粉絲，他們喜愛他，超過我的想像。

鹿易吉是個天才，天文地理、哲學文學神學，什麼都懂，關於羅馬，他給我講了好多，從遠古到現代，到他騎的《羅馬假日》裡的摩托車。我記得他一說到羅馬，會提到一個形象——「三叉戟羅馬」。那是古羅馬神話裡羅馬守護者海神尼普頓手中的武器，也是他的天書裡重要的元素。

從十七世紀開始，歐洲富貴人家子弟紛紛到各文化名城求學，羅馬因其文化遺產豐富而成為他們主要的目的地，鹿易吉說到這些故事，如數家珍。我們聊得更多的是電影，他對義大利二十世紀六七〇年代新現實主義的代表人物導演德西卡的電影《偷自行車的人》非常喜歡，那是二戰後義大利的現實寫照，人們生活困苦，大量工人失業。裡面的演員便是素人，我因為鹿易吉說到這電影，又去看了一遍，覺得德西卡真了不起。談論這個國家的電影，會談論《絕美之城》的導演保羅・索倫蒂諾，他的才氣逼人，也不會錯過帕索里尼，他的電影《索多瑪120天》公映前，他卻在羅馬郊區一個沙灘上遭人痛毆，頭部被汽車輾過，死狀恐怖，只有五十三歲。他的死震驚電影界。鹿易吉認為這是政治迫害，因為帕索里尼生前一向不憚於表達自己的立場。帕索里尼生前的好友、電影導演塞爾吉奧・奇蒂曾宣稱，謀害帕索里尼的凶手其實有五個人。

我們每次都會談到電影導演費里尼，第一次是鹿易吉帶我去費里尼的故居，可是費里尼的後人早把房子出租了。我們遇到的情況正如我的小說《燕燕的羅馬婚禮》裡王侖和燕燕遇到的一樣。他清楚地記得費里尼兩手插在褲兜裡，在夜色中走回馬古塔街一一〇號的家的身影。

鹿易吉小費里尼二十九歲，屬於當年費里尼年輕的朋友，他們曾天天在一起，坐在咖啡館，或在馬古塔街一一〇號頂層，談論藝術和人生。費里尼最後一部電影《月吟》，也是喜劇片，改編自卡瓦佐尼小說《月亮之詩》，該片由羅貝托・貝尼尼主演。鹿易吉給了這部電影很多美術思想，電影裡的一個景，藍色夜空中，一個人拋繩吊著一輪美麗的月亮，是他專門為之而作的。

我們隨便走到哪裡，他指給我看的一幢房子便堆滿歷史和故事。吃飯時，他說你看這個人是一個記者，他採訪過誰，引起轟動；你看這個人是個製片人，做過什麼電影；你看那個人是個攝影師，拍過哪些名人；你看那個人是著名導演，拍過什麼電影。鹿易吉不僅是羅馬這絕美之城的引導者，也是一個資深的美食家，很多餐館老闆都認識他，我們不必排隊，這是多大的一個榮幸。他也是一個魔術家，他自己把這種魔術放入他的藝術裝置和畫裡。在米蘭世博會上，他的大型雕塑紅蘿蔔女神引起轟動，米蘭工作室裡每一個裝置都讓人著迷，在巴黎的個展，來了好多朋友，其中兩個朋友便是鞏俐和她的丈夫法國電子樂大師讓・米歇爾・雅爾。

我在二〇一七年去羅馬準備拍一部關於羅馬的電影時，去了電影器材廠。看到費里尼好多工作照片，見到當年給費里尼準備器材的幾個工人，他們說起費里尼，彷彿昨日，說大師一點兒也沒架子，和他們稱兄道弟。當天晚上我的團隊與鹿易吉見面，他給我們說到那個年代做電影的一些奇事，也說到做電影時想像力的重要。他說費里尼不僅想像力驚人，而且詼諧。也是那天晚上，他說到一九九三年十月三十日，費里尼病逝，義大利為其舉行國葬，但他的死因只有少數幾個人知道，我追問，他悄悄說給我聽。我在此也保密，因為我向鹿易吉保證過，不講給別人聽。

二〇一六年初冬，我帶嚴歌苓一家在羅馬與鹿易吉認識，我們兩家六個人，加上鹿易吉和女友，開了兩輛車向福祈行進，我們一行人去了我們在福祈的家。當時整個福祈處於震後的慘狀中，可當地人在酒吧歡迎我們，信心十足地重建家園。我們的車開進了天書的搖籃——在佩達索山丘臨近海邊的別墅。說是別墅，真可以說是一個大莊園，大大小小的房子，有坍塌的，主建築還是供堂兄們夏天度假。房裡有壁畫，到處有雕塑，可以看到昔日的輝煌，大片的花園，牆邊有法國皇室在此的立碑，還有大片種有葡萄和橄欖的原野，大人們在喝酒聊天，兩個女孩在地上翻筋斗，自錄視頻。

我們還去了屋頂，寬闊如球場，從那兒看去，不遠處的海岸線和海浪的姿態清晰極了，白色的海鳥尖叫著在飛翔。一個男孩子站在我們的身邊，他靦腆多思，孤獨地仰望著天空，他在看，他看到的與我們不一樣，他在聽，他聽到的，與我們聽到的不一樣，他在想，與我們想的不一樣。母親站在山頂的房子叫他的名字，而花朵正在競相怒放，橄欖樹正在結果，外祖母在和鴿子嘰嘰咕咕聊著什麼，父親手裡拿著書，正在沉思。我經過，不忍驚動他，只是悄悄地注視，強烈地感到，這塊土地上，最了不起的一個天才藝術家已經誕生了。

謝謝你，鹿易吉・塞拉菲尼，是你真正把我帶進了羅馬。

# 六、當羅馬變成辣椒

美食家，有兩種：一種是會吃，會寫，但不會做；另一種是會吃會寫，還會做。我屬於第二種，走到哪裡，會做菜到哪裡。可是在義大利，除了我家，我做得較少。尤其是在羅馬，要麼在酒店要麼在餐館，即便在朋友家，都沒機會做，義大利人跟我一樣，我不太喜歡別人用我的廚房，因為我邊做菜邊清潔廚房，做完菜，廚房乾淨，才能坐下就餐。義大利人不喜歡別人在廚房，因為廚房是一個家庭的祕密心臟，義大利菜多好吃呀，全世界七大菜系之前列，而且誰願意你在他家廚房裡搗鼓呢。

在羅馬做不了菜，沒關係，做菜人，必會點菜。

語言不通，如果是你，怎麼辦？教你一個絕招，要麼閉眼前菜正菜點一個，要麼走到正在就餐的桌前，眼睛掃一眼，心裡便知哪道菜是你喜歡的。

還有點義大利麵，海鮮麵，點披薩餅，哪一種，都不會錯。點羊排、牛排、香腸都會好吃。

進餐館，情願排隊等位子的，也不要去一個客人也沒有的餐館。不過在羅馬，你放心，閉著眼睛去餐館，都會比英國的餐館好吃。

除此之外，還有絕招，看餐館的衛生條件，看廚房，看不了廚房，可看洗手間，也可看侍者的圍裙和袖口，乾淨，那就安全。

我最鍾愛的調料：檸檬、橄欖油、海鹽，這些調料非常本質，不影響食物的原味，反而提升它的美味，義大利好的廚師也是用這三樣東西。這三樣東西也可醃製牛肉、羊肉、排骨、火雞，不會破壞它原來的味道。胖胖的橄欖很像是胖胖的義大利母親、唐朝的仕女，瘦瘦的橄欖是義大利少女、揚州的美人，纖細美味。

義大利菜我最愛的是它們的海鮮，我曾在義大利南北，每個餐館吃海虹，各式吃法，最好的當數西西里島一個小城錫拉庫薩（Syracuse）一家毫不起眼的餐館，火候剛好，肉嫩味鮮，如同日本料理裝盤講究。

說到日本料理，每隔一段時間我會想念，跟想念四川凶猛的火鍋或者辣子雞不一樣，日本料理的精美，每一道菜每一個細節每一種做法都不同，堪稱世界第一。好的日本菜，像吃一道藝術品，沒藝術品位，多吃幾道好的日本菜，便有了。我在日本和歌山上的寺廟裡住了幾天，廟裡的大廚用水果蔬菜醃製出來的下粥的鹹菜，吃進嘴裡，頓時周身上下通透，如吃靈丹妙藥。

羅馬的餐館，專吃海鮮的，性價比最好的，當屬Pierluigi，在鮮花廣場附近，一九三八年就開了。不久前，網上還傳出NBA球星本・西蒙斯的前女友肯達爾・詹娜來Pierluigi餐廳就餐的新聞。其實這個餐館，經常會有名人政客光顧，我每一回去都會看到客人排隊，而且老闆親自當招待。它的龍蝦、金槍魚韃靼、法國生蠔、醋醃漬鯛魚，一份生牛肉歐洲玫瑰燒番茄龍蝦麵，海鯛魚都做得沒法挑剔，而且魚也可做成日本料理，厲害。它的甜品，做成水果霜淇淋，還留下水果的殼，添加板栗等等，味道也非常好。

做菜就是變魔術，我賦予食物靈魂，食物能感受我的心。對食物說，你是最好吃的，世界上只有你，食物出來的樣子和它的好吃的程度，正如我期待的。我做菜處於快樂狀態，吃我的菜會快樂。

也有出錯的時候，有一年在義大利家裡，那天是威廉姆斯先生的生日，來的朋友全是義大利人，我決定做一個義大利人最愛吃的檸檬乳酪蛋糕。可是腦子灌水，該放糖的放成了鹽，好在發現早，把檸檬汁拿出來，留了一半鹽在一半檸檬汁裡，加了很多糖，蛋糕也做好了。心裡比較擔心，不知道這些義大利人會有怎樣的感受，他們吃了第一口，表情很奇怪，評價說非常獨特，多了一道鹹的味道，一搶而光。我才如實說了鹹味來由。於是大家開始講自己做菜的故事，有的把東西烤焦了，有的完全忘記糖，居然有好幾個人把鹽當作糖放，但因為補救太晚，甚至沒有發現，而蛋糕上桌時，就難吃。

我懷女兒的那一年，從義大利安科納飛英國，住在那兒一棟修道院改的酒店，那兒的餐館在當地非常有名，要先訂位。那次吃飯我點了一個義大利有名的海鮮risotto（米飯），跟之前吃這道菜不同，酸酸的，是果醋，海鮮有紅蝦、蛤、魷魚、扇貝，洋蔥細細的，還放了土豆粒，似乎廚師擔心醋不夠，還加了好幾瓣新鮮檸檬在邊上，入口那一刻好像所有的神經都被打通了，無比通透，我猜想是在那個地方懷上我女兒的，這道菜深入我的味蕾及身體每個細胞。

食物真的能夠代表一個人的內在。義大利，每年夏天是結婚最佳時間，每次在那兒，總要參加幾個婚禮，參加英國人或是法國人的婚禮，婚宴就相對簡單，可能就三四道菜，在婚禮上吃不飽。可義大利人的婚禮會讓你吃撐為止，從開始到半夜，都有無盡的食物。看一個人處理食品的態度，可看出這個人是怎樣一個人，慷慨的人絕不會把最差的東西呈現給你。

在我很小的時候，一個遠房親戚家裡死了人。母親帶我過江去奔喪，我們走進一個很陡的木頭樓梯。親戚朋友都來了，過世的人停在邊上，燒著香。大家都過去向他告別，默默地走了一圈。之後這家人端出了一鍋紅燒肉和一鍋米飯，紅燒肉是用各種野菌燒的。那是我吃過的最好吃的紅燒肉。整個奔喪過程就是吃飯，很奇怪，大家一聲不吭的。吃過紅燒肉後，大家就此告別，臉上都沒有悲傷。母親和我回家，一路上，她也沒有像以前有人離世那樣說著說著就掉淚。用吃紅燒肉的方式紀念一個人，真是非常特殊。

義大利人愛吃辣椒，他們有各式辣椒，在家裡或餐館裡都有辣椒泡橄欖油，也有辣椒粉。在羅馬的鮮花廣場上，有各式乾辣椒出售，也有出售新鮮辣椒的，紅綠皆有，很小，是朝天椒那樣，非常辣，是墨西哥的。想吃特辣的麵時，我就購一盆這種新鮮辣椒，摘下，放入袋子，隨身攜帶。

辣椒是重慶的另一個詞，辣椒就是重慶，而不是成都，成都人對辣椒並不猛烈，重慶人愛辣椒發自內心。湖南人則是乾辣，湖南人更愛檳榔，檳榔更容易讓人上癮。重慶人和醋的關係通過辣椒連接，吃多了辣椒會喝一碗醋，吃麵或涼拌菜時放醋，延緩辣椒在身體裡的燃燒。

我曾經出版了一本美食書《當世界變成辣椒》，羅馬比世界真實，想想，當羅馬人手舉一個中國的紅辣椒，心裡想著辣椒的激情和美妙，站在鬥獸場或是西班牙台階，甚至台伯河岸邊，那是怎樣的行為藝術，整個羅馬一片紅光，氣勢磅礴，美不堪言。那個羅馬雖是我想像的羅馬，但想像終會變成現實。

我期待這一天的到來。

## 我在義大利，被義大利人常點的五道菜

**糖醋排骨**：糖和醋組合，做糖醋排骨。把醋浸在大蒜裡面是臘八醋，把醋放在雞蛋中是醋蛋，再加一點點鹽，放一點橄欖油和黑松露，那種美味，非人間。如果把醋放入牛肉，加芝麻菜，會好吃。烤雞時，灑上杜松子酒、檸檬，也是好吃的。冰鎮醋加乾薑水，醒神又解渴。

**辣椒酸麵**：義大利麵做好，放海鹽和橄欖，涼後，放蒜、薑粒、小蔥，把醋和辣椒放在一起，最後放少許糖，用新鮮的番茄醬，吃時拌好。

**醋溜大白菜**：在義大利的家做這道菜時，鄰居們打破砂鍋問到底，想知道這道菜如何做。在北京，大白菜和大蔥都堆在走廊，二十世紀八〇年代到北京時，走在走廊，都能聞到蔥和白菜的味道。把白菜最嫩的地方剝出來，晾一下，切細絲裝盤，辣椒、花椒、蒜瓣煎一下，把油淋在白菜絲上，放醋放糖，特別好吃。記得我在英國做這道菜的時候，世界上最著名的哲學家皮爾・安德森高呼好吃，停下他與同行的辯論，問我這道菜是怎麼做的。

**桂花芽烤鴨**：將桂花芽抹上鴨周身，抹上鹽，放杜松子酒，放蘋果醋、檸檬、橄欖油，鴨子每三吋用刀戳一個洞，淋上檸檬汁、橄欖油、鹽、蒜瓣、薑絲、新鮮迷迭香，馬鈴薯、胡蘿蔔、蘋果切塊，放到鴨肚裡。烤箱大火攝氏二二〇度上下烤，大概四十五分鐘。奇香、皮脆肉嫩。

**鵝肉雞蛋餅**：材料是切片鵝胸脯肉、無核橄欖、茄子薄片、聖女果、大蒜片。雞蛋加一勺海鹽拌勻。平坦鐵鍋，倒橄欖油，將所有的材料倒入，一分鐘小火後倒入雞蛋液，三分鐘後關火，便成了。讓餘溫繼續發揮。這道菜，也可放冷後放入冰箱，當冷菜吃，倒一杯義大利香檳，同吃最好。

附錄

# 五又二分之一的羅馬：新女性的神聖激情

## ——荒林對談虹影

**荒林**：我讀完《燕燕的羅馬婚禮》，被一種神聖的激情震撼，作為一位女性主義學者，我感受到了文學的女性主義探索的勇氣和力度。你用精彩的人物形象，迷人的故事，魅惑的懸念，引領讀者的心靈，探索婚姻和愛情的奧祕，讓人深深體驗到身心自由的寶貴，又讓人領略心靈及文化、文明與婚禮儀式的神奇關係。這部小說與你過去自傳式的長篇相比，完全是另一種創新，你可以談談超越式寫作的動因和目標嗎？

**虹影**：我對女性存在的瞬間，近幾年較之前有更為深刻的體驗。在某一個時刻，我是這個人，同時也是另一個人，可穿越過去與未來，在客觀世界與主觀世界並行，把心靈深處祕不可宣的那部分，用文字的形式呈現出來，通過江水貫通歷史、現實和未來，去創造一個使之相遇的四維空間，同時使不同的時刻不同的人穿入羅馬這面鏡子，相互交融，相互錯綜，疊加式地對人生不同階段進行回憶、感受和重塑。這裡也存在對女性與男性的審視，由故事本身來說明其關係。

此間，我發給你兩個音樂，是我女兒推薦給我的，艾蘭•奧拉夫•沃克（Alan Olav Walker）的

"Fade"和雷雷・馬奇特利（Lele Marchitelli）的"Cardinals"。

這兩年我寫這小說前迷上了這兩首曲子，重複聽它們，浸入其音樂的節奏裡。一九九七年出生的艾蘭・奧拉夫・沃克是個天才，一個蒙面少年的背影，如同他的音樂，直接觸及我的靈魂，敲開沉睡區域，神祕地為我注入了新鮮的血液。

第一首曲子的ＭＴＶ，拍的是愛沙尼亞的首都塔林，說的是一個從小離家的蒙面人，長大後憑著一張照片來尋找記憶中的家，最後在照片的指引下尋找到從前的老房子。但是，那兒已然成了一片廢墟殘骸，蒙面人拉下面具，絕望地面對這現實。

第二首曲子是來自義大利電視劇《年輕的教宗》的插曲，是雷雷・馬奇特利作曲的。他作了好多我喜歡的電影音樂。他的音樂與前面提到的音樂有異曲同工之美，二者放在一起，真是一種性感加複調的結合。表現教皇的歷史片，卻用如此激情現代的音樂，有張力，有想像力，這也給我打開了一道表現命運之門，我毫不猶豫地走了進去。

**荒林**：晚上我反覆欣賞了你發來的兩首曲子，它們讓我回到你小說的旋律中，來到羅馬和重慶這兩座城市，傾聽你的小說人物激情演奏的人生。一個閱讀和凝望江水的女孩，一個在沙灘上舞蹈的女孩，她們逃離了日復一日的山城，心向羅馬，來到了羅馬。心靈的宇宙中，時間是羽翼，空間是羽翼飛行的節奏。在探索心靈的自由深度上，愛和性，是感覺，是靈覺，也是知覺。它們之間神祕互動，與主人公一起散步羅馬的廣場，它們之間互相喚醒，讓主人公瞬間成長，改變認知，推進生命，加深愛的探究。一隻神祕的貓，一隻流浪的狗，為自我和他者提供鏡像。城市精神生活的對話場景，如同電影鏡頭。而電影《羅馬假日》，則是人物的背景文本和對話文本，記者和公主，也是自我與他者，也許就是精神生產和文本生成的原初基因，不過成長已經使她和她變成蓬勃的新生命了。

現實生活中，女性的物化處境被認為比二十世紀嚴峻，你這部小說卻沒有選擇批判現實的題材，而是走進了愛情與婚姻的哲學主題公園，裡面清華大學的校友們，一方面真摯地踐行著愛情，另一方面忠誠地辨析生命深處湧動的感、靈和知性；一方面嚮往履行結婚的儀式，另一方面卻謹慎而又毫不猶豫地放棄了結婚。這是一部特立獨行的小說，卻有對「五四」時期愛與自由主題的繼承。這是一部迷人的交響，主題、人物、空間不再像《飢餓的女兒》和《好兒女花》，把歷史當線索和批判物件，把時間當脈絡和痛苦反思的證據。《燕燕的羅馬婚禮》只講述了五天半的故事，卻演出了兩個國家、兩座城市、兩代人的愛情婚姻的複雜的多幕劇，一方面是對婚姻形式的解構，另一方面卻精心建構了愛的精神世界。如你所說，女性存在的瞬間體驗，在這部小說中成為不斷演奏的旋律和聲部，不受國界、城市、時間限制，一念一夢，一舉一動，呈現量子級的精神運動，推動情節發展，人物變化，超越現實人生。是理想的、夢想的、文本的世界在生長，寧說它是文學的、女性主義的勇敢創意，它們超越了女性現實的困境和苦難。

你是有意以音樂為參照，追求一種空間敘事結構和美學嗎？是否受到女性主義關於女性經驗是非線性歷史的影響？

**虹影**：羅馬是一座貓城。有意思的是，我小時生活的南岸到處是野貓，尤其是深夜，貓發情的叫聲讓我膽戰心驚。這是什麼巧合？向我揭示什麼天機？我尚未釐清思緒，只是將寫作時的狀態透露給你。我生活在音樂之中，讓我的小說也如此。音樂的確可以單獨製造出一個空間，像萬有引力之虹，讓你的想像力到達你將去的地方，相遇你想相遇之人——永恆之城的羅馬，我來了。我這樣的人，不規則的人，用非線性歷史來說，比較準確。我讓燕燕代替我在那座城度過了五天半，這一次我要這樣來寫孤獨的燕燕、同樣孤獨的露露，一樣孤獨的母親們，母親們的母親，那種推不開的黑暗，而她們是那樣不屑一切地昂起頭來，她們在面對自己時，真實而坦然。這是新女性，再也不是伍爾夫筆下的達洛維夫人，不只是為了上街購買鮮花，返家後卻抑鬱難忍的狀態，而是進入這個世界，打爛它。

**荒林**：燕燕畢業於清華大學，露露是成功的名模，燕燕的母親愛恨強烈，性格鮮明。她們都是新女性，身上沒有舊式女子的自卑，她們不依賴於男性生活，而是勇於追求新生活。「進入這個世界，打爛它」，她們的確是不信邪的。燕燕的母親支持丈夫放棄工作經商。燕燕自己選擇了義大利留學生皮耶羅，婚禮之際卻堅決地說NO。露露一邊等候富商王侖求婚，另一邊卻愛上義大利明星馬可。她們打破了關於女性的諸多神話和想像，她們心靈的舞蹈無視現實的束縛，專注自我的精彩。在這一點上，你打破了伍爾夫塑造達洛維夫人的局限，達洛維夫人外在的自我與作為克拉麗莎的內在的自我，終生只能在矛盾中掙扎，她表面上鮮花盛宴，實際上卑微渺小。你賦予燕燕、露露們勇敢的孤獨，孤獨的勇敢，她們的邏輯不是現實生活，而是超越生活，追求自我。

**虹影**：剛才提到了《達洛維夫人》一書，這本書發表於一九二五年。當時，第一次世界大戰剛結束，戰爭帶來的災難和毀滅，人的精神世界一片失落，西方社會進入了城市化、工業化時代，物質生活、精神生活都發生了劇變，傳統的價值觀在動搖，宗教中心地位受到了挑戰，人與人的關係變得更為生疏。英國人的那種複雜而矜持的個性，恐怕在那個時代表現得更為明顯，那正是T.S.艾略特的詩《荒原》所書寫的一切。看那個小說，很像我們身處的二十一世紀，人們除了追逐金錢和無止境的欲望，內心一片蒼白。數字時代、機器人時代，我們及新的一代年輕人成為物質主義、享樂主義者，懷疑一切，反叛一切，他們的精神安放何處？我自己曾是一個嚴重的抑鬱症患者，時間治不了我，只有書寫文學的辛苦工作救了我。

**荒林**：我最近主持了在長沙李自健美術館舉辦的德國表現主義大師基弗藝術大展的兩個論壇。安塞爾姆·基弗生於一九四五年，德國戰敗的那一年，在娘胎中就被隆隆炮聲驚醒，誕生於地獄景象之中。基弗有「成長於第三帝國廢墟之中的畫界詩人」之稱謂，油彩、鋼鐵、鉛、灰燼、感光乳劑、石頭、樹葉甚至太空隕石，均被他用來呈現「帝國廢墟」。他的作品巨幅為多，面貌均極為現代，打破了時空、思維和情感的邊界，觀眾往往被震撼。與通常藝術給予的溫暖安全之美迥異，基弗給予的是冷酷和危險，讓人不能不產生自知之明。這位「德國罪行的考古學家」的藝術，和你談到伍爾夫反思第一次世界大戰的文本，確乎有一種內在聯繫，也是對T.S.艾略特的詩歌《荒原》的視覺再現，它們共同體現了西方文學藝術的反思傳統。反思能警醒現實，也能照亮未來。我們及新的一代年輕人，亟須反思思維來喚醒精神成長。我想說的是，《燕燕的羅馬婚禮》，充滿了反思思維，雖然不是對第一次、第二次世界大戰的反思，卻是對我們日常生活的反思，對我們情感世界的反思，對我們習以為常的愛情和婚姻的反思。這是一種女性主義思維方式，在疊加的時空中，對生活的慣常經驗進行辨析和審視，做出了面向未來更好的選擇。當然這是文本的理想，但更是思維賦予的力量。人們常常缺少改變日常生活的行動的勇氣，難道不需要思維和文本的啟動？

說到我們的對話，也是一次小小的行動啟動。手機可以利用零碎時間對話，很適合我們女性的生活方式。網路開創了人類不同於過去任何時候的新時代，對於文學寫作也構成了新的挑戰。我們這次微信對話，也和我們以前面對面對話不同，相對而言，我感覺更加自由，讓我們身在兩城而無阻遏，也沒有時間的緊迫問題。在《燕燕的羅馬婚禮》中，人人也離不開手機。緊張中，燕燕忘記開通國際漫遊，導致下了飛機即與未婚夫失聯，這是你小說的精彩懸念，也是潛意識裡燕燕還在猶豫要不要結婚的心靈探索。後來燕燕和王侖這兩個夢想家，就像《羅馬假日》裡的迷路公主和美聯社記者一樣，漫遊了羅馬城，拍下不少自然動情的合影，與各自的未婚對象見面時，又匆匆從手機中刪除，卻心有不捨，埋下更吸引人的懸念。這部小說的情節設置迥然不同於你過去的小說，手機無疑是重要外因和幻象之鏡。燕燕和露露這兩位曾相遇未相識的重慶女孩，內心都有長江流水的性格，為了夢想穿越時空來到了羅馬，又因手機和資訊連接起來，共同坐進了咖啡館，為了愛情發生競爭又超越了對愛情的認知。這部小說在主題和題材上都集中於夢想與愛情，與批判歷史和現實的反思不同，它是面向未來的反思。通過江水與歷史、現實、未來相遇的四維空間，創造一種女性主義夢想成真的文本效果。女性不被歷史遺忘所困，從壓抑的經驗開採激情，就像小說的開篇所暗示的，燕燕關心的除了香港回歸這樣的大事，還有太陽、地球、月亮三星同在一條直線上的宇宙奇景，這是拓展反思思維的一個激情和夢想的文本。你在小說中設置了不少場景，讓人物自我面對，自我選擇，比如王侖舉杯與貓說話，露露喃喃自語，燕燕堅決不重複神父的誓言。這部精神探索型小說與戀愛婚姻題材搭配，給人一種「五四」青春傳統繼承發揚光大的閱讀感受。開闊的國際視野，自信滿滿的清華校友，又令人看到大國崛起的自由氣象。你過去的小說是從自傳通向時代的對話，這部小說卻是時代在向自我召喚。如此重要的轉型，對一位小說家而言，經歷了如何的深思熟慮？或者說你如何進行反思？

**虹影：**女性的書寫已發生深刻改變，我們為自己寫作，或是為人類世界、為未來、為我們的孩子寫作，已不是一個命題。誰關心我們內心的世界，內心的情感什麼是真實的，什麼是非真實的？在我們的夢中出現的一切跟童年有關，也跟DNA有關，我想表達什麼，似乎都跟眼前的江水有關。江上出現了大輪船，我們這些江邊的孩子會跟著追出好幾里。我們本能地要去遠方，對舊地的拋棄，對新世界的好奇。我們的骨子裡對生命歷程非線性的歷史一拍即合。我每年夏天居住在義大利兩個月，接連十二個年頭，對異文化的興趣，讓我回看自己的生活與寫作。跟在中世紀的儀式化的遊行隊伍裡，聽他們低聲哼唱歌曲，彷彿有新鮮的血液注入。我有些清醒了：寫女性的內在世界，那種孤獨，比如裡面的女主人公，她一直以看電影為驅趕孤獨的武器，她每次看電影時，必放一張喜歡的電影裡的男子的照片在旁邊的椅子上。那是她，也是我。

**荒林：**你寫她們，如寫自己，她們本能地要去遠方，對舊地的拋棄，對新世界的好奇。她們和我們的骨子裡對生命歷程非線性的歷史一拍即合，也與我們這個城市化時代、全球化時代、網路時代一拍即合。她們是累積了母輩經驗和夢想的人物，隨時代的潮水奔湧而來。但你並沒有讓她們失去平衡。你塑造了新男性形象王侖，就像他的名字所寓意，這位新男性是父母「一眼就能無限溝通」愛情的結晶，是清華校友，是時代物質財富和精神財富的創造者和運作者之一。他身體健康，思維敏捷，觀察細緻，體貼入微，更是時刻反思謹慎，不斷體驗內心真實，追求真實自我的人。王侖迥然不同於魯迅《傷逝》中的涓生，那種物質的窘迫和精神的蒼白，那種無法承擔子君命運的孱弱的新青年。作為財富集團董事長，王侖令人神往之處，是他在物質財富和精神財富之上，更有夢想的激情，自由的精神。他被燕燕吸引，乃「自由，她像一陣風捲走了我」。王侖和燕燕，乃是「羅馬婚禮」真正的新郎和新娘，是新文學殿堂需要的一對新人。你給予了這對新人平等的起點：清華校友，心中的夢想，愛情和自由。來到羅馬，在羅馬，兩位夢想家的相遇。你的故事，不是電閃雷鳴，而是相遇的反思、辨析，歷史和現實的反覆省思，直到自我如花蕾呈現。小說的結構上正線是兩條平行線，燕燕與王侖的視點；副線是三線並行，露露、燕燕、燕燕的母親的視點。正副線互相交結，如同俄羅斯套娃，一個串一個。新男性與新女性的花蕾，是最裡面的新人。一天，同一天，你在敘事手法上的創新，拓展心理期待，體現出空間代替時間的奇妙，可以談談對這部小說結構設計的匠心嗎？

**虹影**：我喜歡時間的零碎劃過耳際的滴答聲，一天，又是一天，還是同一天，在一天裡發生相關聯的事，讓人意想不到，讓人防不勝防，一波未平，又起一波，像音樂的變奏。我對這個小說傾注了較多精力，開始寫時我沒有側述，而是以主線為主，並行講述故事。但是寫著寫著，覺得不夠，便停了一年，一直思索，看有什麼方式能更合理地講述它。有一天，看著住所窗外的天空，永遠有一群灰鴿子，每隔一段時間便出現，牠們飛舞的圖案每次都不一樣，但是對我來說，都在對我說著什麼。這讓我聯想到小時六號院子十三戶人家同住，在二十世紀七〇年代我的三哥從一個同學那兒提了幾隻鴿子回家，他放在小閣樓的天窗裡。鴿子的叫聲對我來說，是一種需要去聽懂的話。牠們飛行的姿態萬千變化，組成一幅幅神奇的圖案，圖案中的空白，又是圖案，令我著迷。只要三哥一聲口哨，不管多遠都會回到天窗。這麼快牠們便聽從他的召喚。我好奇，牠們如何看這個貧困地區人們的無望生活、無常生死、命運暴戾？我希望鴿子就是講述者。顯然我與牠們對話，和三哥與牠們對話，是不同的。這給了我啟發，馬上回到電腦前，添了副線，運用了俄羅斯套娃的奇妙，將正線與副線銜連在一起，互相對應，互相反襯，使文本多樣變化，結尾可能是開始，開始可能是另一段故事極為重要的一個場景。

燕燕和露露，這兩個出生於重慶南岸貧窮地區的女孩，她們的成長，面對時代巨變的選擇，是一個人的雙面體，要愛情或是要成功，野心與快樂，如同熊掌與魚。從那兒渡江到城中心到大都市北京，再到羅馬，貧窮與財富，良心與權力，自負暗藏自卑，榮耀伴隨寂寞。中國改革開放四十年來，人的內心糾結折射，擊中了我的神經。其實用悲劇的手法表現一個民族和一段歷史，女性的生活，如同我之前的作品《飢餓的女兒》和《好兒女花》、《阿難：我的印度之行》以及《上海王》等，對我來說是難的，但用一種明亮的色彩，甚至喜劇的形式來表現同樣的主題，對我來說更難。知難而上，用從未嘗試過的幽默方式展現現實中的中國和義大利家庭的平凡生活，人們經歷的家庭變故、宗教信仰、愛情與金錢的選擇。這裡面的人物沒有百分之百的好人，也沒有百分之百的壞人，所有角色都按照自己的需求和夢想展現自己的真實面貌。

如同燕燕，我是一個愛電影勝過一切的人，我喜歡所有費里尼的電影，最影響我的電影是他的《阿瑪柯德》。這部電影基於他對自己二十世紀三〇年代生活的回憶，表達了他對愛情、政治和家庭的看法。這部電影對我來說就像一面鏡子，可以從中看到自己的生活和鄰居們的生活。他住在海邊，我住在長江邊。我出生於一九六二年，是中國飢餓的時期。在我自己的家鄉，數百萬人死於飢餓，但我的整個童年，就像二十世紀三〇年代的費里尼那樣，儘管我們的生活很普通，但卻充滿了對愛的渴望。愛的激情所帶來的力量，讓當時那個女孩——我，得以生存下來，並幸運地找到外國文學，通過閱讀，通過觀看電影，哪怕東歐電影，也讓我做夢，讓我相信只有夢，才會讓命運在未來的某一天有所不同，因為夢或幻想可以讓人有勇氣和智慧。說來也奇特，從喜歡義大利的文學和電影，到幾十年後真正住在義大利，通過眼睛和心靈體驗這個國家，來對比以往從書本和電影中了解到的義大利，也更深地了解我自己的國家和自己。

**荒林**：感謝分享小說孕育構思的過程，讓我們體驗藝術創作的艱辛與奇妙。前面我用了「量子級精神運動」來談這部小說的精神探索，印證了你構思所採用的方式，近乎「量子糾纏」。在量子力學中，兩個或多個粒子共同組成的某種糾纏的量子狀態，無論粒子之間相隔多遠，即便被扔在銀河系的兩端，只要一個粒子發生變化，就能立即影響到另外一個粒子。這種被愛因斯坦稱為「鬼魅般的遠距作用」的糾纏態，竟真實彌漫和影響了你曾經的生活，並在這部小說的情節構思上呈現出來，難怪閱讀小說時，我第一感覺是「魅惑的懸念」。如果說燕燕和王侖就像兩個糾纏的主量子場，燕燕和露露則像顯和隱的量子場，她們身後的重慶長江南岸貧民窟，則是不斷浮現的背景場，而飛翔在羅馬廣場的鴿子，也與重慶天空的鴿子是糾纏態。平行的精神宇宙構成了這部小說的量子級精神運動。量子平行宇宙是隨時隨地、不知不覺就會產生的，每一件事的發生都會產生一個平行宇宙。小說的人物完全不受限於時間、空間，意念中過世的親人回來了，童年的遭遇重現了，長江的流水出現了。不錯，穿越地球，從中國的腹部到歐洲的腹部，兩位貧民窟誕生的女子，已乘改革開放的長江之水，來到命運的自由之境。這部小說有一種氣象，量子力學與中國古代美學關注的氣象之間，是有物理證據的。因為這種氣象，打通了痛苦與歡樂，不幸與幸運，渾然一體，變成生命呼吸，變成時代節奏，你所關心的時代，全在其中。我也不禁由量子糾纏，想到法蘭克福學派代表人物之一的馬爾庫塞，他的美學觀點認為，藝術既是一種美學形式又是一種歷史結構，是充滿詩情畫意的美的世界與滲透價值意義的現實世界的統一。與你過去的書寫不同，儘管這部小說中同樣寫了貧窮、遺棄、暴力，對強姦、性騷擾、性困惑都有集中描寫，但反思的視野不同於控訴，而是賦予人物認知世界和改變處境的動力，最終促使人物逆襲命運。人物得以與歷史和解，也獲得了美學的舒展。

**虹影**：量子級精神運動！那個白袍智者又回來了，那個母親講述的母親的形象重現。江水被手指牽得很長，一個女人居住的房間空間被放大。一個時代，大時代被縮小，成為你面前的一個小點，你放在手掌，看了看，跟從前的一次呼吸相關。不必寫強姦的原因和過程，而是寫傷痕之後、災難之後人如何生活。

**荒林**：痛感的量子糾纏，也許正是這部看似喜劇的小說，能夠有切膚深度所在。痛之思也，乃為反思。物質繁榮了，身體自由了，精神卻需要反思源泉來哺育，否則將輕飄飄極樂死去。那個要逃跑的女孩在哪裡？那個沙灘上跳舞的女孩在哪裡？這部小說激情的動力也是反思的源泉在湧動，不要重複壓抑蒼白的生活，要生活得更好，要尋求夢想，要確證夢想之翼沒有落下，這樣的激情是神聖的。我們的日常如永葆神聖激情，精神就不會委頓。燕燕、露露和王侖，可說都是作家神聖激情的化身，是我們新女性夢想的翅膀，他們互相指認，形成量子糾纏，形成我們時代新女性、新男性的氣象。當然了，反思再拓展一點，電影作為人類夢想工廠，為這部小說人物的夢想添加了夢的複數，是無數平行的量子宇宙。因為電影是大眾夢想的鏡子，這使得人物的夢想並未脫離大眾心理，相反完全是巨幅的夢想氣象。神聖的中國夢，神聖的日常激情，原來反思可以是這樣一種持續的量子糾纏態，這是閱讀很有吸引力的原因。誰和誰最後到底結婚了嗎？因為難以想像誰和誰應該分手，每個人都很有魅力，都是我們神聖激情的一部分。也許這部小說的成功，正是神聖激情的成功。是我們渴望不斷自我新生的激情的魅力，它像是喚醒了「五四」青春，又勝於成長的力量。

回到義大利的日常生活場景書寫，我想到我們應該進入對話的第三大主題，全球化時代的寫作經驗與語言問題。這部小說的異國風情，無疑是吸引讀者的很重要的元素。羅馬悠久的歷史、神奇的傳說、優美的風景，人物置身其中，難以不發生故事，關鍵是發生什麼樣的故事。跨國婚姻是我們地球村時代特有的生活故事之一，所以《燕燕的羅馬婚禮》很有吸引力，讀者跟隨燕燕走進義大利人家，建築、風俗、宗教、食物、起居及人物關係，無不引起好奇。有趣的是，燕燕並不會說義大利語，與大多數讀者一樣，如何進行語言交流也是一個謎。當然了，未婚夫是清華大學留學生，學的漢學，這是中國崛起之後的顯學，燕燕自信滿滿，象徵了中國的自信。於是交流用漢語、英語、義大利語。三種語言為文本製造了新奇的空間，自信的閱讀滿足。而觀察義大利生活的視角，暗中也包含了反思，這是為什麼燕燕最終並沒有結婚，而是要找到一個更好的自我。當你把多年來的義大利生活經驗寫進小說中，你選擇跨國婚姻故事，文化交融的象徵自然蘊含其中。本書的寫作落筆羅馬，有沒有過反覆斟酌？畢竟羅馬不像重慶，不是中國的城市，不是你成長的地方。你認為全球化時代的寫作，會面臨哪些挑戰？

**虹影**：我十八歲離家出走，有十年時間在全國各地流浪，讀「人間」這本書。後來又在歐洲寄居十多年，用生命體會西方文明的淵源、資本主義的繁榮與衰落。我以往的小說即開始探討中西文化之異，創造不同的故事。去回看自己走過的路，坦率地說，我經常迷失，難以保持清醒，更多時候找不到自己。二〇〇〇年，我返回中國居住，感受到改革開放後經濟發展帶來的巨大變化。我也經常返回故鄉重慶，感受頗豐，尤其是三峽大壩移民大遷移工程，太多的人間悲喜劇上映其中。當然，重慶作為一個以前國民黨抗日時期的陪都，後來又是三線建設的重點城市，突然升為直轄市，經過了太多歷史瞬間。作為一個目擊者和觀察者，我見識了貧窮的緣由和改變的可能性。貧困不可怕，怕的是精神貧困，那些處於弱勢的群體和被世界遺忘的角落，他（它）們到底需要什麼？是金錢或是尊重？或是別的？當我在義大利度假時，望著不遠處的雪山和窗外的大海的藍，當我走在羅馬城裡，面對貝爾尼尼的雕塑時，一次又一次參加在這兒的婚禮時，我的手開始發癢。我得寫一個婚禮，跨國婚禮，義大利與中國真是有好多相同（三代同堂，愛家庭，男人也帶孩子，愛吃自己國家的食物，甚至走後門，搞關係，女人在家有權利，男人在外都好色等）和不同（藝術為生命中最不能缺乏的，人家把歷史和文明保護得好好的，到處是中世紀的寶藏，人家有信仰，天主教國家等）。羅馬雖是義大利歷史和藝術的中心，隔得很遠，但藝術之美是相通的。因此，儘管習俗不同，宗教不同，政黨不同，但義大利人是人，和我們中國人是相同的。做足功課，與當地各式各樣的人共同生活了十二年，太多的葡萄酒和橄欖裝入肚子裡，給了我底氣，也給了我太多的故事，我在一片大海之中，摘取那些最讓我動心的浪花來編織我的小說。羅馬在我的小說中不再是一座城，而是一個人，有血有肉，有悲歎有喜悅，有高潮有低落。他信心百倍，又勇氣無限，像歌劇裡的詠歎調。有時甚至悄悄掉淚，如詩一般讓人不捨。我每次走近他，每次心都怦怦直跳，我知道我愛上了他，不能自拔。這樣好，我能寫他。

**荒林**：之前感謝你分享小說的孕育構思，此時要感謝你分享自己豐富的東西方生活經驗。作為一個地球村人，你深深愛上了羅馬，也一直深愛你曾逃跑的重慶，你是重慶的形象代言人。你本人是跨國婚姻的深刻體驗者，你的愛情是中西合璧，你的女兒是美麗的混血兒，你的確有足夠的經驗書寫我們時代的跨國婚姻。《燕燕的羅馬婚禮》，它的東西方文化交融結合，可說是一個熱烈盛大的婚禮。燕燕與皮耶羅、露露與馬可相戀的過程，更是文化吸引的過程。羅馬作為西方文明象徵，也是人類文明象徵，準確地說，是人類城市文明的象徵，這是我們的小說人物都迷戀羅馬，迷戀羅馬電影的原因——羅馬的電影總在講述城市文明的迷人故事。是不是相信一種國際大都市書寫正在誕生？那就是漢語講述地球村人的故事？新女性和新男性，可能正在越界？是不是這樣說，你對寫作的挑戰，有更精確的回答？你對未來寫作有何設想？

**虹影**：你提出的這幾個問題，是一種預示吧，女性寫作應進入一個新領域，我們中國作家需要革自己的命，清醒地保有自我批判精神和獨立思考的立場。一個作家有他的幾座珠穆朗瑪峰，他理應朝前行進。

相對未來，我只想說，昨天我不能做自己，那麼今天我必須是我自己，隨手在黑暗和痛苦中抓一把幾百年前的聲音，打撈未來幾百年的那些聚集的光影，把它們變成有力量的文字。講一個故事，再講一個故事，給同樣孤獨的你聽。寫作，便是將一個空間疊加到另一個空間，穿越到那量子空間裡。可是面對來自原鄉的呼喚，即使會變成一座石頭，也要回頭，那回頭就是我的藝術。

《羅馬》

給追求愛情、夢想與自由的你

給同樣孤獨的你

九歌文庫 1322

羅馬

國家圖書館出版品預行編目 (CIP) 資料

羅馬／虹影著 . -- 初版 . -- 臺北市 : 九歌 , 2020.02
面； 公分 . -- (九歌文庫；1322)
ISBN 978-986-450-276-9(平裝)
857.7 108022649

作　　者——虹影
執行編輯——杜秀卿
攝　　影——虹影、吳琦、李彬
插　　圖——Sybil Williams（瑟珀）、阿和
創 辦 人——蔡文甫
發 行 人——蔡澤玉
出　　版——九歌出版社有限公司
台北市 105 八德路 3 段 12 巷 57 弄 40 號
電話／02-25776564・傳真／02-25789205
郵政劃撥／0112295-1

九歌文學網 www.chiuko.com.tw

印　　刷——晨捷印製股份有限公司
法律顧問——龍躍天律師 · 蕭雄淋律師 · 董安丹律師
初　　版——2020 年 2 月
定　　價——420 元
書　　號——F1322
I S B N——978-986-450-276-9 （平裝）